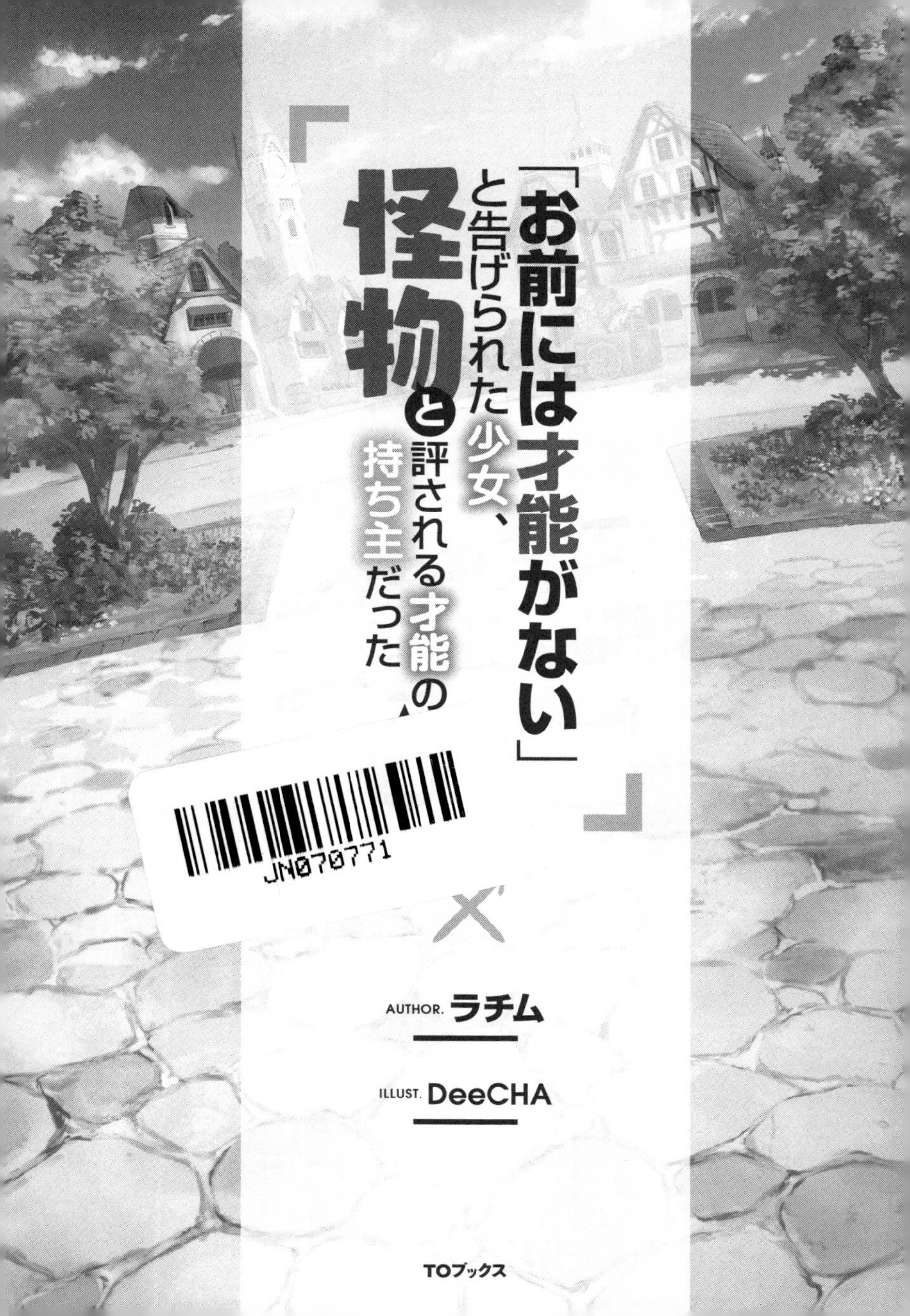

「お前には才能がない」と告げられた少女、怪物と評される才能の持ち主だった

AUTHOR. ラチム

ILLUST. DeeCHA

TOブックス

CHARACTERS

◎リティ LITI

本作の主人公。冒険を夢見る少女。魔力には恵まれないが、驚異的な身体能力とセンスの持ち主。夢へ一心不乱に突き進む冒険者ルーキー。快速で昇級試験を突破し3級になった。

"OMAE NIHA SAINOU GA NAI" TO
TUGERARETA SHOUJO,
KAIBUTSU TO HYOUSARERU
SAINOU NO MOTINUSHI DATTA.

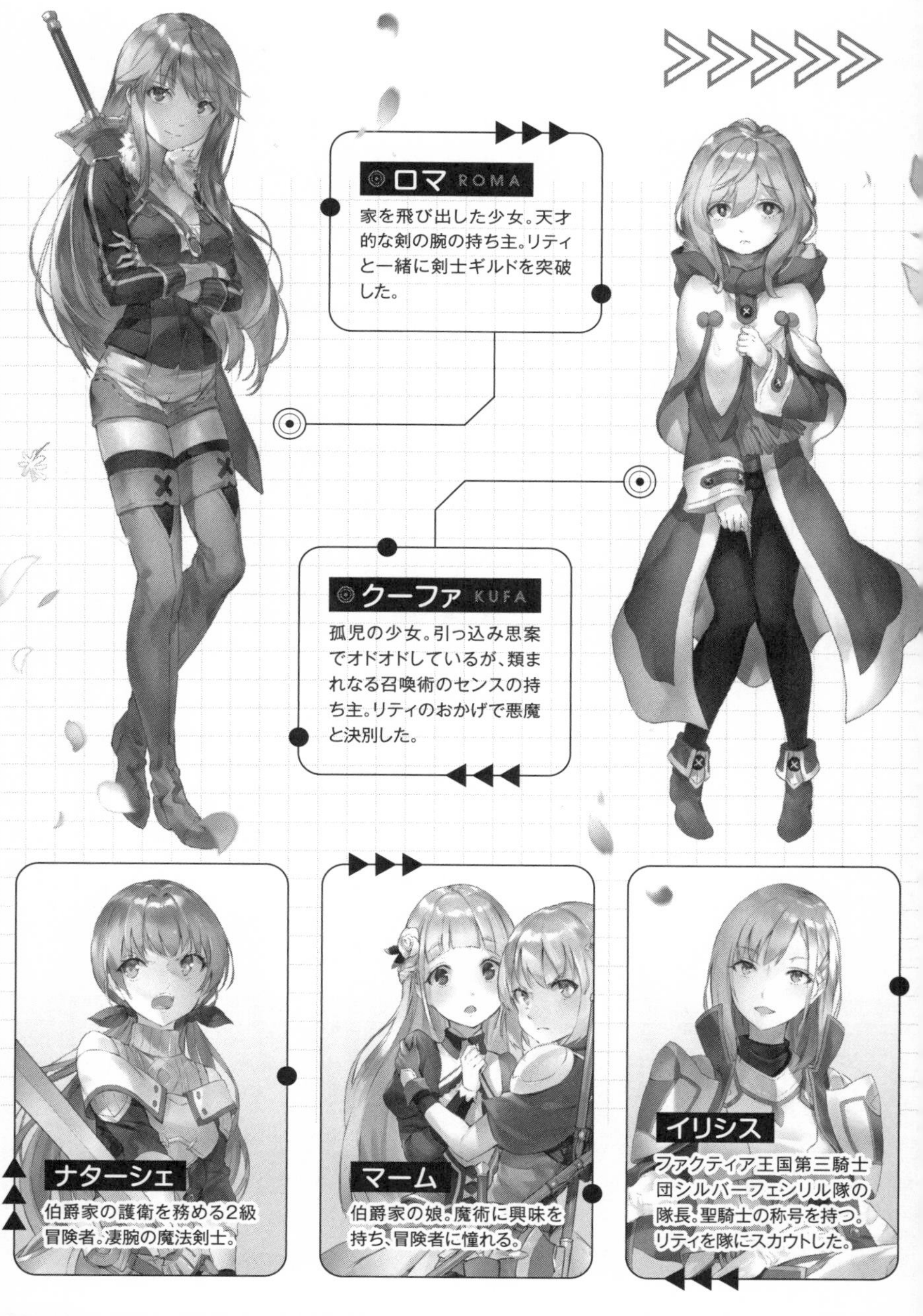
ロマ ROMA
家を飛び出した少女。天才的な剣の腕の持ち主。リティと一緒に剣士ギルドを突破した。
クーファ KUFA
孤児の少女。引っ込み思案でオドオドしているが、類まれなる召喚術のセンスの持ち主。リティのおかげで悪魔と決別した。
ナターシェ
伯爵家の護衛を務める2級冒険者。凄腕の魔法剣士。
マーム
伯爵家の娘。魔術に興味を持ち、冒険者に憧れる。
イリシス
ファクティア王国第三騎士団シルバーフェンリル隊の隊長。聖騎士の称号を持つ。リティを隊にスカウトした。

CONTENTS

ILLUST. DeeCHA
DESIGN AFTERGLOW

第一話　リティ、召喚師《サモナー》ギルドを訪れる

王都内にある召喚師《サモナー》ギルドの門構えは、城と見間違うほどの大袈裟なものだった。

三角、円柱などの統一性のない屋根や少ない窓が大きな特徴として目立つ。王都の平民街の外れで、明らかに異彩を放っている建物である。

「さて、堂々と行くわよ」

「カタラーナさん。具体的に何をするんですか？」

「事と次第によってはぶっ飛ばす」

「ぶっ飛ばす!?」

カタラーナが扉を蹴り開けると、受け付けにいた女性がぎょっとする。三角フードを被った美人は、乱暴な来訪者に対して即対応した。

女性が片手の杖で空中に何かを描くと、白い体毛の一角獣が出現する。馬の頭部に生えた一本角が特徴的なユニコーンだ。

「ユニコーン程度じゃ私は止められないわよ。それより支部長と話がしたいの」

「乱暴な方と会わせるわけにはいきません」

「本部の調査よ」

カタラーナが冒険者カードを提示すると、女性が血相を変える。慌ててユニコーンの前に出ると、大きく一礼した。

「これは失礼しました！　そ、それで当ギルドが何か……？」

「支部長に会わせなさい」

そそくさと道案内する女性の横で、ユニコーンを撫でているリティ。ブルルン、と鼻を鳴らしてリティになつく姿は女性を驚かせる。

「珍しいですね。ユニコーンが私以外になつくなんて……」

「召喚魔法ってすごいですねぇ！　私も使ってみたいです！」

「ユニコーンとの契約条件は純潔である事だけですので、おそらくあなたでも契約できますよ」

「じゅんけつ？」

「はい、次つぎー！」

何かを誤魔化すようにカタラーナが奥へ進む。純潔を散らせば契約違反《ペナルティー》となり、その一本角が深々と刺さる。

女性もカタラーナも、リティにその説明はしない。ユニコーンとじゃれ合う純潔な少女に、不純な知識を与える必要はないと判断したからだ。

一方でクーファは自分が窃盗に手を染めた身であるという理由で、ユニコーンとの契約はできないと落胆する。彼女もまた純潔だった。

通された支部長室にはリティが理解不能な品々が陳列されていた。用途不明のアイテム達が、一行を囲む。

椅子に座り、机に肘をついて両手を組んでいる初老の男が一人。魔術師風のローブをまとい、垂れ下がるナマズのような髭の男がカタラーナ達を笑顔で迎える。

「ようこそ。わざわざ本部の方が直々にお越しとは、何用で？」

「このクーファちゃんが、悪魔を召喚していたのは知ってるわね？」

「えぇ、それはもう。何の知識もないはずの子どもが、召喚術を成功させたのですからね。当ギルドの看板となり得ます」

「この子に悪魔族について何の説明もしなかったの？」

「はて、食い違いがありますな」

支部長は髭を指で撫でてから、クーファに湿った視線を送る。その視線から避けるようにして、クーファはリティにくっついた。この様子から、リティはこの支部長があまり良い人物ではないと予想する。

「もちろん十分に説明しましたよ？　そちらのクーファも知っているはずです」

「悪魔族はその名が性格にも反映されていて、契約して身も心もボロボロにされた人間が大勢いる。うまく付き合ってるのもいるけど、取り扱い難易度が高すぎるってのも？」

「はい、そうですよ。幸い、彼女が契約した悪魔は下位なので大事には至ってない様子ですが……」

「あんた、舐めてんの？」

支部長が身を退き、カタラーナに圧倒される。机に手をついたカタラーナが、支部長の鼻先まで顔を寄せた。

「一人の少女が誰ともほとんど交流できてない。誰も疑わないどころか、全員で賞賛する。よく召喚した、と」

「し、しかしですな。召喚師《サモナー》の契約内容にまで踏み込むのはマナー違反であり」

「そんなマニュアル仕事なら、誰でも出来るってのよ。こんなのが支部長じゃ、まともな冒険者が育たないわけだわ」

「……聞き捨てなりませんな」

支部長も負けじとカタラーナを睨み返す。一触即発な雰囲気で、リティは今のやり取りについて考えていた。

剣士《ファイター》ギルドの支部長と話していた時の温かみ、重戦士《ウォーリア》ギルドの支部長のような荒々しさの中にある優しさも感じられない。この支部長はどこか冷たいというのが、リティの第一印象だった。

「それで私にどうすべきだったと？」

「それを聞いちゃう？　契約内容を確認して、それがクーファちゃんの為になるか。今後、育つかどうか。他に適当な召喚獣はいなかったか。パッと考えても、これだけあるんだけど？」

「過保護ですな。あなたの昇級試験ほどではないと認識しておりますが？」

「あんたみたいな屑を昇級させない為にこっちも必死なのよ」

「……さすがに口が過ぎますな。おぉい！」

支部長が手を叩くと、部屋に数人の召喚師《サモナー》が入ってきた。物々しい雰囲気の中、リティは警戒態勢だ。

支部長が実力行使に出ようとしているのが明白な以上、自衛しない理由がない。

「こんな真似するわけね。こんなギルドでまともな冒険者が育つとは思えない」

「いかに本部の方といえど、支部長への暴言は控えていただきたい」

「あんた達はあんた達で、本気で私をどうにかしようと思ってるの？」

「う……」

カタラーナの圧で、召喚師《サモナー》達が怯む。リティは純粋にカタラーナの底力に目が釘付けだ。教官であろう彼らを寄せつけていない。

「なんで私が遥々、本部から王都に来たのかわかる？　あんた達が育てた冒険者を審査してるのが私なの。未踏破地帯へ行ける人材が一人でもほしいの。遊びじゃないのよ？　わかる？」

「そ、それは、承知しております」

「だったら全力でやれよッ！」

支部長の顔面にカタラーナの拳が直撃した。特級のパンチを受けた支部長が顔面を血だらけにして、席からずり落ちる。ぶふっ、と鼻血を漏らしながら支部長は床に這いつくばった。

「こんな将来有望な逸材をあんたが潰すところだったんだぞ！　えぇ!?　なぁ！」

「お、おちづいで、くだざい」

「リティちゃんと出会わなかったら、どうとでもなってた！　本部が全力で取り組んでる横で、そ

の椅子を温めてただけか⁉」

「ずみません、ずびばせん……」

カタラーナの怒声はリティにも肌で伝わってきた。あまりの豹変ぶりに、当事者でないリティすら軽く恐怖を覚える。

クーファなどはもはやリティと密着状態だ。あまりの怖さに涙すら見せている。

「で、こいつらはどうすんの？」

「お、お前達、下がってよい……」

支部長が指示を言い終えるかどうかの段階で、教官達はそそくさと部屋から逃げる。

床に這ったままの支部長に、カタラーナはしゃがんで語りかけた。支部長は涙を流しながら、手で鼻を押さえている。

「あんたは一度、他のジョブギルドに研修に行くべきね。ここからだとトーパスの街がお勧めよ。あそこのトップはよく出来てるもの」

「は、はひ……」

剣士《ファイター》ギルドの支部長はロガイのような人間も最後まで信じようとした。しかし最終的には冷酷な判断を下したのだ。それは当然ながらギルド全体の為、人の為である。

重戦士《ウォーリア》ギルドの支部長もスカルブの巣にて、率先して後輩に休憩を譲った。それも人の為、何より後進を大切に思うが故の判断だ。

教官達の個人に対する指導も行き届いている。人をよく見ている。人を人として見ているか、それも上に立つ者としての資質であるとリティも確信していた。

「ところでさ。一つ、提案があるんだけど」

「なんでしょう……?」

「私にここの施設を使わせて。それでクーファちゃんとリティちゃんが適切な召喚獣を召喚できるように指導する」

「は……それは、つまり、どのような?」

「あんたの体たらくを見せつけてやるのよ。これが私からあんたに出来る唯一の善行よ」

この状況で支部長に選択肢があるはずもない。何度も頷いて了承した。

リティとしても願ったり叶ったりだ。支部長への同情がない事もないが、基本的には自身の向上を優先するのが彼女だった。

「それでね、あんたのところの召喚師《サモナー》と対決させるわ。もちろん選出はそっちに任せる」

「本気で……?」

「あんたとしても、悪くないと思うけど?　だって悔しいでしょ?」

「わ、わかりました……いいでしょう」

「というわけです、二人とも」

ほとんど巻き込まれたようなものだが、リティに不満はない。クーファのほうは、もはや話についていけてなかった。

半ば放心状態で立ったままだ。カタラーナが目の前に手をかざすが、反応がない。

「ちょっと刺激が強かったみたい」

「私はともかくクーファさんは望まないのでは？」

「あなたはともかく、この子のほうは今のままだと死ぬわよ。もちろん嫌ならやめてもいいけど、この様子だと返事がもらえないわ」

「クーファさん、クーファさん」

ゆすっても揺れるだけだ。仕方がないのでリティは彼女を背負って、部屋の外へ連れ出す。

＊＊＊

一行が出ていった後、支部長が机にしがみつきながら憎々しくドアを睨んだ。

「クソォ……調子に乗りおって。あの女に召喚師《サモナー》の何たるかが理解できるわけがない。フンッ！」

はらいせに椅子を蹴り飛ばした後、支部長は何かを閃いた。ククと笑い、片手から出したのは立ち上る炎だ。

「選出は自由だと？　それはつまり私も含んでいるというわけだ。バカめ……。私の召喚獣が何かも知らんだろうに……」

その炎がぐるりと支部長の周囲を巡る。その得意気な動きは支部長の心とリンクしているかのようだった。勝機を見い出し、カタラーナを潰す算段が立ったのだ。

「いい機会だ。あの女を徹底して潰す」

炎に照らされた支部長の笑みは、まるで悪魔のようだった。

第二話　リティ、適性な召喚獣を知る

召喚師《サモナー》ギルド内には召喚に関する本が無数にある。召喚に必要なアイテムは一通り揃っており、ここで召喚と契約に成功すれば召喚師《サモナー》の称号を貰える。

しかし、今となってはそれに不満を持つのがカタラーナだ。一室を借り切って大量の本を物色している。

「支部長辺りがきちんと見定めていればねぇ」

「あ、あの。どうして、私も三級に？」

「クーファちゃんは召喚獣を失ったでしょ」

「はい……私、役に立ってなかった……」

「うん。正直、不合格にしようかなと思った」

それを聞いたクーファにショックはなかったが、ますますわからなくなった。仮に召喚と契約に成功しても、三級としてやっていける自信がない。

何かにつけてガリエルが何とかしてくれたので、クーファ自身に局面を乗り越えるだけの知識もなかった。

冒険者にしても、野たれ死ぬかどうかのところで行きついた選択なだけだ。思い入れも情熱もない。

「クーファちゃんみたいなのにウロウロされても迷惑だし、実際リティちゃんに助けられただけよね」

「は、い……」

「まぁそれはそれとして。素質よ、素質」

「そしつ？　私に？」

カタラーナは小さく息を吐いて、本をテーブルに置いた。本を熱心に読んでいるリティの横に、クーファも座らせる。

「あなた、聞けば何の知識もなく召喚術を成功させたのよね」

「い、一応……」

「ハッキリ言うね。冒険者ギルド本部にも、そんな奴いないわ。聞いた時、戦慄《せんりつ》したもの。いい、クーファちゃん？　もしかしたら、あなたはここの連中とは比較にならない逸材かもしれない」

「そ、そそそそ、そんなことないです！」

少し顔を火照らせて、クーファは手を振って否定する。しかし、カタラーナの目が鋭く真剣だ。そんなカタラーナをちらりと見たクーファは、テーブルに視線を落とす。

「私はね、上に行くのに必要なのは才能だと思ってる。もちろん死にもの狂いで努力する人間は好きよ。でも素質がある人間がそれをやれば、ない人間とは雲泥の差ね」

カタラーナは勝手に拝借したカップにコーヒーをそそいで、すすった。リティも真似をしてコーヒーを飲んでみたが、まさに苦い顔をする。

それでもカタラーナと見比べて、飲んでみようと頑張っていた。が、苦戦中だ。

「この前の受験者達も少しは根性を見せてくれたらよかったんだけどね。あの人達に関しては素質だけじゃなくて努力も足りてない」

「カタラーナさん、何故そうとわかるんですか？」

「私にコテンパンにされて簡単に諦めただけでなく、飲みにいったでしょ。やる奴は悔し涙を流しながら、行動を起こすわよ。現にリティちゃんは諦めなかった」

「そうですけど……」

リティはまだカタラーナの思想を認めているわけではない。しかし、言わんとしてる事はおぼろげながら理解した。

かつては自身の才能の無さを指摘されたリティだが、結果を出した今も自分に才能があるとは慢心していない。そんな抽象的なものに惑わされず、目標しか見ない。それがリティだからだった。

「どうせ強くなるんだから、三級にしておいても問題ないでしょ。あとで試験をやるのも面倒だからね」

「……そんな素質ないです」

「そのメンタルだけなら、あの受験者達とどっこいどっこいねぇ……。ま、いいのよ。クーファちゃんは素質特化だから」

「私なんかに……」

今までの惨《みじ》めな人生が、今のクーファを形成している。残飯あさりや窃盗で暮らし、悪魔ガリエルのせいで対人関係も築けない。

悪魔は言葉巧みに、自分に依存するように仕向けていた。これを端正するほうが至難の業だと、カタラーナは危惧する。

「出来ますよ！」

どうしたものかとカタラーナが思案した時、リティが励ました。無責任で何の根拠もない言葉だとカタラーナは思うが、不思議と力を感じる。現にクーファは自然と背筋を伸ばした。

熟練者で年配な自分よりも、目線が合う同年代に任せたほうがいいという結論にカタラーナは落ち着く。

「……ありがとう、ございます」

洞窟内で貰ったお礼よりも、リティにはハッキリと聴こえた。それはそうと、彼女には難題が立ちはだかっていた。

「カタラーナさん。召喚術の本を読んでみましたが、よくわからないです」

「私もそんなに詳しくないのよね。どうしようか？」

沈黙の時が訪れた。リティは口をへの字にして、クーファはきょとんと固まる。

なんだ、この女性は。カタラーナに対するリティの評価がなかなか上がらなかった。

「いや、さすがにあなた達よりは詳しいからね。ここに大量の参考資料がある事だし、頑張ろうか」

「頑張りましょう！」

ギルド内には一通りの生活用品や設備がある。剣士《ファイター》ギルドのような前衛職と違い、泊まり込みで研究する事も多いからだ。

コーヒーには眠気を覚ます効果があると教えられたリティだが、克服するのに手間取っていた。

＊　＊　＊

天使、悪魔、精霊、幻獣。これらをこの世界ではない場所から呼び出さなければいけないのだが、いくつか注意点がある。

まず基本的に相手は強制的に召喚された立場である。その状態で契約を迫っても、まずうまくいかない。種族によりけりだが、契約を成立させるのも至難の業だ。

次に重要なのが種族である。まず悪魔族は避けなければいけない。リテラシーがある召喚師《サモナー》の中には、悪魔族を外れとしている者もいるくらいだ。

「クーファちゃんがたまたま召喚しちゃったのが悪魔族ね。こいつらは魔界という世界に生息していて、基本的に信用できないの」

「今ならわかります……」

「天使は優しそうなイメージがあるけど、プライドが高い。総合力は高いんだけどね」

「では精霊か……幻獣？」

「まずクーファちゃんの魔力傾向や性質を調べて、それから呼び出す種族を決定するわ」

「カタラーナさん。ガリエルを倒した時に名前を聞き出してましたよね？　あれってどういう事ですか？」

忘れてた、と手を打つカタラーナ。よほど重要な事を忘れていたのか、コーヒーを一気に飲んでから話し始めた。

「悪魔族は普通に攻撃しても肉体を滅ぼすだけ。精神体が残って、何かに憑依してしまうの。だから殺すにはあいつらの精神の要である〝名前〟を聞き出して、こちらが認識する必要がある」

「でも、そうだとしたら悪魔は名前を言わないですよね」

「そうよ。だからそこはこっちも試行錯誤よ。こっちに関しては専門職のエクソシストのほうが詳しいわね。だから悪魔族は本部の私達でも極力、回避したい相手でもあるかな」

ガリエルのような小物だったのが幸いだ。もし何かの間違いで上位の悪魔を召喚していたら、とカタラーナは脅す。カタラーナの助言を、リティとクーファは肝に銘じた。

参考資料となる本には有名から無名まで、各種族の召喚獣達が名を連ねている。その数は膨大で、すべてを把握するだけで時間がとられる。

そこでカタラーナはまず二人の魔力傾向と種族性質を調べる事にした。

「別室で出来るみたいだから行きましょ」

「失礼」

ノックと同時に入ってきたのは教官の一人だ。

「熱心なところ申し訳ないですが、検査室は今日より使用できません」

「は？　さっそく嫌がらせ？」

「外部からの研修生を交えて使用する為です。どうかご理解いただきたい」

「はいはい。わかりやすい嫌がらせね」

カタラーナの挑発に何の反応も示さず、教官は出て行く。深すぎるため息を吐いたカタラーナが、ドアに本を投げつけた。

リティとしてはこっちが強引に使用しているのだから、と思わなくもなかったが黙る。

「なんてね。知るかって感じでしょ。行くわよ」

「えー!?」

「これは本部の調査だからね。こっちが優先なの」

三人が部屋を出たのを確認した教官が、ぎょっとして止めに入るが無駄だった。

＊　＊　＊

検査室のドアを開けると、教官と見習い達が振り向く。構わずにカタラーナは、半透明の玉が置かれているテーブルへと移動した。

遠慮するリティとクーファを手招きして、申し訳なさそうに二人も進む。

「カタラーナ様、ここは本日より」

「研修生が来るまでの間よ。こっちはどうせすぐ終わるんだから、みみっちい嫌がらせしないで」

「私が支部長に叱られてしまいます……」

「大丈夫よ。私達が勝ったら、あいつは失脚だから」

絶句する教官だが、カタラーナはリティ達に半透明の玉について説明を始めた。触れて魔力を込めるだけで色、そして反応が現れる。

それには魔力を放出するという最低限のスキルが必要だ。リティも微力ながら魔法を使えるし、クーファも召喚術の経験があるので問題ない。リティ、クーファがそれぞれ半透明の玉に触れた。

「リティちゃんは……魔力が弱いわね」

「弱いんですか？」

「色がとても薄い。でも魔法職を目指すわけでなければ、気にしなくていいわ。そして色はレッド……オレンジ？」

リティとしては何気に意気消沈する事実だ。しかし、そんな事でめげている場合ではない。

カタラーナによれば、レッドに近ければ炎魔法を得意とする傾向にある。そして明滅を繰り返してるところから、適性召喚獣は幻獣とわかった。

「魔力はその人の性質を表してるから、呼び出した召喚獣との契約成功率にも関わってくるの。もちろん絶対じゃないけどね」

「私は幻獣を呼び出せばいいんですね」

「そうね。そこからどんな幻獣がいいのか掘り下げていきましょう。次はクーファちゃんね」

クーファが半透明の玉に触れると、ブルー一色になった。それが激しく揺らいでおり、見ていた教官も声を上げて驚く。

「こ、これほどの反応は見た事がない！　この子は水属性の使い手としても、やっていけるかもしれんな！」

「……なんでこの段階で、それがわかるのよ。どうしようもないギルドね」

「す、すみません。支部長の指示でして……『悪魔族召喚など滅多にない！　検査などいらん！』と言われまして……」

「マジで失脚だわ」

クーファの適性召喚獣は精霊だ。しかし精霊族は性格も様々で、傾向が把握しにくい種族でもある。穏やかな者から暴れ者と、呼び出した精霊によっては惨事を招く事もあった。しかしこの事実をカタラーナはあえて黙る。クーファへの脅しにメリットがないからだった。

ちなみに悪魔族は闇属性、黒。これが出た時点で召喚師《サモナー》への道を諦めさせる指導者もいるほどだ。

第三話　リティ、召喚の準備を整える

時刻は深夜にまで及んでいる。召喚術に必要な魔石《ルーン》、メイジバフォロの羊皮紙、マジックキャンドル。

十分な魔力を持った上での特定の詠唱、羊皮紙にも正確な魔法陣を書かなければいけない。

更に詳細な条件はあるが、クーファはこれに何の予備知識もなく辿りついた。カタラーナは改めてクーファを賞賛する。

「クーファちゃん、何度もいうけどあなた天才よ」

「そ、そんな照れます……」

「天才よ！」

「う～……」

調べ疲れたカタラーナがクーファにちょっかいをかけていても、リティは黙々と本を読み漁っている。

リティが必要なのは武器などを収納する幻獣だ。何種類か存在するが、いずれも癖が強い。悩むところだがリティは自分の戦闘スタイルと相談した上で、ある幻獣に目をつけた。

「カタラーナさん。この幻獣なんかどうです？」

「どれどれ……え？　こ、これ？　まぁ確かに条件は満たしてるけど……どうせならもっと強いのにしたら？」

「いいんです。この子が私に合ってる、そんな予感がします」

リティがカタラーナに見せた幻獣は、お世辞にも強いとはいえないものだった。

「リティちゃんがそうと決めたなら、何も言わないわ。クーファちゃんは？」

「これはこわい……こっちは食べられそう……」

「……コーヒー淹れるね」

リティやクーファが苦手なものを、カタラーナはあえて差し出す。クーファは匂いだけで飲もうとしない。リティは相変わらず少しだけ口をつけただけだ。

「カタラーナさん、自信ないです……。怖い召喚獣だったらと思うと……それに戦いなんて……」

「わかるわ。私も最初、そうだったもの。初陣なんかひどかったわよ」

「カタラーナさんが?」

「昼間は才能がどうとか言ったけどね。私もどちらかというと、努力型なのよ。だからこそ才能を妄信しちゃってる節はあるけどね」

カタラーナはクーファのコーヒーに砂糖とミルクを入れた。リティにも差し出す。二人が口をつけて、すすった。

「苦いですけど、ちょっとおいしいです……」

「うん。たっぷりミルクと砂糖を入れたからね。クーファちゃんも飲めるでしょ?」

「はい……」

「私も最初はコーヒーなんて人間の飲み物じゃないって思ったわ」

リティも、この瞬間まではそれに近い感想を抱いていた。しかし、一工夫をしただけで飲めるものになる。ブラックのコーヒーをすすりながら、カタラーナは一息つく。

「ミルクでも砂糖でも、最初は飲みやすいようにして挑戦するの。『ブラックが飲めないなんてお子ちゃま』なんて言われて頭にきたもの。そりゃ頑張ったわよ」

「召喚も戦いも工夫と挑戦、という事ですか?」

「ま、こじつけだけどねっ!」

最初は甘くてもいいから慣れるのが大切と、リティは解釈した。カタラーナとしては、三級にしてしまった以上は悠長な事は言ってられないというのが本音だ。

だからこそ自身が責任を持ち、何としてでも上まで引っ張り上げる。外面とは裏腹に、カタラーナは燃えていた。

「失礼します」

「はーい、刺客じゃなければどーぞ」

訪ねてきたのはユニコーンを召喚した女性だ。トレイには夜食らしきサンドイッチと果物が載っている。意外な対応にカタラーナは訝《いぶか》しむが、女性は深々と頭を下げた。

「昼間は失礼しました。事情を知って、私も何かお手伝いできればと思ったのですが……」

「あなたは支部長派じゃないの？」

「……私というより、ほとんどの方々があの方に不満を持っています。権威主義が行き過ぎていて、生贄のようにされた見習いも多いです……」

召喚師《サモナー》の威厳は、召喚獣によって決まるといっていい。強かったりレアな召喚獣を従えている召喚師《サモナー》を多く抱えれば、ギルドの知名度にも繋がる。

世に出して活躍すれば尚良し。支部長はそういった権威思想の持主だと女性は明かした。

「私も何度、ユニコーンとの契約解除を迫られた事か。幻獣ならもっと強いものがいると……」

「ユニコーンは契約も解除も緩いんだっけ」

「はい。でも私は気に入ってますので、そのつもりはないんです」

「それでクーファちゃんの悪魔も認められたわけか」

「正直、本部の方が来て安心しました。ですから、私も出来る限りお手伝いします」

女性ことセイラは、必要な資料をせっせと集め始める。さすがは本職といったところで、カタラーナ以上に効率よく情報を集めた。

魔石《ルーン》の配置、種類。詠唱内容など、段々と絞り込んでいく。誰かが召喚したものであれば、すでにデータはある。しかし、なければ自力で辿りつくしかないのだ。リティの幻獣は過去に召喚された例がない。

「ところでクーファちゃんはどうするんですか？」

「それがね、決まらないのよ」

「属性とタイプは？」

「水、精霊」

「水に精霊……」

セイラはクーファの手を取り、何かを感じ取っているようだった。そして手を離して、クーファの目を見る。

「魔力は……だいぶ穏やかですね。そうなると同じような性格の精霊がいい、と思いがちですがそうとも限りません」

「へぇ、そんなのわかるの？」

「魔力感知だけは得意なんです」

「有能ねぇ。本部にも欲しいくらいだわ」

カタラーナが褒めると、セイラは両手で頬に触れる。さながら乙女のような仕草は、まさにユニコーンと契約したのも必然と思わせるものだった。

「えっと、友達と同じようなものです。反対の性格ほど、案外うまくいくケースが多いんですよ」

「召喚獣が友達ねぇ？」

「クーファちゃんのような大人しいタイプであれば逆にこう……いけいけー！　みたいなほうがいいかなと。私見ですが……」

「だってさ、クーファちゃん。押されたいタイプ？」

クーファは考え込み、本のページをパラパラとめくり始める。そしてある精霊のページで手を止めた。それは水の精霊としては高位だが、契約条件と契約違反《ペナルティー》が一切不明だった。

「おぉ、ずいぶんと強く出たね」

「自分を、か、変えたいから。セイラさんを信じます……」

リティに何度も励まされ、カタラーナにここまで連れてきてもらった。セイラに親身になってもらって、クーファはようやく踏み出す勇気を出したのだ。

ぬるくなったコーヒーを飲みきって、今度はブラックを注いだ。

「それに挑戦しちゃうの？　そっちは別にいいと思うけど……」

「にがっ……」

「うん。無理しなくていいわよ」

「私、飲んでみます！」

リティも同様にブラックをカップに入れて飲む。相変わらず渋い表情になるが、耐えて飲み込んだ。

二口目とはいかなかったが、そんなリティに触発されてクーファも再挑戦する。

「あの、お二人は一体？」

「気にしなくていいわ。それより力になってくれてありがとう。あのジジイに啖呵《たんか》をきったはいいけど、自信なかったのよね」

「はぁ……」

「苦い、にがいぃ……」

やはり無理をしていたようで、リティが呻《うめ》いている。耐え切れずに砂糖とミルクを大量に投入したのは、クーファも同じだった。そんな二人を見てクスクスと笑うセイラ。

召喚術を成功させる気があるのかと、支部長なら檄を飛ばす。セイラはほんのりとそう思った。

そこへ、またドアがノックされる。

「失礼、いいか？」

「また誰か来た？　奇襲なしでお願いしまーす」

今度、入ってきたのは数名の教官達だ。中には昼間、カタラーナ達を取り囲んだ者もいる。敵意がない事は見れば明らかだ。それぞれが何かしらの本を持っている。

「セイラが訪ねたのを見てしまいまして。躊躇《ちゅうちょ》していたのですが、我々にも協力させてください」

「支部長派の人もいるみたいだけど？」

「昼間の件については申し訳ありません。誰もが怖くて逆らえなかったのです……」

「ふーん……」

すべてを信用したわけではないが、カタラーナは彼らを招き入れた。支部長派が探りを入れに来てる可能性も考慮したが、それは彼自身を目で判断すると決めている。調査と称している以上は尚更だ。

コーヒーを飲んだリティとクーファがいよいよ召喚の準備に取りかかる。セイラの指導の下、魔石《ルーン》の種類の選定や配置を慎重に行う。

「召喚術は些細な違いで、まったく別のものを呼び出してしまう事があります。特に魔法陣は気をつけてください」

「あ、悪魔を呼び出さないように……」

「本来、悪魔の召喚は難易度が高いのですが……。クーファさんは、その才能が災いしたのかもしれません」

「気をつけて、気をつけて……水の印はここに……」

クーファが緊張しながら、魔法陣を描いていく。リティも準備を着実に進めて、時々セイラ以外の教官達のアドバイスを貰う。リティの彼らを尊重した態度に、教官達はすっかり気を良くした。

「そうじゃない。印の位置はな……」

「あ、はい！　なるほど！」

「選択肢は多数あるが幻獣なら、タスピカ文字が有効だな」

「ふむふむ！　助かります！」

魔法陣の作成はデリケートかつ難しい。特に悪筆であれば違う文字として認識されるため、大惨事となる可能性がある。

本人が作成しなければ効果がないため、これればかりは周囲の人間は口を出すだけにとどまっていた。やがて二人が熱心に取り組んだ成果が表れる。

「こんなところだな。これで下準備は整った」

「皆さん、助かりました！　本当に勉強になります！」

「君は素直で勤勉だな。支部長も、君のような真っすぐな冒険者を見れば変わってくれるだろうか……おっと」

「時間も遅いですが召喚を始めましょう」

いつの間にかセイラが音頭を取り、いよいよ召喚が始まる。平静を装っているが、彼女は不安だった。

クーファが選んだ水の上位精霊はシンプルに難易度が高い。それだけではなく、リティが召喚する幻獣は理解できなかった。彼女の要望通りの能力を有しているが、何せ召喚例がない。

「すぅ〜はぁ〜」

「リティちゃん、もういいんじゃ？」

「はいっ……！」

何度も深呼吸を行うリティをカタラーナが止める。そんなリティを見たセイラは、やはり理解できなかった。何も考えてないだけなのか。それとも。

第四話　リティ、召喚獣を召喚する

魔法陣を前に、クーファは詠唱を開始する。長い詠唱を一文字でも間違えれば希望通りの召喚獣は出てこない。こればかりは手助けできずに、カタラーナとセイラ達は見守るだけだ。

やがて魔法陣が淡いブルーの光を放ち始める。蛍のような光が魔法陣から独り立ちして、室内に浮く。

「……水の精霊アーキュラ！」

クーファが詠唱の最後に召喚対象の名を付け加える。魔法陣から水柱が放たれて、天井に直撃。ギルドの建物はこうした事態に備えて頑丈に造られている。

しかし天井が突き破られて夜空を観賞できる内装になってしまった。セイラはわずかに修繕費の心配をしたが、すぐに召喚対象に目を奪われる。

現れたのはライトブルーがかった美しい裸体の少女だ。髪もそれ一色、蒼くクリッとした目。その全貌が液体だと認識するのに、誰もが手間取った。

「……久しぶりに召喚されたー？」

召喚された水の精霊アーキュラは、液体めいた体をくねらせる。クーファは黙っていた。いや、切り出せないのだ。勇気を出してみたものの、いざ異形の者が現れると言葉が出てこない。

これから味方になってもらわなければいけない相手だ。初手が肝心だと知っている教官達は、気が気でない。

そこへクーファが呼吸を整えて、ようやく声を出した。

「お、お友達に、なりませんかっ」

アーキュラは自分を呼び出した存在を見据える。そしてクーファに対する最初の反応がため息だ。特殊な体なので呼吸はしてないはずだが、仕草がそうだった。

「マジー？　あんたがアタシを呼び出したわけー？」

まずい。教官達は思った。アーキュラはプライドが高く、クーファとは正反対の性格だ。召喚者である彼女が望んだのだから当然である。

クーファ自身も、なぜアーキュラに決めたのかが今一わからなかった。セイラのアドバイスを聞いて、自然と行きついただけだ。しかしクーファは自分の勘を不思議と信じている。

「まずは、お、お友達からお願いしますっ」

「なにそれ、うけるー」

思ったよりも癖が強いと、カタラーナは自分を棚に上げて考える。その性格だけではない。この精霊の魔力、実力ともに空気を通して肌で感じた。彼女の感想は『思った以上に強い』だ。

「契約じゃなくてー？」

「いきなり契約だなんて、お、お願いできません。まずは、お互いを……知りましょう」

「意味わかんないんだけどー」

「やっぱりおかしいですよね……」

「当たり前じゃーん」

ピシャリと一蹴されてしまった。カタラーナ達は絶望的と見ているが、クーファはアーキュラから目を逸らさない。

リティは成り行きを見守っていた。そこには勇気を出して踏み出すクーファがいたからだ。引っ込み思案な彼女が、未知の相手にそこまで出られた。リティにとって、それがたまらなく嬉しかったのだ。

「でも、いいんです」

「ん？」

「い、いきなりうまくいくとは、思ってません……。戦いもお友達作りも……契約も、一歩ずつ。慣れていきたいから……」

「そんな悠長な心構えでアタシを召喚したんだー」

「これが、私の正直な気持ちですから……」

「ふーん」

アーキュラが体を変形させて、クーファを取り囲む。さながら水の壁に囲まれたクーファだが動じない。

「アタシが嫌だっていったら？」

「お願いします……今の私にはこうするしか、ありませんから……」

「ねぇ、アタシがその気になれば殺せるんだけどさー？」

さすがに止めに入るかと、カタラーナはファランクスを起動できるように構える。クーファは水の壁に目を向けたまま、動かない。

「命は惜しくないわけー？」

「お友達に、なってください……お願いします、お願いします……」

「怖いなら命乞いすればいいじゃーん？」

「お願いしますッ！」

クーファの言葉の後に、水の壁と化したアーキュラが距離を詰める。セイラや教官達もいよいよ戦闘を覚悟した。

教官達は召喚を、カタラーナは頭の中で初手を決める。そしてファランクスを起動寸前だった。

が、アーキュラが元の形態に戻る。

「ダメー、ダメダメー。お友達なんて無理」

「お願いします……」

「アンタはアタシのマスター。それでいいじゃーん？」

クーファが口を半開きにしたまま、アーキュラと向き合っている。万が一の事態に備えて、臨戦態勢だったカタラーナ達は構えを解く。アーキュラが周囲の者達を、興味深く窺っていた。

「あんたさー、アタシとお友達になるためにこいつらに協力してもらったのー？　違うでしょー」

「えっ……」

「見ればわかるってのー。あのねー、アタシってこう見えても安くないのよねー。だから、たとえ協力してもらったとしてもさー」

アーキュラがクーファの頬を両手で触る。ひんやりとした感触にクーファは小さく悲鳴をあげた。あれはどんな感触なんだろうと好奇心全開なリティだったが、アーキュラに触るのは我慢している。

「ちゃんと胸を張りなよー。マスター？」

「マス、ター……」

「アタシのマスターはあんたなのー。ぶっちゃけると貧弱すぎて心配しかないけどねー」

「私がマスター……」

そう復唱したクーファは、アーキュラに触られた頬に手を当てる。そこには何故か水滴すらついてない。

アーキュラはまた変形して、今度はクーファの体にまとわりつく。

「ひゃんっ！」

「濡れても心配ないからねー？　アタシは水の精霊だから、そんな粗相はしないよー」

「ア、アーキュラさんみたいなすごい精霊を私が……」

「アーキュラさん、じゃなくてアーキュラ」

「アーキュラ……」

うまくいったとホッとしているのはリティだけだ。その様子で驚愕していたのは彼女以外の人間だった。

上位精霊であるアーキュラが、クーファをマスターと認めたのだ。召喚の次には、契約の段階に至るのが普通である。そこで契約が成立して、初めて召喚師《サモナー》はマスターと認められるのだ。

特にアーキュラは上位精霊の例にもれず、特異な性格をしている。本当に単なる気まぐれか。そう勘ぐるのはもちろんセイラと教官達だ。

「でさー、契約なんだけどー」

「はい……」

来た。心臓が高鳴ったのはクーファだけではない。やはりここからが本番なのだと教官達は唾を飲む。

精霊に限らず、上位の召喚獣になるほど契約条件は厳しくなる。中には無理だとわかっていながら、ふっかけるのもいるくらいだ。

「あんたがアタシに相応しいマスターになるように努力すること。以上ー」

「……はいっ！」

「あんたに失望した時はねー、どうしよっかなー。んー、契約解除でいいかなー？」

「わかりました……」

「バカな！　たったそれだけだと!?」

声を荒げたのは教官の一人だ。彼が興奮するのも無理はない。その条件が、あまりに緩く聴こえたからだ。

しかし、アーキュラはそんな彼に凍りつくような視線を向けた。瞬間、教官は全身を硬直させる。

「たったそれだけ？　じゃあ、あんた契約してみる？　ねぇ？」

「い、いや。遠慮しておく……」

頭を振る教官に、アーキュラはそれ以上の追及はしなかった。

金縛りから解かれたかのように、教官は床に膝をつく。その目にはうっすらと涙が浮かんでいた。

教官の発言に精霊が怒るのも無理はないと、カタラーナは納得する。上位精霊が認めるマスターになるなど容易ではない。

それはつまり冒険者の等級でいえば、最低一級以上の資質を秘めていなければいけないのだから。

「さ、クーファさんの召喚が無事に成功しました。次はリティさんですね」

「あ、そうですね。はい」

緊迫した空気を変えようと、セイラが手を叩く。リティもアーキュラのインパクトに目を奪われていて、忘れていた。

「なになにー？　こっちの子は何を召喚するのー？」

「はい、アーキュラさん。この本に載ってる召喚獣です」

「どれどれー……は？」

するすると寄ってきたアーキュラをあきれ顔にするほどの召喚獣だ。教官達も最後まで反対したのだが、リティの意志は固かった。

召喚難易度が低いのも相まって、アーキュラ召喚時ほどの緊張感はない。

「では始めます……」

クーファと同様の手順でリティが召喚に取りかかる。一語一句、間違えずに詠唱を終えると魔法陣からオレンジ色の蛍が放たれた。

やがて魔法陣の中心から放たれる光と共に、リティがその名を叫ぶ。

「幻獣ミャーン！」

派手な演出が終わり、魔法陣にそれがいた。

「……みゃん？」

「せ、成功しました！」

成功時のテンションが高いのはリティだけだ。それはあまりに盛り上がりに欠ける存在だった。

くりっとした目にイタチのような風貌。その胴体が異様に長い。前後についた手足が短く、見ようによっては不格好だ。

「私があなたのマスターです。わかりますか？」

「みゃん？」

ミャーンはリティに近づき、まじまじと見つめる。リティも目を逸らさない。

「みゃんっ！」

そして長い体をうねらせながら、リティの下へ駆け寄る幻獣ミャーン。リティが抱きかかえると、ミャーンは頭をすり寄せた。

誰もが思う。ペットにしか見えない、と。

「契約はどうしますか？」

「みゃんっ！」

「そうですか。わかりました」

「いや、なんで通じ合ってんのよ」

初めに突っ込んだのはカタラーナだ。特級にまで上りつめた彼女にも、わからない事はある。それがまさにこの瞬間だった。

「ではあなたの名前はミャンです」

「みゃーん！」

「いや、猫にネコって名付けるようなものよ」

幻獣ミャーン。幻獣の中でも下位に位置するが、その能力はリティがもっとも欲していたものだ。誰もが危惧していた契約だがカタラーナやセイラ、教官達はすでにその心配はしていない。

当初からこれはリティの問題だ。そのリティがミャーンと通じ合っている。だったらそれでいいと、半ばどうでもよさげな心中だった。

第五話　リティ、召喚師《サモナー》と戦う

支部長一派との決闘は、召喚師《サモナー》ギルド内にある決闘場で行われる。

召喚獣同士を戦わせたりなどの用途で使用する為、頑丈に造られていた。天井が吹き抜けになっており、その広さは外観からは想像もつかないほどだ。

「ずいぶんギャラリーが多いわね」

「隣国からの研修生や冒険者達に来ていただきました。あなたとしても、望むところではありませんかな？　カタラーナ様」

支部長が下卑た笑みで、カタラーナを挑発する。それよりもカタラーナは気になっていた。支部長サイドの人数である。

「あなた、味方が一人しかいないってやばいわね」

「なんて事を！　支部長にはこの私、マクリトがいれば十分です！」

「この人望のなさはさすがに泣けるわ」

先日の召喚術を手伝った教官達はカタラーナ側にいる。少し前までなら、彼らは支部長側にいただろう。しかし、夜通しの共同作業によってカタラーナ達と教官達の絆は深まった。

クーファの召喚成功に全員が歓喜して、リティの召喚獣に脱力する。クーファは数日の特訓を行った。そして全員が目を見張るほどの成長を遂げたのである。

結果的にカタラーナの見込みは当たっていた。クーファの才能が本物だと、全員が認めたのだ。

「カタラーナ様、ここには冒険者達もいます。つまり万が一、そちらが負ければ本部の失墜にも繋がりますな？」

「冒険者の中には、それを期待してるのもいるでしょ」

「ご自分の人気をよく知っておられる。クックックッ……」

カタラーナによって不合格にされた者、試験すらさせてもらえなかった者がこぞって集結している。

合格者ゼロを連発した彼女の人望は、この場において支部長以下だった。更にはここにいる研修生、当然ながら全員が隣国から来た召喚師《サモナー》志望だ。

まだ召喚獣を決めかねている者や召喚について純粋に学びにきた者。つまり彼らにとって支部長側やカタラーナ側の両者とも、この国における召喚師《サモナー》の顔といってもいい。

が、そんな彼らがどうしても目を離せない存在がいる。

「みゃーん！」

「よしよし」

リティが頭や顎を撫でてる謎の生物である。リティの腰に巻きついて、自由なスタイルだ。

カタラーナ自慢の冒険者が召喚したのだからという期待と不安が、彼らの中で渦巻いている。

「ふむ、そちらのリティといいましたか。調べさせていただきましたよ。冒険者になって日が浅いにも拘わらず、凄まじい戦果ですな」

「褒めていただいて嬉しいです！」

「しかし、その幻獣はいただけませんな。ミャーンなど、弱小すぎて戦力になりません」

「そんな事ないですよ。この子はすごいんです」

「みゃん！」

支部長のダメ出しにも、リティは素直に対応する。こればかりは支部長の言う通りだと、カタラーナ側の者も頷かざるを得ない。

しかし、カタラーナはここにきて疑問を抱いた。契約や契約違反《ペナルティー》の有無、何よりリティとミャーンが通じ合っている事に。

特級冒険者として召喚についても並み以上の知識はあったが、こればかりはわからなかった。

「当ギルドでは優秀な人間を求めています。何故なら、優秀な人間が集まれば認める人々も出てくる。それが結果的に冒険者ギルドや召喚師《サモナー》そのものの発展にも繋がります。更にその過程で有力者とご縁をいただければ、多額の融資も見込めます」

「一言で言いなさいよ。私利私欲しか考えてませんってさ」

「人聞きの悪い事を。少なくとも冒険などといって、未踏破地帯に死にに行くよりは健全だと思いますがね」

支部長の吐き捨てるような言葉に、リティはピクリと反応した。冒険者は死にに行くのではなくて、冒険に行く。その前提が揺るがない彼女にとって、支部長の言葉は理解し難かった。

「ま、それはさておき。リティ君、当ギルドの為に働く気はないかね？　もちろん優遇は約束する」

「遠慮します」

冒険をはき違えた発言をした支部長に、リティが好感を持つはずがない。短く断ると、支部長はかすかに歯ぎしりをする。

「では、こうしましょう。今から行う勝負にて、あなたが負ければ従ってもらいます。勝てば召喚師《サモナー》の称号を進呈しましょう」

「称号……！」

本来であれば召喚と契約を行った時点で召喚師《サモナー》の称号は貰える。しかしリティは正式な手続きをして、行ったわけではない。

称号などなくても困らないと普通の人間なら考えるが、そこはリティだ。

「それなら受けます！」

「よろしい」

支部長がしてやったりと笑みを浮かべる。ここまで支部長が強く出られる理由、それは支部長派の教官マクリトがいるからだ。観戦している冒険者達はリティの即決の後で、彼について思い出す。

「あー、あいつってもしかしてマクリトか？」

「あの〝近接殺し〟の？」

「しばらく見ないと思ったら、教官になってたのか」

冒険者達がマクリトについて囁《ささや》き合う。やや角ばった顔をした壮年の男マクリトが、それに耳を傾けて得意気に笑った。

支部長は目でマクリトに促し、決闘場へ行けと指示する。

「少女よ、君の相手は私だぞ」

「はいっ！　よろしくお願いします！」

円形の決闘場へとリティが上がり、武器を吟味する。彼女は武器を一つも身につけていない。

マクリトはリティを侮った。リティの事は支部長から聞いていて、その戦い方も彼との相性はいい。だからこそ、笑っていられるのだ。

「私はプライドの高い男でね。現役時代は、やっかんできた冒険者を何人も叩き潰したよ。口先だけで何の実力もない連中だった」

「そうですか」

「君はどうなんだ？　確かに功績は認めるが、たまにいるのだ。初めだけ勢いがついて失速する奴がね。弱い冒険者によって、冒険者の評判が落ちるのは耐えられない」

「信用されないと、誰も依頼してくれなくなりますのでわかります。マクリトさんは深く考えているんですね」

てっきり食ってかかってくると思っていたリティの態度に、マクリトはやや調子を崩した。

遠回しに彼女を弱者扱いしたのだ。怒って当然だと考えたのは、マクリトだけではない。研修生や冒険者達の間で和やかな笑いが漏れる。

挑発に失敗したマクリトは怒りを露わにして、召喚を始めた。

「支部長が君を買っているというのに！　君は！　まだまだ子どもなんだな！　そこにいる女よりも、支部長のほうが聡明な考えを持っている！」

「どちらも間違ってないと思います！　でも支部長の考え方には賛成できません！」

マクリトが杖を振るって動作を終えると、決闘場の石畳に魔法陣が浮かぶ。

「吹き荒れろ！　風の精霊フェーンッ！」

魔法陣の中心から突風が起こった直後に出現したのは、細身で丸い顔をした精霊だ。それが宙に浮き、所々に竜巻を帯びている。その困り顔は、人によっては苛立ちを誘発させるだろう。

「吹かれて飛んでフェーンふぇん。ご主人様、何用で？」

「あそこにいるガキが敵だ。やるぞ」

「はいはいふぇん」

その精霊を見た瞬間、リティは走った。が、そんなリティを横から直撃したのが暴風だ。バランスを崩して飛ばされたリティは、暴風に遊ばれるようにして竜巻に乗ってしまった。

「ひゃああああぁ！」

「みゃぁぁん！」

「召喚師《サモナー》に召喚を許すな、鉄則だぞ！　少女よ！」

教官らしい発言だが、マクリトはすでに必勝パターンに持ち込んでいた。風の精霊フェーンによる竜巻、暴風で相手を無力化する。その上で次の手だ。マクリトがまた杖を振るう。

「フェーンよ！　ウインドカッターを撒けッ！」

「はいはい、わかりましたふぇん」

風向きの反対方向から、風の刃が襲ってくる。暴風で身動きが取れない中で、ウインドカッターで仕留める。これが現役時代からの彼の戦術だった。

大体の相手はここで終わるので、マクリトはすでに勝った気でいる。だが——。

「ていやぁっ！」

「な、なにっ！」

剣を持ったリティが、爆炎斬りでウインドカッターを相殺する。その反動でわずかな間ながら、移動したのだ。

どこから剣を、という疑問は次のウインドカッターを迎撃したところで解消された。

「みゃああんっ！」

ミャンが大口を開けて、そこから出てきたのは片手槍だ。そして最後のウインドカッターを爆破して移動した先が地上だった。

そこで石畳に片手槍を突き刺して、片手で持って暴風に耐える。ミャンの口に片手剣をしまって、今度は片手斧だ。斧を持った手を突き出すと、槍を軸にリティが暴風に煽られてくるくると回る。その姿はさながら、風車のようだった。

「何をしているんだ⁉　フェーン、奴に止めを刺せ！」

「あ……」

フェーンが声を出したと同時だった。暴風で凄まじい回転力を得たリティが、槍から手を離す。そこから飛んできたリティの両足が、マクリトの顔面に直撃する。その威力たるや、マクリトを決闘場外にぶっ飛ばすほどだった。顔面を血まみれにして、ぴくぴくと体を痙攣《けいれん》させたまま動かない。

「ふぇぇん？　終わったふぇぇん？　じゃあ、さよならふぇん」

風の精霊フェーンが、竜巻と共に消えてしまった。暴風は止んだが、リティも明後日の方向へと飛んでいる。観客達の前で起き上がると、マクリトの気絶を確認した。

「召喚師《サモナー》に召喚を許すな、ということは召喚師《サモナー》を倒せば終わるんですね。勉強になりました」

勝利の余韻を感じてなさそうなリティが、しっかりと立つ。槍を取りにいき、再びミャンの口に入れた。

あれだけの暴風なのにウインドカッターが反対方向から飛んでくるのを見て、リティは思いついたのだ。暴風よりも重く速いものであれば、一瞬なら逆らえると。

「ミャン、二人の勝利ですね」

「みゃんみゃーん！」

「でも、召喚獣がいなくなってしまいましたね」

体をくねらせて左右に振るミャンの勝利のポーズだ。リティはミャンを撫でてから、支部長のほうへと向く。完全に沈黙した支部長からのコメントはなかった。

代わりにカタラーナがリティに返答する。

「術者が戦闘不能になれば、召喚獣に戦う理由がなくなるからね」

「でもあれって魔力は使ってるんですか？　どうもそんな気がしません……だとしたら、召喚師《サモナー》はすごいジョブです」

「そう、魔術師《ウィザード》と違って契約条件さえ満たせば力を使い放題なのよ。彼がフェーンとどんな契約をしていたかは知らないけどね」

「またまた勉強になりました……」

勝ったというのに、まだ何かを吸収しようとしているリティを初見で理解するのは難しい。研修生や冒険者は唖然とするが、支部長は打ち震えていた。

なんとしてでも欲しい、彼女は間違いなく当ギルドの看板となる。ミャンを巧みに使いこなすリティの手腕に魅了されたのだった。

第六話　リティ、理解不能と遭遇する

「いやー、素晴らしい！」

支部長がリティへ拍手を送る。リティに負けた教官マクリトは気絶していて、起きそうにない。そんな彼を放置して、何をしているのかとリティは支部長に対して眉をひそめる。

「生物以外かつ大きさ制限ありの収納能力しか持たないミャーンなぞ、と思っていたよ。見事なコンビネーションだった」

「ありがとうございます。マクリトさんを手当てしてあげてください」

「あんなものはもういいのだ。せいぜい中位精霊のフェーンとしか契約できず、冒険者から落ちてきただけの無能だからな」

「……本気ですか」

唯一、あれだけ慕っていたマクリトを簡単に切り捨てた支部長をリティは嫌悪した。自身の経験とも重なり、他人事とは思えないのだ。

支部長を無視して、リティはマクリトを助けに行く。

「マクリトさん。立てますか？」

「私に任せてください」

ユニコーンを連れたセイラが、マクリトの下へ来る。ユニコーンが角をマクリトに近づけると、先端が小さく光った。光に照らされたマクリトが呻き、目を開ける。

「う……ユニコーン？　セイラか……」

「しばらくは安静にしていてください」

「私は負けたのか……」

マクリトがユニコーンの背に乗せられて、ギルド内に運ばれていく。支部長はそれに目もくれずに、大袈裟にため息を吐いただけだった。

「観戦していた者はどう感じただろうな。あのマクリトの醜態を見て、召喚師《サモナー》に憧れるものなどいようか」

支部長が決闘場の中心へと歩き、全員に言い聞かせるようにして演説を始めた。指先から迸る炎を動かし、円を描いては消える。

リティは目を見張った。召喚師《サモナー》ギルドの支部長が見せたそれは、どちらかというと魔法のそれに近かったからだ。

「失敗だったよ。初めから私が戦っていればよかったのだ。そうすればリティ君も、当ギルドへ招待できたものを……」

「マクリトさんは精一杯、戦いました。あの人が弱いとは思いません」

「無理にフォローしなくてもいい。私はな……」

「負けたらまた頑張ればいいんです。冒険と違って、今はそれが出来ます」

リティの反論に支部長は言葉に詰まった。勝者の余裕があってマクリトを庇っているのかと思っていたが、そうではないと感じたからだ。

これまでの冒険で命を脅かされた経験があったからこそ、リティは強く主張できた。そんな彼女の言葉には自然と力も帯びる。

どこか圧倒された支部長はリティを無視して、一人の少女へと目を向けた。

「クーファ、お前も戦うのだろう？」

「え……支部長と……」

「そこのカタラーナ様が、お前をダシにして私をコケにしたのだ。ならば、ぜひその力を見せつけてもらわんとな」

元よりそういう試合なのだ。クーファが断れるはずもなく、アーキュラと共に支部長と対面する。

支部長はクーファとアーキュラを見比べて、頭をかいた。

「どういう手品でアーキュラと契約したのかは知らんがな。私に勝つ算段でもあるのか？」

「自信は、ないです……」

「それ見たことか」

支部長は片腕を立てて、炎柱を放つ。赤々と燃え盛る炎は、その熱だけでクーファを怖気づかせた。受ければ確実に命はない。

何よりクーファもリティと同様の疑問を持った。支部長は召喚獣を召喚していないが、この炎だ。

答えを出せないクーファを、支部長が鼻で笑った。

「私は召喚などしない。召喚獣を召喚して戦わせるだけならば、二流以下なのだよ。一流の召喚師《サモナー》は召喚獣と契約して、力そのものを使う」

支部長が見せる炎も相まって、その言葉には重みがあった。先ほどまで支部長に対して懐疑的だった観衆の興味を惹いている。

それに応えた支部長が炎の柱をより高く放ち、熱風を放った。観衆はバランスを崩し、リティや教官達は堪える。カタラーナは熱風をものともせずに腕組みをしていた。

クーファは――。

「なるほど、アーキュラをまとったか」

水の精霊であるアーキュラを全身にまとうことで、防御を成立させた。数日の訓練でクーファはアーキュラと基本的なリンクをマスターしたのだ。

召喚師《サモナー》の思考を召喚獣に、いかに早く伝達させられるか。これは訓練によっても磨かれるが、相性も重要となる。

その点、マクリトとフェーンでいえば相性はまずまずといったところだった。

「では見せつけるとしよう。私が契約したイフリートの力をな」

支部長が炎の柱をクーファに放つ。回転により熱風を周囲にまき散らし、それは見た目以上に攻撃範囲が広い。クーファの水の鎧に命中して、蒸発音が激しく響く。

「もたんだろう？　いずれ熱湯に変わる」

「ア、水属性中位魔法《アクアロード》ッ！」

対抗するように、クーファが水の鎧から水柱を生成する。それが四方八方に散り、水で形成された通り道がいくつも空中にかかった。

それに逃げ込んだクーファが泳ぐようにして、支部長の攻撃から逃れる。水中で加速して、支部長の目を泳がせた。

召喚獣がいれば魔力を消費する必要はない。しかしクーファはあえて魔力を組み込んだ。召喚獣に頼ってばかりではアーキュラとの契約を果たせないと考えたからだ。威力、リンク率、成長性。すべての向上を考えた上での答えだった。

「小賢しい……！　ブレイズストームッ！」

支部長が片腕を天に掲げて、炎の柱を竜巻に変える。クーファが逃げ回る水の道そのものを蒸発させようと、火力を上げたのだ。

アーキュラのおかげで、クーファが呼吸を出来なくて死ぬことはない。しかし、加えられる熱となれば別だ。

少しずつ熱湯になりつつある水の道から、また水の道を作り出す。

「逃げ回るだけか！　所詮はその程度のようだな！」

「クーファさん……！」

リティは手に汗を握り、クーファの勝利を願っている。カタラーナは不動の姿勢で見守っていたが、教官達が騒がしくなった。

「カタラーナさん、ダメだ！　このままでは、あの子が死んでしまう！」

「イフリートとアーキュラ、力関係は同程度よ」

「精霊と幻獣では一概に比較しようもないが、問題は支部長だ！　我々も知らなかったが、おそらくとんでもない代償を支払ってあの力を得ている！」

「その通りだ！　私はとても大切にしていたものをイフリートに差し出した！」

炎を操り、上機嫌になった支部長の表情が歪んでいる。それを見たリティは、支部長に対する印象を完全に変えた。

戦う事を楽しんでいるというより、力に溺れていると感じたからだ。

「娘夫婦だよ！　イフリートはそれを要求してきた！　さすがに私も戸惑ったなぁ！　娘が生まれて幸せの絶頂だった！　断ろうかと思ったが、イフリートが力の一端を見せつけてきた時にどうでもよくなったよ……」

支部長がクーファの逃走経路を熱して、水の道生成も少しずつ追いつかなくなってくる。

あの男がこれから言おうとしている事を、リティは予想から打ち消す。そんなはずはない、ありえない。支部長が人間であればそんな事は絶対にしない、と。

「一瞬で蒸発もすれば、実感も湧くまい。焼かれた魂はイフリートの好物……それならば、この力も必然だろう」

「リティちゃんッ！」

無意識のうちに飛び出そうとしたリティを、カタラーナが押さえる。そのおかげでリティは我に返った。

冒険者を続けていれば、予想もしない事が起こる。リティは頭でそう理解していたはずだった。

あの支部長は人間でありながら、そうではなかったのか。

自分を捨てたユグドラシアの比ではない。頭の中で渦巻く思考の奔流を、リティは必死でまとめようとしている。

「カ、カタラーナさん……あの人は、何なんですか。なんで、そんなことを……」

「理解しなくていいわ。世の中にはそんなのがいくらでもある」

カタラーナのシンプルな回答で、リティはひとまず手を打った。これ以上の思考は危険だと、リティも感じたからだ。

気持ちを落ち着けたところで、炎の赤に照らされた支部長の顔にリティは違和感を持った。何かに似ていると思った時、自然とそう口にする。

「悪魔……」

リティの呟きを打ち消すかのように、それは起こった。水の柱がぐねりと動いて拡散。

大量の水しぶきが一斉に放たれて、辺りに突き刺さる。支部長が咄嗟《とっさ》に炎でガードを試みるも、それを貫通した。

「ぎゃあああぁぁぁぁぁッ！」

熱湯と化したシャワーが、支部長にまんべんなく浴びせられる。

まるで奇妙なダンスのように、支部長が体をくねらせてから転げ倒れた。バウンドしてもがき苦しみ、全身を床にこすりつけている。

「あづいあづいいいいい！」

「水属性中位魔法《アクアバースト》。炎に対するカウンター魔法ねー。あんたはイフリートのおかげで自分の炎もへっちゃらだけどさー。熱湯になったアタシの水は別でしょー？」

周囲を覆っていた炎が消えて、残ったのはのたうち回る支部長だ。皮膚が爛れて、見るに堪えない容姿となった。そんな支部長にアーキュラは微笑する。

「あれだけの熱量なら、威力も期待できるかなーって思ったけどー。あんた、タフねー？　普通に生きてるとかー」

「は、始めからこれを狙って……クーファめ……」

「作戦を教えたのはアタシだけどねー」

リティといた時でさえ、緊張していたクーファだ。それがこれだけのギャラリーの前でそうならないはずがない。

せいぜい彼女がやった事といえば、水の鎧と水属性中位魔法《アクアロード》程度だった。そんな状況なので、クーファは特訓の成果を十分に発揮できずに歯がゆい思いをしている。

「ア、アーキュラさん。私……」

「さんじゃなくてねー？」

「アー、キュラ……」

「少しずつ慣れていくなんて宣言したのはアンタでしょー？」

慰《なぐさ》めもせず、貶しもしないアーキュラの態度はクーファにとっていい塩梅だった。

初心を思い出させて、ひたすら前へ進ませる。アーキュラ自身も、なぜクーファにそこまで尽くすのかわかっていなかった。

ただなんとなく、それだけである。クーファもまたアーキュラに直感で行きついたのだから。

「クソ、まだ、まだだ……イフリートッ！」

満身創痍《まんしんそうい》であるはずの彼が叫び、誰もが驚いた。支部長の片腕から炎が燃え盛り、そこにギラギラと輝く一対の目。

それが何かは、召喚術について知識があまりないリティでもわかった。

――何用か
「け、契約！　契約しよう！　更なる力を得たい！」

寝っ転がりながらも、支部長が出現させたのは紛れもないイフリートだ。それが完全体でないにしろ、周囲を圧倒するには十分な存在感だった。

空間全体に重く響く声が、聴く者を畏縮《いしゅく》させる。ここで契約されてしまえば危ういと、カタラーナはファランクスを構えた。が、それが杞憂《きゆう》である事がすぐに証明される。

――不可能だ
「な、何故……」

――お前はもう何も払えない
「で、では、あいつらだ……あそこにいる教官どもを……」

——奴らはお前の大切なものではない
愕然とする支部長が呼吸を荒げる。火傷による影響もあり、その命の灯が揺らぎ始めたのだ。

「そん、な……」

——いや、一つだけあった
「あるのか!? ではそれを！」

——よろしい。契約完了だ
アーキュラが再びクーファにまとわりつき、水の鎧へと変化する。

「ハハハ……やった、これで逆て」

それが最悪の行動だと発覚したのは、支部長が一気に燃え上がった後だった。バーナーのように炎が吹き上がり、一瞬の高威力を見せたがすぐに消える。

そこには支部長の遺体すら残っていなかった。

「な、何が、起こって……」

「バカな奴ねー。イフリートはジジイの魂を要求したってのにさー」

「えええぇ！ それって、なんか、ひ、ひどい、です……」

「だから召喚師《サモナー》は難しいのだ。契約相手が必ずしも誠実とは限らないからな……」

戻ってきたマクリトが、支部長がいた場所に来る。膝をつき、両手を組んで祈りの姿勢を取った。

彼が何を思っているのかはわからなかったが、リティもそこで真似をする。

「私、まだまだ勉強不足です……」

「みゃん……」

わからない事だらけだが、リティは誓った。クーファのように、少しずつ慣れていこうと。ここでリティは何故かコーヒーの苦みを思い出した。

第七話　リティ、召喚獣との相性について知る

召喚師《サモナー》ギルド内にて、居合わせた人間全員が騎士団の聴取を受けている。

ギルド内の決闘場は王国に許可を取っているため、決闘の類も許されていた。つまりそれは国にとっても有益だと判断されたという事だが、こういった事態となれば話は別だ。

しかも今回、やってきたのは騎士団の中でも召喚師《サモナー》に対して懐疑的な者達である。

「召喚師《サモナー》ギルドの支部長ダブムはイフリートとの契約によって自滅、ねぇ？　確かに全員が口を揃えて同じ供述をしているねぇ？　で、決定的な証拠はあるのかねぇ？」

「アンフィスバエナ隊を納得させるのは難しいわね。ていうか納得する気ないでしょ」

「そう反抗的な態度を取るのであれば、尚更だねぇ」

双頭の蛇が刻まれた鎧を身につけている騎士は、威圧的な態度でカタラーナを牽制する。

彼女が相手にしているのはアンフィスバエナ隊の隊長バイダーだ。そのまとわりつくような視線と、粘着質な喋り方に嫌悪する者も多い。

オールバックを手で撫でながら、彼はカタラーナの目を常に覗き込んでいる。

「バイダーさん、私も見ました。イフリートが」

「それは何度も聞いたんだよねぇ。後は決定的な証拠さえ出せば、すぐにでも報告書を出せるのだけどねぇ？」

「リティちゃんは黙ってて」

「みゃん！」

「ミャンも黙ってて」

バイダーはミャンを汚らわしいものでも見るように、目を向けた。ミャンは蛇に睨まれた蛙のように固まり、小さく唸る。

「ミャアアアン……！」

「ミャン、ダメですよ」

「幻獣ミャーンだねぇ。僕が知る限りでも最弱だねぇ」

「知ってるんですか？」

「これでも召喚獣については熟知しているつもりだねぇ。敵を知れば何とやら、だねぇ」

その粘着性で嫌いなものを徹底して調べ上げて備える。それが彼の強さにも繋がっていた。嫌らしい視線を、威嚇するミャンからカタラーナに戻す。

「証拠がなければ全員、支部長ダブム殺しの容疑者として連行するしかないねぇ。それに彼には孫娘がいた……さぞかし恨むだろうねぇ？」

「その子については私が何とかするわ。そんな心配より、自分の心配をしたらどう？」

「どういう意味だねぇ？」

「わからないの？　冒険者ギルドは今や世界各国に根を巡らせている。その根は国から搾取するけど、得たものを与えている。あなたの独断で早まった真似をすればどうなるやら？」

「む……」

カタラーナは自身の冒険者カードを提示した。そこには冒険者ギルド本部の人間である事が記されている。

彼女が彼の暴挙を冒険者ギルド本部に掛け合えば、もはやこの場だけの問題ではなくなるのだ。そうなれば一部隊の隊長でしかないバイダーの立場は否が応でも揺らぐ。

「あなたでダメなら、これから城に行って国王に掛け合う？」

「そ、そんな権限があるわけないねぇ！」

「特級冒険者が、王族とのパイプがないわけないでしょ。それに証拠を要求するなら、逆に支部長の死因も追及しなよ。それもしないなら、やっぱり掛け合うしか」

「うるさいねぇ！」

バイダーは椅子を突き飛ばして立ち上がり、部屋の出口へ向かう。付き添った部下に顎でドアを開けろと指示した。

その様子を見て、リティは彼があまりいい人間ではないと直感する。タイプは違うがユグドラシアのアルディスのように、人に対する情がない人間だと判断した。

「召喚獣は危険な存在だからねぇ！　そんなものに頼らねば戦えない者など、我が国にはいらないねぇ！」

そう吐き捨てて、バイダーははらいせにドアを叩きつけるように閉めて出ていった。それにカタラーナが肩をすくめる。

「さて、邪魔臭い奴が消えた事だしねぇ？　これからの話をしようかねぇ？」

「カタラーナさん、その喋り方……」

「おっと、気持ち悪いのが移っちゃった。ま、あいつの言い分もわからないでもない」

「カ、カタラーナさん？」

セイラがカタラーナの言動に不安を覚えた。しかし、それは彼女もわかっている事だ。

他の部屋で聴取されていた教官達が入ってくると、カタラーナは全員をまとめる。

「実際、あの支部長が召喚獣に殺されているからね。取り扱い注意でしょ」

「はい。でも、何にしても使い方次第だと思います」

「そう、セイラさん。それがわかっていればいいの。だから今後はあなたが支部長を務めなさい」

「わ、私がですか⁉」

「この子達の召喚を手伝った時も、あなたが指揮をとってくれたわ。マクリトさんがやられた時も、すぐにユニコーンで癒したもの」

「うむ。私もセイラが適任だと思うぞ」

マクリトがカタラーナの決定を肯定する。支部長を支持していた彼も、今回の件で目が覚めたのだ。

力に対する妄信の危険性やセイラの行いにより、本当に大切なものに気がついた。他の教官達も同じで、全員が彼に続いてセイラを推す。

「私が……」

「一番先に手伝いに来てくれたのはセイラさんですよね？　おかげでミャンと出会えました」

「みゃーん！」

「ミャンも感謝してます」

「そうなんですか……？」

ミャンの代弁については信じかねるセイラだが、満場一致の推薦には頭を垂れた。そして杖を両手で持ち、その意気込みを示す。

「わかりました。力が及ぶかわかりませんが、精一杯やらせていただきます」

「我々も出来るだけサポートする。全員で一からやり直そう」

「はい！」

拍手が巻き起こり、セイラが気恥ずかしそうに直立する。ユニコーンを過小評価されて、万年受付の従事を指示された彼女だ。

ユニコーンの可能性を信じて状況を受け入れていたが、ここにきて彼女の人生が一変する。

セイラは奮起した。召喚師《サモナー》を根本的に問い直して、これまでの常識を改めようと。召喚獣至上主義な思想はあってはならないと考え、何より相性の重要性を説く。

そう強く思えたのは、リティやクーファのおかげでもあった。

＊　＊　＊

一晩、ギルドに泊まらせてもらえる事になったリティは屋上に出ている。今日、起こった事はリティにとっても衝撃だった。

悪魔のような思想の支部長という人間の事だ。力の為に大切な人間を生贄に捧げられる人間が、本当に人間なのかと考えている。

そしてこれも冒険の一環と自身を納得させようと、苦労していた。

「リティさん」

「クーファさん？　どうしたんですか？」

ひょっこりと登ってきたクーファがリティの隣に座る。押し黙る彼女の横には水の精霊アーキュラがいた。

リティは彼女達についても考えている。あの見事な戦いを演じた二人を、リティは賞賛していたのだ。

「あの、ありがとう、ございます。私、リティさんがいなかったら……」

「こちらこそありがとうございます。クーファさんがいなかったら、ここまで来られませんでした」

「私、何も……」

「ずっとですよ。ネームドモンスター、深き底の暴掘主の時も今も。あなたがいてくれたから、です」

うまく言葉に出来なかったが、リティは本心で言っている。クーファがいたからこそ、結果的にネームドへの打開策が生まれた事。

彼女がいた事で、カタラーナに同伴させてもらって召喚師《サモナー》ギルドに入れた事。こじつけだろうが、リティは本気で感謝していた。

「リティさんは、なんでそんなに強いんですか?」

「私はまだまだ弱いですよ」

「私は……一人だったら何もできなくて……だからリティさんが羨ましいです……」

「でも、今は出来てます。あの恐ろしいイフリートの力を使った支部長に勝ちました」

「あれは、アーキュラが……」

言いかけてクーファはまた初心を思い出した。少しずつ、一歩ずつ。何の事はない。リティもきっとそうだったのだと、思い直す。

リティがすべてのものに感謝をしていて、そのおかげで前に進めたのだとすれば自分もそうだと考えた。

「リティさんはずっと前を歩いてる。でも、私もいつか……」

「一緒に歩けばもっと進めますよ」

「あっ……」

リティがクーファの手を取る。その温かさにクーファはなつかしさを感じて、目頭が熱くなった。ずっと一人だったが故に、人の温もりがたまらなく恋しい。そして一人よりも二人、たくさんの人がいてこそ歩ける。更に今はアーキュラもいた。

「あんた達、相性がいいのかもねー？　マスターと召喚獣みたいにさー」

「相性？　クーファさんとアーキュラさんみたいに？」

「あのジジイは軽視してたけどねー。マスターと召喚獣にはいわゆる相性値ってのがあるんだよねー。高ければリンク時のタイムラグも少なくなるし、より高度なスキルも使えるよー」

「それってどうやってわかるんですか？」

「わからないよー？」

リティとクーファが何度も瞬きをする。そんな二人をからかうように、アーキュラが体を変形させて二人をくっつけた。ひんやりとした感触だが心地いいと、リティは身をゆだねる。

「ほとんどのマスターはそんな召喚獣と出会えずに一生を終えるし、明確な確認手段もないねー」

「私とミャンはきっと相性がいいです」

「ね、あんたさー。なんでミャーンにしようと思ったわけー？」

「それはなんとなくです。この子じゃないとダメだと思いました」

「やっぱりねー……」

アーキュラがリティから離れて、クーファとくっつく。

「アタシもなんだよねー。そのなんとなくってやつー？　稀《まれ》にいるらしくてねー。その直感だけで最高に相性がいい召喚獣と出会えるやつねー」

「稀なんですか？」

「人間の歴史の中でも、ほっとんどいないと思うよー？　だからアタシは信じたわけー。クーファをマスターと認めたわけー。うけるよねー」

「じゃあ、やっぱり私はミャンと相性がいいんですね」

「みゃあん！」

機嫌よくミャンがリティに頭を擦りつける。その様子をアーキュラは今一、腑に落ちないといった感じで見ていた。

「ところで契約はどうなってるのー？」

「ミャンが傷ついたら、私が代わりに傷つくんです」

「……それ、いつ契約したー？」

「出会った時です」

「みゃんみゃん！」

言葉を交わすわけでもなく、出会った瞬間にそれは即決したのだ。それは最高相性の中でも、更に稀な現象である。

恐らく全世界の有力な召喚師《サモナー》に話したところで、鼻で笑う者が大半だろう。アーキュラはリティが末恐ろしくなった。

自分でさえ契約は即決しなかったところを、彼女は軽々と超えていったのだから。

「あんた、そのうち怪物呼ばわりされるねー」

「何でですか!?」

「それより、そろそろ寝ないとねー。クーファも夜更かしして、寝坊なんかしたらアタシのマスター失格だからねー？」

「は、はい」

言動に反して、アーキュラは規則正しさを求める。それは曲りなりにも、上位精霊としての品性がある証拠だった。

精霊とは太古の時代から、一貫した法則を持つ自然から生まれた者であるので当然だ。つまりクーファはより気を引き締めて行動しなければいけないのだが――。

「さ、三人で寝よー」

「三人で？　ひゃっ！」

強引にリティとクーファをくっつけて、するするとギルド内へと入っていった。こうした行動の理由は、二人に知る由もない。

これも立派なマスターになるために必要な事だと解釈するのが、クーファには関の山だった。

第八話　リティ、ジョブギルドを巡る

召喚師《サモナー》ギルド内にて朝食まで済ませたリティとクーファが、カタラーナと別れの挨拶をする。

今回の件について、カタラーナは召喚師《サモナー》ギルドを少しの間だけサポートすると決めたのだ。そんな彼女が二人に頭を下げる。

「偉そうなことを言った割にあまり協力できなかったわ。セイラさん達がいなかったら、ちょっとやばかった」

「いいんですよ。これから学べばいいんですから」

「リティちゃんはブレないわね」

やりたい放題の彼女も、今回ばかりは反省したようだ。それどころか、二人に逆に学ばせてもらったと感謝さえしている。

特級にまで上りつめて冒険者を極めたといっていい彼女だが、ふとビギナー時代を思い出した。幼くして射撃のセンスを認められながらも、上には上がいるという経験を何度も繰り返したのだ。時には諦める決断を迫られた事もある。

しかし、彼女はここまで来た。やがて見下してきた者達は少し先に始めただけの無能とまで言い切る。こうした人格まで形成されたのは、幸か不幸か。

カタラーナ自身もそれを自覚してないわけではないが、自重する気もない。だからこそ、慢心せずに胸を張って今日まで頑張ってきたつもりだった。

「生半可な奴は嫌いだけど、二人は大好きよ。特にクーファちゃん、あなたはすごい」

「そんな事……」

「理不尽な環境下だろうと、今日まで諦めなかったもの。私は素直に尊敬します」

「そんけい、だなんて……」

褒められて顔を火照らせるクーファ。言葉以上にカタラーナは尊敬どころか嫉妬もしていた。悲惨な環境で生き残って悪魔にも耐えて、水の上位精霊と契約をする。己と比較しても、才能という点においてはまったく及ばない。

それはリティに対しても同じだった。出世ペースでいえば、自分の遥か先を行ってる。抜かれるのも時間の問題だろうと内心、自嘲《じちょう》するが決して表には出さなかった。

「私も頑張るから。二人も負けちゃダメよ」

「はい！」

「が、がんばります……！」

特級になった事で無意識のうちに慢心していた自分への戒めだった。カタラーナは言葉以上にリティ達に感謝していたのだ。

自分はまだ後輩に助けられる程度の存在なのだと、我に返る事が出来たのだから。

カタラーナと別れた後、リティは冒険者ギルドを訪れた。依頼を漁りたい衝動を抑えて筆を執り、紙を用意する。

「リティさん、それは……？」

「故郷の村の両親に手紙を書いてるんです。三級になった事と王都についた事、ミャンの事。伝えたいことがたくさんあります」

「両親……」

リティはそこで自分の発言を後悔した。孤児だった彼女の前で迂闊《うかつ》な発言だったとして、慌てて筆を止める。

しかしクーファに落ち込む様子はない。それどころか、手紙を凝視していた。

「あの、いいんです……」

「でも……」

「あまりよく覚えてませんし……。リティさんの手紙、見たいです……」

クーファの過去は想像よりも重いとリティは察した。

少し悩んだ後、リティはまた書き始める。そのスラスラと進む筆を、クーファはただ黙って見ていた。

そんなクーファに何かしてやりたいと思ったリティは、書き終えた手紙を早々とハルピュイア運送へと預ける。

「クーファさん。これからジョブギルドに行きませんか？　王都には召喚師《サモナー》ギルド以外にも、たくさんのギルドがあるんですよ」

「リ、リティさんはまさか、その。まだ、ジョブを……？」

「はい、いろんなジョブを勉強してより強くなるんです」

クーファは少し考えた。アーキュラがいる以上、クーファが他のジョブを習得するメリットは薄い。

しかしクーファはアーキュラに相応しいマスターになると決めたのだ。具体的にどうすればよいのかわからない以上、リティのように挑戦するのも悪くないとクーファは決意した。

「はい、ジョブギルドに……いきます」

「ではまずは騎士《ナイト》ギルド……はダメですね。クーファさんは剣士《ファイター》の称号を持ってません。では弓手《アーチャー》ギルドにしましょう」

弓手《アーチャー》のスキルはいち早く欲しいとリティは思っていた。飛び道具があれば切り抜けられた窮地は、それなりにあったからだ。投石だけでは重量や距離の問題もあって、限界がある。

弓が最適かどうかはわからないが、リティとしては非常にシンプルな動機でもあった。

「面白そうですよね」

「で、できるかな……」

聞く者が聞けば激怒しかねない発言だ。弓手《アーチャー》ギルドはアトラクションではない。彼らにリティ達を楽しませる義務などないのだ。

むしろ現実を見せつけて諦めさせる権利すらある。クーファの不安のほうが却《かえ》って健全だ。

「……ウソだろ？」

数分前にリティ達を迎えた教官が血相を変えている。彼は、まるでアトラクションか何かと勘違いしている節すらあるリティを快く思ってなかった。

射撃のセンスは剣とは要求されるものが違う。剣などと違って防御もなく、当てる事のみがすべてだからだ。

つまり当たらなければ無意味、そんなシビアな世界でリティは的に高確率で当てて見せた。

「一発、外しちゃいました……」

「そ、そうだ。止まってる的なら百発百中で当てられないとひゃおぅっ⁉」

奇声を発した教官の足元に矢が刺さっていた。どこからか、弧を描いて飛んできたのだ。その原因となるクーファが弓を構えている。

矢が明後日の方向へと飛んだ事にすら気づいてなかった。

「お、おい！　どうやったらこうなるんだ⁉」

「え……あ、あ、すみません！」

「クーファさん、持ち方はこうして……」

「はい……」

憤る教官をよそに、リティがクーファを指導する。姿勢や持ち方を正して何度もチャレンジをした末に、ようやくまともに飛ぶようになった。

的への命中は先が長そうだと教官は考えるが、リティは熱心だ。そして悪戦苦闘の末、クーファはついに的すれすれではあるが命中に成功させる。

「あ、当たりました……」

「やりましたね！」

「やったねーわーぱちぱちー」

「みゃーん！」

「う、ううむ……」

教官が唸ったのはクーファの素質に対するリティの指導力だ。お世辞にも素質があるとはいえないクーファに、リティは根気よく教え続けた。

たった一発を当てただけなのに、リティはとてつもなく褒める。

見込みがない者には早めに告知し続けて十数年の教官だが、リティを見ていると自分が間違っていたのかとすら考えた。

しかし、そこは歴戦の教官だ。己を律して、クーファに残酷な事実を突きつける決心をした。

「君は召喚師《サモナー》だろう？　そこの精霊を見る限り、そちらの才能を開花させていると思える。だったら何も弓に拘る必要は……」

「はい……うれしかったです」

「は？」

「自分でもこうして何かが出来るようになるって……改めてわかりました」

「そ、そうか」

クーファの境遇や心情もわからない教官に、その発言の意図はわからない。が、殊勝《しゅしょう》な態度が彼の中で大きな評価点となって別の意味で考えを改めた。

「ここは他のジョブギルドと違って、一般開放も行っている。射的は自由に行ってもいい。もちろん有料だがな」

「は、はい」

「少しでも弓の魅力を知ってもらえれば嬉しい。いつでも待ってるぞ」

その後、大した上達は見せなかったがクーファは満足した。生きる為に必死だった時と比べて、何かに取り組めた喜び。

何よりこうした時間を過ごせた事が、彼女の糧になる。それが自信へと繋がったクーファが、新たな意欲を見せた。

「リティさん……。格闘士《マーシャル》ギルドも行ってみたいです。カタラーナさんのあの動き……素敵でした……」

「いいですね」

リティとしては称号獲得まで走りたかったが、今日はクーファのために何かをしようとも決めている。

試験前にカタラーナが見せた格闘術、あれは紛れもない格闘士《マーシャル》の称号を持つ者の動きだった。射撃の腕が伸び悩んだ時に格闘士《マーシャル》ギルドの門を叩いた時のエピソードを、カタラーナは二人に話したのだ。

「今なら……何でもできる気がします」

そのモチベーションを粗末に扱うわけにはいかないと、リティも張り切る。

＊　＊　＊

「この根性足らずどもがぁッ！」

「うぎゃあああっ！」

「ひぃぃっ！」

古めかしい道場のような建物に入るなり、飛んできたのは大の大人だ。それも二人が壁に叩きつけられて、のびている。

投げた主がのしのしと大股で歩いてきて、倒れている二人にビンタをして起こす。

「貴様、いつになったらそのへっぴり腰が直るッ！　何故、直らないか考えろッ！」

「は、はいッ……」

「そっちの貴様はあくびをかいておったなッ！　そのあくび一つが命取りになると心得よと言ったはずだッ！」

「すみませんっ！」

「たるんどるわぁぁぁぁ！」

二度目の遠投による結果が、道場の床に激震を走らせる。さすがのリティも面食らった。

これまでのギルドとは毛色が違う上に、一つの感想を抱く。王都のギルドの支部長はどれも普通ではない、と。

しかし、このくらい厳しくなくてはとリティは気を引き締めた。それに今のクーファなら、と隣を見るが――。

「クーファさん？」

「あまりの恐怖に立ったまま気絶してるねー。マジうけるー」

「みゃん……」

クーファの口から抜けかけている魂さえ見えた気がしたリティは、そっと出直す事にする。やはり物事は段階を踏むべきだと、リティ自身も勉強になった。

あのイフリートと契約した支部長と戦ったのに、と思わなくもなかったが。

名前：リティ
性別：女
年齢：十五
等級：三
メインジョブ：剣士《ファイター》
習得ジョブ：剣士《ファイター》　重戦士《ウォーリア》　召喚師《サモナー》

第九話　リティ、再び格闘士《マーシャル》ギルドを訪れる

後日、改めてリティは弓手《アーチャー》ギルドを訪れた。

訓練は動かない的への射的、動く的への射的に分類されている。それに素撃ち、二段撃ちなどのスキルで当てるのが第一段階の課題だ。

仕上げはこれらを時間短縮した上で達成するのが第二段階だが、リティはこれを一日で終えている。この時点で支部長は最終試験を即決した。

弓手《アーチャー》ギルドの熟年の女性支部長は、厳しい事で有名だ。下手をすると一年スパンで最終試験を行

わない事も多い。

「制限時間以内に、無数に動く的の中から目標の的を探し出して当てる……。クリア時間六秒、どこに文句をつけられるってんだい……」

「ど、どうもです」

支部長が赤い唇を歪めて、リティの冒険者カードに称号を捺印《なついん》している。意地が悪い性格の彼女としては、やや面白くない。

しかし才ある冒険者の登場を喜ぶ懐はあった。そんな中で、自然とカタラーナの話題へとシフトする。

「……私が知る限りではあんたが最速で最終試験に到達している。あのカタラーナが知れば悔しがるだろうねぇ」

「カタラーナさんも、このギルドで称号を習得したんですか？」

「あの子は七年かけて習得したね。陰で泣きべそをかいてるところを見たのは一度や二度じゃない」

「そ、そうなんですか」

自分は努力型だという彼女の発言を裏付けるエピソードを聞いて、リティは言葉が続かなかった。

昇級試験での横暴をはらいせと捉えるか、厳しさの裏返しと捉えるかでリティはやや悩む。

しかし別れ際の彼女の態度を思い出して、リティは後者と捉える事にした。少なくとも今のリティに、初対面ほどの悪い印象はない。

「これで称号四つ、ねぇ。この調子なら、格闘士《マーシャル》ギルドにも行くんだろう？」

「はい。そのつもりです」

「あそこの支部長は数年、称号習得者を出してないからね。せいぜい気をつけな」

「え……は、はい」

その発言の意図はわからなかったが、リティの意気込みは変わらない。クーファが気絶したほどの迫力は知っているので、曲者という予想はついていた。

あんたなら問題ないだろうけどねという支部長の皮肉とも取れる発言を聞き流しつつ、リティは表へ出る。

＊　＊　＊

格闘士《マーシャル》ギルドは他のジョブギルドとは明らかに様相が違う。所々、亀裂が入った年季入りの建物。剥がれ落ちた塗装。

そんなジョブギルドだが、リティは堂々と門をくぐる。奥から聞こえてくる怒声が近くなった。

「馬鹿者が！　反省点すら洗い出せぬなら今すぐにでも出て行けッ！」

広い道場にて、見習い達が正座させられていた。その中の一人である少女が、特に激しく叱責《しっせき》されている。涙を浮かべて、大男の飛び散る唾を浴びていた。

「立て！　もう一度、組手だ！　左から順にかかってこい！」

「はいッ！」

組手が始まり、一人当たりものの数秒でダウンさせられる。その度に叱責されてはの繰り返しだ。

中には投げ飛ばされる者までいた。

誰一人、大男と善戦できる者がいない。全員に立つ気力も体力もなくなった時、大男は追い討ちをかける。

「ダメだ、ダメだ！　全員、話にならん！　特にエイーダ！　貴様、ここにきてどれほど経つ！」

「三年です！」

「ならば貴様が手本となるべきだろう！　違うか！」

「はいッ！」

「あの……」

見てられなくなったリティが、道場に踏み込む。思わぬ訪問者に大男や見習い達が、ピタリと止まった。

男ではなく少女、それも妙な生き物を巻きつけているとあっては当然だ。

「格闘士《マーシャル》ギルドですよね？　私、リティです。称号を習得するために来ました」

「お前が？　五級への昇級試験や講習なら他を当たれ。ここではやっておらん」

「三級です。称号のために頑張ります」

「む……」

大股で歩いてきた大男が、リティを観察する。特にミャンに対しては、あらゆる角度から眺めていた。

「ペットの持ち込みは禁止だ。これは置いておけ」

「ペットじゃありません。幻獣ミャーンです」

「それが幻獣だと？　いや、そんな事はどうでもいい！　聞けぬというのなら入門は認めん！」

「わかりました。ミャン、あの隅で待っててください」

「みゃん……」

しゅるしゅると隅に移動して、とぐろを巻くようにしてミャンが座る。見習い達がそれを目で追う。おとなしく待っているミャンの姿をリティは満足そうに見届けた。

「これ、登録のお金です」

「……うむ。ワシが支部長ダッガムだ」

ダッガムがリティから金を受け取り、道着の懐に入れた。緊張したまま見習い達はリティに目で帰れと促す。それが親切心であろうことは、リティにもわかっていた。

「時間も半端な上に初日だ。今日は夕刻まで見学していくがよい」

「はいっ！」

「正座だッ！」

「はぁいっ！」

道場の端によって普通に座ろうとしたところで、リティは慌てて正座する。ミャンと隣同士になるが、リティはダッガムの言いつけを守った。

再び組手が始まり、見習い達が次々と痛めつけられる。中でもエイーダは特にひどかった。なじられ、蹴られて、投げ飛ばされる。

他人ごとながらも他の見習い達は彼女を気の毒に思うが、同時に安堵していた。彼女がダッガムの標的になる事によって、自分達への風当たりが弱くなると考えているからだ。

「またへっぴり腰だッ！」

「はいっ！」

「左がガラ空きィ！」

「うぐっ……」

側面から蹴りを入れられたエイーダは堪えるが、追撃の突きで転倒してしまう。

立ち上がろうとしないエイーダを、ダッガムが無理にでも立たせた。ふらついた彼女の頬を叩く。

「今日だけで貴様は六回も死んでいる！　いくつ命を持参する気だ！」

「はひ……」

「もう一回やるぞ！」

「は、ひ」

もはや喋る事すらも出来ないエイーダだ。リティもこれには反感を持った。

厳しいのは承知していたが、死んでしまっては意味がないと思ったのだ。膝が笑い、また倒れたエイーダをダッガムが見下ろす。

「苦しいからといってすぐに休んでは鍛錬の意味がない！　この根性足らずが！」

「は……い」

「フン！　もういい！　そんなに寝たいなら端で寝てろッ！」

ダッガムがエイーダの首根っこを掴んで投げ飛ばした。リティはそれをキャッチしに行く。意外な行動にダッガムは面食らうが、すぐに歩み寄る。見習い達はリティのその身体能力に驚くが、ダッガムだけは冷静だった。

「誰が手出しを許可した？」

「この人を殺す気ですか」

「このくらいでは死なんよ」

「死なないようにするのがジョブギルドのはずです」

見習い達が青ざめる。これ以上、火に油を注ぐなとリティに念を送っていた。しかしダッガムは何も言わずに踵《きびす》を返し、奥へと歩く。

「興が醒めた。今日は終いにする。リティといったな……明日から覚悟してもらうぞ」

「望むところです」

先程の勢いに反して、ダッガムは静かにいなくなった。残された見習い達は一斉に大きく息を吐く。そして虚ろな様子で立ちあがり、よろよろと道場から出て行った。その際に口々にダッガムへの呪詛を吐き出す。

リティは彼らについていった。

「やってられねぇよ……もう今日で辞めるわ。あのおっさん、なんか勘違いしてんじゃないか」

「俺もだよ。あんな調子でやられちゃ強くなる前に死ぬよ……」

「たかが下位職の格闘士《マーシャル》でさ。あいつ自身も、俺達みたいな格下にしか粋がれないんだろ」

「そこの女の子も、やめたほうがいい」

「いえ、やめません」

頑なになるリティに、見習い達は軽蔑すら含んだ視線を送る。一日で辞める者が珍しくないギルドだ。

三級で意気揚々と入ってきたものの、一日の間に数えきれないほど投げ飛ばされた者もいた。中には怒って戦いを挑んだ者もいたが、武器を所持した状態ですら投げ飛ばされたのだ。そんな支部長であるから、見習い達も本心では彼が弱いと思ってない。

しかし、彼らは折れてしまった。

「見ただろ。あんなのただの虐待だよ。だから潰れかけるんだ」

「潰れかけるとは？」

「あんな調子だから、人が寄り付かなくなる。運営費もまかなえずに、このボロい建物の修繕すらままならない」

リティは建物を見上げた。屋根も危うく、全体を見るといつ倒壊してもおかしくないほどの状態だ。

リティはこんな状態を放置しているダッガムの真意がわからなくなった。

「それによく考えたら、格闘士《マーシャル》なんてだせぇわ。やっぱり男は剣士《ファイター》だよな」

「いいね。明日は剣士《ファイター》ギルドに行こうぜ」

「ダッガムさんに辞める事を伝えなくていいんですか？」

素直な疑問を口にすると、見習い達は呆れたように鼻を鳴らす。

「今まで辞めた奴らも無言だったからな。金はくれてやるよ。癪だが手切れ金と思えば悪くない」

「エイーダもいい機会だから一緒に辞めようぜ？　お前が一番うんざりしてるだろ？」

「そんな事ないッ！」

大きく言い返してきたエイーダに見習い達は引く。リティも意外に思ったが、それが虚勢でない事は目を見てわかった。

あれだけ痛めつけられて泣いていたのに、強い意志を感じたからだ。

「あの人の指導は的確だよ！　腑甲斐ないのは上達できない自分のほうだ！」

「あんなんじゃ上達なんて出来ないだろ……」

「厳しいに決まってる！　生死が関わる仕事をするんだから当たり前なんだ！　あなた達は剣士《ファイター》ギルドでもどこへでも行けばいい！　わたしはまだやるッ！」

そう言い切って、エイーダは走り去った。勢いに圧倒された見習い達だが、やがて再び歩き出す。

「あいつ、家が貧しいのによくやるよな」

「あそこに通いながらも、仕事して生活費を工面してるらしいぜ」

「そりゃ本当か？　だったら尚更、あんなとこ辞めりゃいいのによ。本当に死ぬだろ……」

リティは自分の行動を思い直した。あの様子だと、エイーダを助けたつもりが余計なお世話に思えたからだ。

もし彼女の主張が正しいなら、根本的に勘違いしていたのはリティのほうだった。

「あの人達とは違うのかな？」

ユグドラシアを思い浮かべながら、そう呟いたリティは明日に向かって今日は体を休める事にした。

名前：リティ
性別：女
年齢：十五
等級：三
メインジョブ：剣士《ファイター》
習得ジョブ：剣士《ファイター》　重戦士《ウォーリア》　召喚師《サモナー》　弓手《アーチャー》

第十話　リティ、格闘士《マーシャル》ギルドで訓練する

「今日は六人か」

辞めると宣言していた見習い達の姿がない。こんな事は日常茶飯事なのか、ダッガムは大した感情を見せなかった。

ダッガムが運営する格闘士《マーシャル》ギルドの始まりは早朝だ。本来であれば教官もいてそれなりの賑わいがあるのだが、今はガランと広い。

泊まり込みの訓練も可能なはずだが、それをやっている見習いもほとんどいない。こんな状況だ

がダッガムのやる事は変わらなかった。

基礎トレーニングの後は格闘士《マーシャル》スキルの練習、組み手とシンプルな構成だ。ダッガム一人なので、すべてを彼が管理する事になる。

「リティ！　お前はビギナーではないから、今日から組手に参加してもらうぞ！」

「はぁい！」

「みゃん！」

「それは置いておけと言ったはずだッ！」

「みゃぁぁん……」

ミャンが拗ねながら、するするとリティから降りていく。端でマスターを見守る形に落ち着いた。

ミャンが巻き付いてない状態が、かえって不自然な状態となったリティ。軽く体を動かしてから基礎トレーニングに取りかかる。

気合いを入れて終えた頃には、見習い達は汗だくになっていた。

「いつも言ってるが、格闘士《マーシャル》は体そのものが武器だ！　全身に神経を集中させろ！　毛先まで感じ取れッ！」

「はぁい！」

一際大きな声なのがリティだ。そんな状況で、リティは見習い達を観察する。弓手《アーチャー》ギルドの支部長の発言の真偽を見極めるためだ。

少なくとも昨日、辞めた見習い達は長い事いるのに称号習得には至ってない。あのエイーダも同様だがリティが見る限り、彼女の動きがもっとも洗練されていた。

「リティ！　集中できとらんぞッ！」

「すみません！」

周囲への観察がバレたとリティは思った。ばれないようにやったつもりだったが、ダッガムは恐ろしく目ざとい。

それは熟練者としての力を示すのに十分な出来事だった。あのダッガムも他の支部長同様、二級以上の実力者だとリティは見定める。

一通り、基本スキルの訓練が終わると数分の休憩をはさむ。次からは一人ずつ、支部長との組手だ。

リティはここで疑問を持った。剣士《ファイター》ギルドではロマとペアで訓練をした事があるが、ここでは支部長との一対一のみ。空気を読んで黙ろうかと考えたが、リティは質問する事にした。

「他の方々とではなく、支部長とですか？」

「弱い相手との組手になぞ、何の意味もない！　ワシが体に叩き込んでくれる！　ではエイーダ！」

まだリティに反論の余地はあったが、これ以上の口ごたえはやめた。流れを阻害するだけでなく、支部長を怒らせても仕方なかったからだ。

「どうした！　まだへっぴり腰だぞ！」

「はぁッ！」

「ぬっ！」

支部長とエイーダの激しい組手が始まる。エイーダの回し蹴りはダッガムにガードされるも、確かな重みがあった。

その一瞬だけリティは見た。支部長の表情がかすかに和らぐ。しかしすぐに厳しい形相に変わり、エイーダを拳一つで弾き飛ばしてしまった。

「なっとらん！　何故、このような結果になったのか考えろッ！」

「回し蹴り後のフォローが出来てませんでした！」

「良しッ！　次！」

その後の見習い達は散々だった。リティが見る限り、そう悪くない範疇に止まるがダッガムはあれから頬を緩めない。

中には初撃を防げずにダウンする者もいて、ダッガムの叱責が増す。

「そんな様なら、もう辞めてしまえッ！」

「う……うぅ……」

「どけッ！　次！　リティッ！」

「……はいッ！」

リティは三級だが、格闘に関してはビギナーだ。だからといってダッガムに勝利を譲る気はなかった。

リティは彼に言いたい事がある。しかし、普通に言うよりは、実際に結果を出して見せたほうがいいと思った。

少なからず存在するダッガムへの不満、それがリティを突き動かす。

「かかってこいッ！」

ダッガムが構えた瞬間だった。リティが跳躍と共に、ダッガムの頭部に向けて蹴りを放つ。ダッガムはガードをするも、その重さまでは予想できなかった。

腕が押されてガードを崩されかける。それどころか、腕にダメージさえ残りかねない。

「うぐぉッ！」

「やぁぁッ！」

ダッガムはあえて体を傾けて、衝撃を和らげる。その隙を着地したリティが、また蹴りで追撃した。

連撃に次ぐ連撃はダッガムに反撃の余地を許さない。体格も遥かにダッガムのほうが上であるはずが、小さな少女に圧されている。

粗削りではあるが、リティのそれは見習いの域を超えていた。パワー、スピード、何よりたった一度のスキルの訓練でここまで昇華させたのだ。

成長を実感する暇もない。ダッガムの中で、リティに対するわずかな恐怖が生まれた。

「はぁッ！」

リティが間合いを詰めた途端、ダッガムの頭の中に敗北の二文字が浮かんだ。そうなった時のダッガムの対応はもはや無意識だ。

「おのれぇぇぇぇッ！」

「えッ……」

それを受けた時、リティは爆発が起こったかのように錯覚した。一つ、二つ、三つ、四つ。全身が何かに爆撃されている。

それはダッガムのスキルだった。見習いとの組手に放ったそのスキルは――。

「爆連撃ッ！」

もはやリティにガードを許さない。小さな体が滅多打ちにされて、その威力で宙へ浮く。

格闘士《マーシャル》どころか、それは武闘士《グラップラー》のスキルだった。

ダッガムのパワーから放たれたそのスキルを、丸腰のリティが防ぐ手立てはない。リティが気を失いかけた時、視界の端に何かが走った。

「みゃーんッ！」

「うぉッ……！」

ミャンがダッガムの足元を縫うように走り回る。スキルの最中に意表を突かれたダッガムは、あえなく転倒してしまう。道場の床に、その巨体を打ちつけた音が響いた。

「うぐあぁッ！」

「た、助かった……？」

「みゃん！　みゃんみゃーん！」

ふらついて膝をついたリティの下へミャンが駆けつけた。リティの至る所を舐めて、献身的な姿を見せる。

ここでリティは、ようやくミャンに助けられたとわかった。本来ならミャンを叱らなければいけないところを堪える。

「ミャン……ありがとう……」

「みゃん！」

「う、うぬぅ……」

腰をさすりながらダッガムが立つ。観戦していた見習い達は激震を予感した。絶対に怒られる、キレる。投げ飛ばされる。

そんな未来を想像して微動だに出来なかった。来たる嵐を覚悟するだけだ。

「ワシは……そうか。やってしまったか……」

「ミャンがすみません！　私が未熟なばかりに」

「召喚獣がマスターを助けたのだろう」

「召喚獣……知ってたのですか」

「その手の知識は疎いから、さすがに調べた。道場に得体の知れない生物を上がらせるわけにはいかんからな」

ダッガムは道場に腰を落とし、まだ腰をさする。リティも爆連撃のダメージが残っており、うまく立つ事が出来なかった。

あのまま最後までスキルを終えていたら、と。リティはダッガムという男の底力を思い知った。

「ワシの油断だ……それにすまなかった。今、ワシは貴様に武闘士《グラップラー》のスキルを放ってしまったのだ。未熟、不徳……やはりいかんな」

「あの、そこまで思いつめなくても……。私は生きてますよ」

「今のワシの愚かな姿は、見習い達もしっかりと見ただろう。もはや言い逃れは出来ん」

荒々しさはどこへやら、ダッガムは座り込んだまま立とうとしない。その落ち込んだ様子に、リティはかける言葉を失った。

そこへエイーダが来て、ダッガムの前で正座する。

「支部長、そんな事を仰らないでください。一体、どうされたんですか？」

「エイーダ……。お前はもう称号を習得する実力を身につけている。与えないのはワシの弱さなのだ」

「私が⁉」

「おやおや、精が出ますねぇと言うつもりで挨拶に伺ったのですがねぇ？」

道場の入口に寄りかかっていたのは、召喚師《サモナー》ギルドに来た王国騎士団アンフィスバエナ隊の隊長バイダーだ。

部下を数人ほど引き連れて、土足で上がってきた。

「待てッ！　靴を脱げッ！」

「おっと、これは失礼」

わざとらしく間違えたかと思えば、バイダーは靴を脱いで揃える。彼の登場に、ミャンが唸った。

リティはミャンを抱き寄せてなだめるが、威嚇は収まらない。

「ミャアアンッ！」

「ミャン！」

「また一段と数を減らしましたねぇ。さすがは〝武鬼〟と恐れられたダッガム支部長のギルド……いやはや、素晴らしい」

それが嫌味である事はリティにもわかった。しかし当のダッガムが何の感情も出さないので、リティも黙る。

ダッガムはようやく立ち上がり、バイダーの至近距離にまで寄った。

「何用だ」

「いいえ、様子を見に来たんですよねぇ。このギルドがしっかりと役割を果たしているかどうか、ねぇ」

「訓練中だ、帰れ」

「数年もの間、称号習得者を出さずに見習いの数は減る一方。このギルドはどこの誰に役立っているんですかねぇ？」

「貴様の知ったところではない」

「いーえいいえ」

バイダーはつかつかと往復して、もったいつける。その長身で挑発的なポーズを取り、ダッガムに改めて向き直った。

「ところが冒険者ギルド本部に所属する、とある方が言ったんですよねぇ。冒険者ギルドは我が国に根を巡らせるが与えもする、と。つまりですねぇ？　これは裏を返せば、与えていただけないギルドに価値はないという事なんですよねぇ？」

「支払うものは支払っている。何が目的だ」

「単刀直入に申し上げますとですねぇ。このギルドを取り壊しに来たのですよねぇ」

「断る」

「ろくな人材も育てられず、活躍もない。僕が上に掛け合えば結果はどうなるかねぇ？」

バイダーが細い舌をちらつかせる。その蛇を連想させる仕草に、エイーダ達は嫌悪した。バイダーが最後まで言わずとも、その意図はリティ以外が察する。

「断ると言ったら？」

「もちろん相応の恩恵は与えますからねぇ。まさかそれでも断ると？」

「断る。貴様は信用できん。己に囁かれている黒い噂を知らんわけではあるまい」

「根も葉もない噂話を信じてしまいますかねぇ。ま、それはいいとして断るのならば……」

バイダー達が一斉に武器を抜く。ダッガムのみが身構えて、見習い達は恐怖で縮こまった。リティはこの状況でどうすればいいか、必死で考えている。彼女としては戦いは望まないし、それが正解だった。

「やるのですかねぇ？　我々、王国騎士団と？」

「こんな横暴がまかり通るものか！」

「冷静に話し合いに来た我々に激高してあなた達が襲いかかってきた……こちらは正当防衛と。いくらでもやりようはあるのですがねぇ？」

「待ってください」

リティが声を上げると、バイダーは細く鋭利な目つきを向ける。ミャンをなだめつつ、リティはバイダーと一定の距離を保った。ミャンが落ち着かないからである。

「バイダーさんは、このギルドから称号を持った冒険者が出ていないから壊すという事ですよね？」

「そうそう、君は確か一度会ってるねぇ？」

「はい、召喚師《サモナー》ギルドで会いました」

「それで何が言いたいのかねぇ？」

「私が必ず称号を習得して、活躍します。他の方々も同じです」

「ハハッ……！」

笑うバイダーに、青ざめる見習い達。エイーダだけはこのやり取りを冷静に見届けている。

「何をほざくかと思えば……。そんなもの、そこの支部長が今すぐ称号を与えてしまえば済んでしまう話だねぇ？　インチキだねぇ？」

「ダッガムさんはそんな事しません。このギルドが素晴らしい事を証明できるまで、待っていただけませんか？」

「それをこちらが受け入れるメリットはあるのかねぇ？」

「ないです。だからお願いなんです」

「クックックッ……バイダーよ、さぞかし怖かろうな」

バイダーが返答する前に、支部長が不敵に笑った。ダッガムがまたバイダーに接近して凄む。

「何ですかねぇ？」

「こいつらが育って活躍すれば、アンフィスバエナ隊の立場がますます危うくなる。事実、他の隊の役回りを知らんわけではあるまい」

「な、なにをほざくかねぇ⁉」

「冒険者ギルドはこの国にも根づいている……貴様が言った事だ。根づけば根づくほど正規軍の端から暇になる……わからんでもないな」

「言わせておけば……！」

バイダーも負けじと睨むが、動じないダッガムにやや気圧される。無意識のうちに、このまま戦っても無傷では済まないと悟ったのだ。

バイダーは大きく舌打ちをしてから、武器を収めた。

「一週間だけ待っててやるねぇ！　それでも何の成果がなければ、その減らず口を閉じてもらうだけじゃ済まなくなるねぇ！」

バイダーが急ぎ足で道場から出ていくと、部下達もそれに続いた。その姿が見えなくなった事を確認してから、ダッガムはまた床に腰を下ろす。

「フー……まったく、小物めが」

「ダッガムさん、あの人は何なんですか？」

「知らんでいい。奴には関わるな。それよりも二言はないだろうな？」

「はい」

ダッガムが口元だけで笑うと同時に、見習い達は身の危険を感じた。流れで彼らも巻き込まれてしまったからだ。

いっそ先日の見習い達と同様に辞めてしまおうかとすら考える者もいる。そうなれば怒りの矛先は自然とリティに移ろうとしていた。

「皆さん、絶対に強くなれます！　私も協力しますから頑張りましょう！」

「みゃん！」

見習い達が、リティの屈託のない笑顔に脱力させられる。何の根拠もない無責任とも取れる言葉だが、彼らの負の感情が浄化されつつあった。

それは支部長と互角に戦ったリティだからともいえる。何より言葉だけではない、三級という実績を持っていると彼らは再認識した。

第十一話　リティ、格闘士《マーシャル》ギルドの真実を知る

バイダーが指定した一週間という期間はあまりに短い。その間に格闘士《マーシャル》ギルドの存在意義を示せなど無理な話、というのはダッガムが一番よくわかってる。

故にダッガムのやる事は変わらない。唯一の嬉しい誤算といえばリティだ。

初日でダッガムに本気を出させて、二日目にしてスキルなしの彼と渡り合っていた。

「いいぞッ！　実に的確だ！」

「そりゃっ！」

かけ声とは裏腹に、リティが放つ攻撃はダッガムの巨体を揺るがす。もはやスキルなしで応戦するには無理があるとさえ、彼は考えていた。

そんな境地でダッガムは一つの結論を思い浮かべる。元々三級としての実績もあるリティを認めないわけにはいかない。

が、彼にはそれを出来ない理由があった。

「ふぅ……文句のつけようがない」

「ありがとうございます！」

「称号を……」

そう言いかけて、ダッガムは言葉を飲み込む。彼の脳裏に浮かんだのはかつての教え子だった。

未経験ながら学び始めて、数ヵ月で格闘士《マーシャル》のすべてをものにした神童だ。当時、在籍していた教官達も含めて満場一致の称号進呈だった。

「いや……もう少し練り上げてからだな」

「はい……？」

てっきり称号を貰えるとぬか喜びしたリティ。ダッガムは片手で額を押さえて、何やら悩んでいる様子だった。見かねたエイーダが、口答えを試みる。

「支部長、後学の為にリティさんの至らない点を教えてください」

「それはだな……」

「オレもそう思います！　その子の動きはすでに達人の域です！」

「私はこのギルドに二年以上在籍しているが、最終試験をただの一度も見た事がない！　我々が至らないのであれば認めます！　しかしその子は何故です⁉」

エイーダに続いて他の見習い達が珍しくダッガムに意見をしている。彼らはリティという鬼才に当てられたのだ。

嫉妬すらわかない彼女の才覚は、今まで押し込まれていた鬱憤を吐き出させる原動力になっていた。

「黙れ！　ワシが認めんと言っている！　それがすべてだ！」

「しかしこのままではバイダーの思うツボです。支部長、この際なのでハッキリ言います」

「何だ？」

「わたしはこのギルドが好きです」

思わぬエイーダの言葉に、ダッガムが身を退いて押し黙る。彼自身、行き過ぎた指導をしている自覚はあった。

それだけに見習い達が相次いで辞めてしまったのは事実である。だから在籍している者達も、自分を快く思っていないと考えていた。

しかしダッガムは嫌われても構わないと思っていたのだ。

「エイーダ、何だと？」

「確かにわたしが至らないせいで、今は足踏みをしている状態です。苛烈な指導を行き過ぎていると感じた人達もいました」

「そうだな。だがワシは」

「だからこそ、わたしはここで強くなりたいんです。わたし、最初はすごくいい加減な理由でここを選んだのですから……」

エイーダが俯き加減で、言葉をやや濁す。ダッガムは額の汗を拭い、彼女の言葉を待った。

見習い達はエイーダの事情を知っている。彼らはエイーダの成功を願っているのだ。

「わたしの家は貧乏で、兄妹達に食べさせていくのも大変です。それだけに武器なんて買えるわけがありません。だから……格闘士《マーシャル》にしました」

「そんな動機で……」

エイーダは称号を獲得しておらず、今は6級の依頼をこなす毎日だ。かなりのハードスケジュールだが、支部長はそんな事情を知らない。

「そんな動機だからこそ、激しい指導風景に圧倒されました。見学した時は正直、辞めようと思ったのです……。そして終了後、泣きながら辞めるとあなたの下に来た人がいましたね」

「あの時の事か！　み、見ていたのか⁉」

「はい、偶然……」

リティはダッガムがその人物に何をしたのか予想する。投げ飛ばしたのか、叱責したのか。しかし、どちらも外れだった。

「あなたは登録料を返しました。一言、『すまなかった』とだけ言って……」

「そ、それは本当なのか⁉」

「支部長！　どういう事です！」

この事実は見習い達も知らなかった。ダッガムは何も言わずにただ立っているのみだ。

リティはダッガムの行動の意図を考えたが、やはり答えは出ない。しかしこの建物が古めかしくて傷んでいる理由がわかった。

そんな調子だからこそ修繕費すらまかなえないのだと、リティは納得する。

「支部長、あなたはきちんと見習い達と向き合っています。わたしがこのギルドにしようと決めたきっかけなんですよ」

「……そうか」

「それがわかっているからこそ、応えたいんです。行き過ぎていると思える指導も、すべては愛情の裏返しなのだと……わたしはそう感じました」

ダッガムは観念した様子で、リティ達を見据える。全身の力を抜いた彼は指導者ではなく、一人の人間だった。

人間としてすべてを話そうと、ダッガムは気持ちを切り替えたのだ。

「愛情、か。そんなものがあれば、あの子は死なずに済んだかもしれんな」

「あの子……？」

「ワシが特別、目をかけていた少年がいてな。そこのリティほどではないが、目まぐるしい成長を見せた。この子ならすぐにでも冒険者としてモノになる……そう確信したのだ」

「そ、その子が、その……。死んだと？」

「あぁ、死んだ。称号を与えた数日後に、変わり果てた姿となって発見された」

誰もが言葉を失った。エイーダも予想外に重いエピソードを受け止めきれていない。まるで自身の事のようにショックだったのだ。

「ワシの指導が間違っていたのか、彼の判断ミスなのか……わからんがな。わからんがそれ以来、どうにも教え子の訃報を聞く度に力が入ってしまう。もっと強く、誰にも負けぬように鍛え上げねば、と」

握り拳を作るダッガムが、震えている。気がつけば背中を見せているので表情はわからないが、おそらく泣いているのだろうと全員が思った。

「不出来であれば命を落とすだけだ。ならばいっそ辞めてもらったほうがよい……。しかし、ワシには教え子を一人前にする義務がある。その義務を果たせずして、何が支部長か……」

辞めていった者達への謝罪の意味を知ったリティは複雑な思いだった。どう声をかければいいのか、必死に考えている。

リティにわかったのは、このダッガムという人物が凄まじく真面目という事だ。真面目すぎるが故にうまくいかない。

言い換えれば不器用なのだが、リティにそこまでの結論は出せなかった。とても声をかけられる様子ではないが、リティは思い切る。

「ダッガムさん、私は三級の冒険者です。ここで学んだスキルを使って魔物とも戦います。だから自信を持ってください」

「だが、お前には称号を与えていない」

「だからこそです。称号を与えられないような私が頑張れば、きっとダッガムさんの自信に繋がります。私はダッガムさんの教え子なんですから」

「ッ……！」

リティの前向きな宣言に、ダッガムはまた涙をこぼした。しかし、その姿は決して見せない。

何故、自分のような人間のために。ダッガムはリティの本質をおぼろげながら理解した。

彼が爆連撃を浴びせてしまったのは、リティの本気に当てられたからだ。たとえ称号を与えられなくても、今もこうして本気で前へ進もうとしてる。

しかも自分だけではなく、他人の事すら考えていたのだ。

「な、生意気なッ……お前が、そんな事まで……」

「私は冒険者ですから冒険をします。ダッガムさんは今まで通りでいいんです」

「その通りです」

エイーダがリティに相づちを打つ。続いて見習い達も続き、彼らもこれまでと変わらない胸中を明かした。

エイーダ他、残った見習い達は未だ辞めずに食らいついている。その理由は様々だが、いずれもダッガムへの不信がない事だけが一致していた。

「わたしはまだ六級ですが、やれる事はやります」

「ギルド歴こそエイーダのほうが長いですが、四級の私が気張ってこそです」

いずれもリティよりも下の等級だが、実力は着実についている。それを彼らも実感しているのだ。そんな彼らを、ダッガムはまだ見る事ができない。零れる涙を抑えられないからだった。

「馬鹿者どもが……ひよっこの分際で……」

「知ってしまった以上は、なにが何でも認めさせますよ。もしそうなれば、三級への昇級も見えてきますからね」

「優しくする気はないぞ……ワシは今までと変わらん！」

ダッガムは涙を拭いてから、見習い達と再び向き合った。握り拳に仁王立ち、やる気は十分だ。

リティや見習い達もまた同じポーズを取る。

「では組手を再開するぞ！　誰からだッ！」

「わたしです！」

「いや、オレだろう！」

「私だな！」

「もう一度お願いします！」

「リティ、お前は今やったから後だ！」

我先にと志願する見習い達にダッガムは変わらぬ厳しさを見せる。しかし、よりやる気を見せた彼らへの笑みが浮かびそうになるのを堪えていた。

＊　＊　＊

「……それで、あの土地が手に入るのも時間の問題というわけですねぇ」

「そうか……」

ガウンをはだけさせた男がベッドに腰をかけて、跪くバイダーを迎えている。寝息を立てている美女を横目に、男はにやけた。

「あそこは以前から欲しかったのだ。だが、朽ちかけのギルドが目障りで仕方なかった」

「あの冒険者ギルド本部の息がかかっていたとあっては、我々騎士団も苦労するのですよねぇ。そうでなければ強引にでも事を進めるのですがねぇ」

「あのギルドに価値がないとなれば、さすがの冒険者ギルドも黙るだろう。なるほど……」

ボリボリと胸をかいて、男は立ち上がる。テーブルに置かれているワイングラスを手に取り、それを察したバイダーがそそぐ。

「よくやった、バイダー」

「そ、それで名誉職《レアル》の件は……」

「考えておこう」

「ありがたき幸せですねぇ！」

バイダーは踊り出したいほどのテンションを抑えていた。栄えある王国騎士団の中でも、アンフィスバエナ隊は王都周りのみを任された自警団紛いの役割しかない。

それには多々理由はあるが、偏にバイダーの不徳だった。年々減らされる割り当て資金、強くなる風当たり。

これらをバイダーは名誉職《レアル》を得るという手段によって解消しようと考えたのだ。そうなれば、この大物に媚びを売るのも厭《いと》わない。

「僕が名誉職《レアル》となれば、騎士団内でも一目以上に置かれますねぇ。あなた様への忠誠心もより高まりますねぇ」

「フ……せいぜい身を粉にして働くがいい」

「ハハーッ！」

バイダーの頭にはもう一つの構想があった。城内で行われた隊別対抗試合にて、自分を負かしたイリシスへの復讐だ。

大勢の前で恥をかかされた屈辱を晴らした未来を想像して、バイダーのテンションは上がる一方だった。彼の脳内で、イリシスは滅茶苦茶な事になっている。

第十二話　リティ、格闘士《マーシャル》ギルドの為に奮闘する

格闘士《マーシャル》ギルドが休みの日でも、リティ達に休息はない。ダッガム支部長の手前、バイダーを見返してギルドを守ると宣言したのだ。

全員で少しでも実績を積もうと思い立ったのが、なんと六級の依頼だった。

メンバーの内訳は三級のリティ、四級のオリガー、六級のエイーダ、他三人。合計六人が六級の依頼を受けるという珍事に、受付が何度も聞き返す事態だ。

リティはクーファも誘おうと思ったが、召喚師《サモナー》ギルドに籠って勉強中とのことなのでやめておいた。

「六級の依頼か。実は初めてなのだが……」

「オリガーさんはすぐに五級に上がって依頼を引き受けたのですか？」

「すぐというわけではないな。これでも年単位の時間がかかっている」

オリガーはすでに治癒師《クレリック》の称号を持っている。更に格闘士《マーシャル》の称号があれば、上位職である武闘僧《モンク》を目指せるのだ。

これを果たして、将来は故郷の寺院を継ぐのが彼の夢だった。それだけに六級の依頼などに脇目を振っている場合ではない。

「君の提案には賛成だ。確かに街中で鍛え上げた我々の勇姿を見せつければ、格闘士《マーシャル》ギルドもきっと見直される」

「前にいた街で頑張っていた時に思ったんです。一生懸命やれば、認めてくれる人達はいます」

「しかし、君まで付き合う事はないだろう？　魔物討伐のほうが効率がいいのでは？」

「皆さん、六級の依頼はやったことがないなら私がついてないと！」

妙なところで先輩風を吹かせるリティに、メンバーが笑う。そんなリティは最初、魔物討伐を提案した。

しかし、すでに実績があるリティとオリガーで魔物討伐を行っただけでは宣伝効果が薄い。そんなオリガーの指摘に彼女は納得して、今回の結論に至った。

生半可な結果では、バイダーは納得しないというのが満場一致の意見だ。

そんな中で唯一、押し切れる結果といえばギルドへの加入希望者の数だとオリガーはいう。人が多くて賑わっていれば潰せないと、彼は踏んだのだ。

しかも、格闘士《マーシャル》ギルドで培った身体能力ならばやれる事は多い。

王都でそれが広まれば、ギルドへの加入希望者も増える。うまくいくかは各々の中で不安としてあったが。

「わたしも経験者だから、わからない事があったら聞いてね」

「ありがとう、エイーダ。しかし、まさか四級にもなってこのような指導を受ける事になろうとは」

「これも修業でしょ？」

「なるほど、それを言われるとつらいな」

家庭環境も相まって、エイーダは努力家だった。金欠故に格闘士《マーシャル》を選んだとはいえ、それは決して甘えではない。

目標があり、守るべき者達の為に常に最適解を選択している。武器を買う金があったら家族に肉でも食べさせる、学園にも通わせるとは彼女の口癖だった。

「あ、武闘服がちょっと破れてるかなぁ。これはさすがに妥協できないや」

「スパッツがお勧めですよ。動きやすいです」

「そ、それねぇ。なんか恥ずかしいな……」

「家族の為ですよ」

「それを言われるとつらいなぁ」

リティから意趣返しを受けたエイーダが舌を出す。そうこうしているうちに最初の仕事先に到着した。内容は引っ越しの手伝いである。

王都内ではあるが、鍛えていない一般の人間には重労働どころではない。大きな家具などもあり、知り合いがいなければ到底不可能である。

「いやー、助かるよ。知り合いもいないし、誰も引き受けてくれなかったらどうしようかと思った」

「お安い御用です！」

「それにしても、すごい体力だね。冒険者は皆そうなのかい？」

「格闘士《マーシャル》ギルドで鍛えてますから！」

リティの指揮によって迅速に進んでいる。力持ちを存分にアピールしつつ、引っ越し先まで無駄なく運ぶ。

すべての作業を終えた頃には、さすがのメンバーも疲れを隠せなかった。体力自慢を出来たのはいいが、これで本当にいいのだろうかと疑問を持つ者もいる。

「あの人には感謝されたけど、宣伝になってるのかな？」

「地道に頑張りましょう」

次は廃屋の解体作業だ。ただの力仕事ではなく、より危険が伴う。その建物は築年数が相当経過

しており、費用の問題もあって管理者の老人も頭を悩ませていた。

国に依頼すれば莫大な費用になるのだが冒険者ならばと、老人は考えたのだ。報酬の割に重労働で、放置された依頼の一つである。

「大丈夫かい？　所々、傷んでるから廃材が落ちてきて危ないが……」

「任せてください！」

老人の心配はすぐに吹き飛ぶ。解体には技術と知識が必要だが、そこをリティ達は身体能力でカバーした。

うっかり落ちてきた廃材をかわして、キャッチ。あるいは蹴り壊して、見る者を釘付けにする。戦闘ではなくても、これなら十分にアピール出来るとして一行は引き受けてよかったと満足した。

「す、すごいな。あっという間に終わってしまった。初めて冒険者の生の仕事を見たが、これほどとは……」

「格闘士《マーシャル》ギルドのおかげですね」

「そうなのか。ありがとうよ。この土地をよこせと騎士団に迫られて、どうしようかと思っていたところでの」

「それってヘビみたいな顔をした人ですか⁉」

「そう、そうだ。だがこれで土地を誰かに売るなり、使用目的が出来た。今度きたら追い払ってやるわい」

老人は何度も頭を下げて、感謝を表明した。こんなところにもアンフィスバエナ隊の影が、と呆れる事にもなった一同。

騎士団とは善良な民を守るのが仕事と認識していたリティに、疑問が募るばかりだった。

＊　＊　＊

一週間という短い期間ではあるが、リティ達は仕事に励む。格闘士《マーシャル》ギルドでの激しい訓練後も赴き、人々に貢献する。

本来なら過労もいいところだだが、これも格闘士《マーシャル》ギルドのおかげだ。

王都という広い街ではあるが、彼女達の活躍に一部が興味を持ち始めた。特にリティが向かった先の依頼主はほがらかに笑う。

「あんた、働きものだねぇ。冒険者って野暮ったい連中が多いと思ったけどね。あんたはいいよ」

「どうもありがとうございます。おばさんは一人で暮らしているんですか？」

「旦那には先立たれたし、息子が騎士団の宿舎で暮らしているからね」

「そうなんですか……」

やや富裕層の中年の女性が、ミャンの頭を撫でながら語る。足腰が弱い彼女に代わって、リティが買い物代行を務めた後の休息だ。

本当は息子にいてほしい、と本音を漏らした彼女にリティは一抹の寂しさを感じた。

「騎士団なんていうけど、あの人達に強引な立ち退きを命じられた人もいるからね……。そんな話を聞く度に、息子が関わってないか心配でたまらない」

「騎士団ってそんなにすごいんですか？」

「治安維持の象徴だからね。それをやりやすくするために、与えられてる権力もあるのさ」

リティの中で疑問が深まる。バイダー率いるアンフィスバエナ隊がやってる事は治安維持ではない、と。

難しい事はわからないリティだが、この女性の息子だけは正しくあってほしいと願った。

＊＊＊

「……リティ、称号を授ける」

「えっ！　間違いないですか⁉」

リティがそんな確認を取るほど、ダッガムの言葉が衝撃だった。連日、ダッガムと互角の戦いを演じた甲斐があったと周囲が労う。

しかし、それだけでは終わらなかった。支部長はエイーダの下へ来て、見下ろす。

「エイーダ、お前にも称号をやる」

「わ、わたしにもですか！」

「元より、前からお前の武術は洗練されていた。称号授与に踏み切れなかったのはワシの弱さだ。それに……」

ダッガムがリティ他、見習い達を見渡す。各々の体の擦り傷は訓練によって出来たものではないと、ダッガムは見抜いていた。

彼らが何をしているか。何のために。それがわからないほど、ダッガムは愚かではない。

「お前達が前へ進んでいるのに、ワシだけ止まっているわけにはいかんからな」

冒険者カードを出せと、手で促すダッガム。二人が差し出すと、奥へと消えていく。

数分後、戻ってきた頃には待望の称号が刻まれていた。リティはもちろん、震えるほど感動しているのはエイーダだ。

「やった……わたし、ついに……」

「だがッ！　一つ、言っておくッ！」

「はいッ！」

「絶対に死ぬな！　死ねば称号は剥奪する！　それどころかお前達の冒険者の資格も同様だ！　わかったか！」

「はい！」

「死にません！」

死ねば冒険者も何もないなどと、野暮な突っ込みをする者はいない。それがダッガムなりの激励だとわかっているからだ。

先を越された四級のオリガーが、後輩のエイーダに何の感情も抱かなかったわけではない。しかし連日の六級の仕事で、彼にも心の余裕が出来た。

討伐依頼ばかりで人から直接、感謝される機会があまりなかった彼にとってそれは貴重な体験となったのだ。

後輩の門出を祝福してやれないで何が寺院を継ぐ、だ。オリガーもまた成長していた。

「エイーダ、おめでとう。そうだ、せっかくだから私が何か奢ろう」

「え……オリガーさん。それってまさか肉ですか？」

「いや、肉とは限らないが……」

「肉でしょう！　肉！　にくッ！」

「わかった、わかったから涎《よだれ》を拭きなさい」

「ありがたくご馳走になりますッ！」

エイーダに続いた後輩達が、勝手にオリガーに感謝する。あくまでエイーダ限定のつもりだったが、引っ込みがつくわけもない。

「それと弟達も呼んでいいですかッ⁉」

「いいですよ。私もお金を出します」

「案外、遠慮がないな⁉」

「さすがはリティさん！　三級！」

「やれやれ……ワシも出そう」

参加してきたダッガムが気恥ずかしそうだ。いつも訓練で激しい檄《げき》を飛ばしていた彼のイメージが覆る。

メンバーの中にはやや気まずい、と思わなくもなかった者もいた。しかし結局は肉の誘惑に打ち勝てない。

「やれやれ、これも修業か……」

「武闘僧《モンク》になるためですよ」

「みゃんみゃん！」

もはや何の関係もないが、リティのデタラメな言葉にもオリガーは不思議な説得力を感じた。

リティはリティでミャンのはしゃぎようが気になったが、すぐに氷解する。

「ミャン、お肉を食べたいんですか？」

「みゃーん！」

ミャンの一筋の涎がすべてを物語っていた。

名前：リティ
性別：女
年齢：十五
等級：三
メインジョブ：剣士《ファイター》
習得ジョブ：剣士《ファイター》　重戦士《ウォーリア》　召喚師《サモナー》　弓手《アーチャー》　格闘士《マーシャル》

第十三話　リティ、下水道で戦う　前編

エイーダが称号を獲得して正式に五級へ昇級した。これにより討伐依頼を受けられる。

そんな間がいいタイミングで、冒険者ギルドにて大規模討伐依頼が出された。下水道に巣くったソードラット討伐だ。この魔物の等級自体は五級だが、数が尋常ではない。

下水道、つまり王都地下を根城にしているという事で一般人への被害が出る前に全滅させよとの依頼だ。

冒険者ギルド内に集まった冒険者達が、先導役の登場を待っている。

「大規模討伐依頼、つまりたくさんの冒険者が参加する討伐依頼ですね」

「わたしなんかが場違いな雰囲気……。あそこのパーティも、有名どころだよ」

「エイーダさんは強いですから、自信を持ってください」

実戦経験がないエイーダにとって、数多の冒険者が集まる場では緊張気味だ。

リティの誉め言葉に嘘偽りはなく、彼女の実力は五級に収まらないとすら確信している。

あの厳しいダッガムが称号を授与しただけあって、そこらの同級では相手にならない。

「エ、エイーダさん。私も、き、ききき、き、きんちょ、してます、から」

「クーファさん、だっけ。三級でも歯の根が合わないくらい緊張するものなの？」

「この子はヘタレだからねー」

「わひゃい!?」

アーキュラの登場に、エイーダが飛び上がる。クーファの背中にくっついていたところで、ずるりと移動してきたのだ。得体の知れない存在に、エイーダはコメントできない。

「アタシ、水の精霊ねー。あんたみたいな打撃オンリーの格闘士《マーシャル》なら完封できちゃうかなー？」

「完封するの!?」

「アーキュラさん、脅かしちゃダメですよ」

「むふふー」

悪戯好きなアーキュラと、真面目なエイーダの食い合わせが心配になるリティだった。

一方で、ゆるい雰囲気の彼女達を睨む輩も少なくない。五級のネズミ討伐ごときに冒険者達が群がるのは理由がある。

何せこの仕事は国からの依頼なので、チャンスでもあるのだ。活躍をして目立てば、何らかの恩恵がある。国に媚びを売って損はないと考える者が大半だった。

「なんだ、あのガキどもは？」

「五級のネズミ相手だからって気楽に構えてるんだろう」

「お前ら、知らないのか？　あのピンク髪のリティとかいうガキは、ネームドモンスターの深き底の暴掘主を討伐したってんで有名だぞ」

「何だって!?」

冒険者ギルド内でも、リティの知名度は割と高い。パーティ戦でも全滅しかねない二級のネームドを討伐したとあっては、嫌でも目立つ。

当の本人は気にせず、ミャンの頭や顎を撫でている。そんな彼女の前に以前、会った事がある男が現れた。

「よっ、君も来たか」

「あなたは確か三級昇級試験の案内を教えていただいた……」

「シャールだ。無事、三級になれたみたいだな」

「はい。おかげ様で感謝してます」

とあるパーティのリーダーがリティに声をかけたとあって、周囲が利かせていた睨みが消える。

〝レッドフラッグ〟、一級冒険者で構成された討伐専門のパーティだ。

彼らは魔物だけでなく、盗賊を始めとした人間討伐も行う。国からも何度もそういった不届きな連中の討伐を依頼された実績もある。

中でも反王国勢力殲滅《せんめつ》に貢献した実績は、王族からも高く評価されていた。

そんなパーティのリーダー、シャールのホウキのように逆立った金髪ヘアーはリティにインパクトを与える。

「シャールがあのガキに話しかけてるぞ？」

「実は妹とか？」

「お前、聞いてこいよ」

「嫌だよ……あいつら、超怖いらしいじゃん。泣き喚く盗賊に笑って止めを刺すような奴らなんだぞ」

冒険者達がレッドフラッグに関する情報を口々に語る中、ようやく今回のまとめ役が登場する。

それはリティも知っている人物だが、彼女のテンションを下げるには十分だった。

何せ依頼の張り紙には騎士団先導の下、としか書かれていなかったからだ。

「集まってるねぇ。今回の討伐は冒険者諸君と僕達、アンフィスバエナ隊との共同戦線だからねぇ。僕の言う事はよーく聞かないといけないよねぇ」

バイダー達の登場で盛り上がる者はいない。元々、不審な噂ばかりが目立つ人物である。

王国騎士の件で、イリシス率いるシルバーフェンリル隊を期待していた男衆が落胆した。そんな空気を察したのか、バイダーはより意地悪く唇を歪める。

「僕達だって暇じゃないんだよねぇ。これも上からの命令だから仕方なくやってるんだよねぇ。ま、冒険者諸君は後ろからついてくるだけで構わないからねぇ」

「へい、勉強させてもらいまーす」

皮肉としか思えない言葉の主はシャールだ。彼もバイダーをよく思っていない。

良くも悪くも人間相手にも容赦しない彼にとって、バイダーは絶好の相手だったのだ。つまりこの場合は悪くも、のほうである。

＊　＊　＊

王都の下水道は途方もなく広い。こんな場所に無数のネズミがはびこっているのだから、少数の冒険者では話にならなかった。

魔法トラップ、魔導具、魔法そのものとやりようはあるが何せ上は王都だ。

地盤にでも影響されてはたまらないという事で、その案はボツとなった。

「相変わらずくっさい場所だねぇ！　なんで僕がこんな事を……ったく」

「バイダー隊長、ソードラットは賢い魔物です。後手に回ると不利に……」

「うるさいねぇ！　誰に口答えしてるかねぇ！」

「申し訳ありません！」

理不尽な八つ当たりを見せつけられて、誰もいい気分はしない。見かねたシャールが手を叩いて、全員の注意を惹く。

「そこの優秀な部下の言う通りだ。五級だからといって甘く見るな。近接戦が苦手な後衛を狙うくらいの知能はある」

「そ、そうなんですか⁉」

「だから繁殖されると面倒なんだ。今回は一匹残らず殲滅するぞ。まずは区画ごとに分かれて……」

バイダーそっちのけで、シャールが主導権を握った。ポカンと口を開いていたものの、バイダーはすぐに鼻息が荒くなる。

優秀な部下とされた男を片手で突き飛ばして、シャールの横に立った。

「ここは足場が狭いからねぇ。足を滑らせれば、汚水にダイブだからねぇ」

見る。

「だそうだ」

シャールは軽く流したが、落ちれば洒落にならない。冒険者達はそれを再確認して流れる汚水を見る。

風呂に入ったところで済む問題ではないと、各々が胸に刻むのであった。

「さっそく来やがったな」

子どもの頭部ほどのサイズだが、その背中には小さな刃が生えている。高速で下水道の奥から姿を現して、侵入者達に対して敵意を示した。

やるか、と気を引き締めたところで我先にとバイダーが動いた。

「諸君はそこで観戦してるんだねぇ！　一蛇斬《シングルハブ》ッ！」

バイダーの体がしなやかに曲がり、果敢に挑んでくるネズミ達をかわす。その関節の可動は、リティの常識を超えていた。

腕、足、腰、すべてがぐにゃりと曲がりつつ細い双剣でネズミ達を切り裂く。その姿はさながら蛇のようだ。

「な、なんですか！　あの動き！」

「代々、奴の家系に伝わる軟体剣技だとよ。生まれつき、体が柔らかいらしくてな。あいつに追われて逃げ延びた奴はいないらしいぞ」

「シャールさん、詳しいですね」

「いや、聞きかじり」

「ハッハッハァー！　どうねぇ、僕の実力はぁ！」

確かに誰もが目を見張るほどの実力だった。しかし相手は五級のネズミである。

バイダーの実力はともかく、この場において無双を実現できない者はいない。彼らとしては、先走っていい気になっているとしか思えなかった。

「ア、アーキュラ！」

「はいはいー。あ、汚水は気にしないでねー。混ざらないからねー」

「あ、水属性中位魔法《アケローン》ッ！」

アーキュラから放たれたそれは、召喚師《サモナー》ギルドの支部長戦で見せた水属性中位魔法《アクアロード》とは威力がまるで違った。

泳ぐ、のではなく流すのである。捕らわれたネズミ達が成す術なく腹を見せて、溺死していく。

ギルドの書物の中にあった異世界に流れる川の名前をとって、水属性中位魔法《アケローン》だ。

「す、すげぇ!?」

「オイオイ……反則だろ？」

シャールも含めて、その威力に誰もが驚愕する。クーファは更なる特訓と勉強により、リンクとスキルの精度を高めたのだ。

その努力の源はリティだった。クーファの中でリティの言葉は未だ根づいている。

彼女のおかげで悪魔から解放されて、クーファは前へ進めたのだ。そんなクーファにとってリティは目標でもあった。

早く彼女と並び立ちたい。そしていつか一緒に冒険をしたいと強く願っている。

「クーファさん、すごいです！」

「リ、リティさん。わたし……」

「あ、汚水に」

「ひゃー！」

気を緩めたところでコントロールが鈍る。水属性中位魔法《アケローン》が汚水をはねたのだ。

やはりまだまだ未熟、そう認めたのは本人だけでなくアーキュラもだった。

「やー、こりゃたまげたなぁ。俺達レッドフラッグもぼちぼちやりますか。ダイドー、キャロン、ジェニファ。やるぞ」

「……おう」

「魔法非推奨なら私、いらないでしょ？」

「キャロンは休んでいていいよー！」

クーファの水属性中位魔法《アケローン》に呆気にとられているバイダーの脇を、レッドフラッグが抜ける。

続いた他の冒険者達も、溢れんばかりのネズミの群れに挑んだ。名立たる冒険者を含めた勢力とあって、殲滅速度が尋常ではない。

そんな彼らに交じってリティを先頭にエイーダやオリガーなど、格闘士《マーシャル》ギルドの面々が参加した。

「あの、バイダー隊長？」

「ハッ!?」

「我々もやりましょう」

「当たり前だねぇ！　クソッ！　これだから召喚獣はッ！」

部隊の実力を誇示する当てが外れたバイダーが、慌ててネズミ討伐を再開する。が、彼らの出番はなかなかない。

狙ったネズミがことごとく先に仕留められ、完全に右往左往する形となった。

第十四話　リティ、下水道で戦う　後編

広い下水道にて、各自がネズミ討伐に勤しむ。出口という出口はすでに封鎖されており、ネズミに逃げ場はない。

それは同時に冒険者達にも絶対殲滅の義務が与えられた事になる。このような小型の魔物が人のテリトリーに及ぶのは珍しくない。

しかし、大抵のものはさしたる脅威にもならない上にすぐに討伐される。それでは何故、これほどまでに繁殖したのか。

「ええい！　お前達、何をやってるかねぇ！」

「わ、我々の出番がないほどに彼らの活躍が……」

王都内という守るべきテリトリーを疎かにした元凶が部下を叱咤していた。そんな彼らが冒険者

達に活躍の場を奪われて、思うように動けない。

アンフィスバエナ隊の前を跳躍してソードラットに蹴りを放ったのはエイーダだ。足場が制限されている下水道内にて、縦横無尽に立ち回っている。

片手を床について回転蹴りをネズミ数匹に浴びせて仕留める様は、呆けているアンフィスバエナ隊を見とれさせた。

リティも壁蹴りで対岸の床に着地したりと、もはや曲芸ですらある。

「さすがだな、リティ。私も負けてられん」

「オリガーさん。俺達もやりましょう！」

張り切るオリガー達も、エイーダと並んでネズミを逃がさない。その身体能力と技術に見とれるのがアンフィスバエナ隊、感心するのが冒険者達だ。

それはベテランパーティであるレッドフラッグも含んでいた。

「すごいな……。いろんな格闘士《マーシャル》を見てきたが、あれはポテンシャルが段違いだ」

「シャール、私達いらなくない？」

「お前は何かとさぼろうとするな、キャロン。ダイドーを見ろ」

レッドフラッグの壁、ダイドーが巨躯を構えてネズミの逃げ道を封鎖している。上位職、剛戦士《ヴァンガード》のダイドーにソードラットが阻まれていた。

見えないトラップにでも引っかかるかのように、冒険者達が討ち漏らしたソードラット達が斬られていく。

それを見たリティが戦いながらも、シャールに問いかける。

「すごいです！　あれ、どうやってるんでしょうか!?」

「まさにネズミ一匹通さねぇって感じだろう？　あそこはあいつに任せよう」

「はいはーい！　歌って踊って戦ってぇ！」

軽快なリズムと共に踊り始めたのは同じレッドフラッグのジェニファだ。やや露出の多い衣装で舞うその姿に、冒険者達が興奮する。

「うおおぉぉ！　ジェニファちゅあああん！」

「た・た・か・うぅ！　ぼーけんしゃッ！」

「そぉのっ手にぃ！」


「な、なんでしょう？」

ジェニファに対して異様な盛り上がりを見せた冒険者達の動きが機敏になる。何かに燃え盛る彼らはジェニファを中心として、ネズミ達を討伐していく。

その中にはオリガーもいて、真面目な彼からは想像も出来ないほどの熱狂っぷりを見せていた。

「オ、オリガーさん？」

「ジェニファは名誉職《レアル》を除けば、もっとも狭き門と言われている歌舞手《アイドル》だ。あの歌と踊りは周囲を元気づけて、底力を爆上げさせる」

「そ、それってどうやるんですか!?」

「なろうと思ってもなれない奴が多い。なんていうか、人を惹きつけるモノってのが必要らしくてな」

「君はぁ、いいと思うよー？」

戦ってる最中に突然、間合いに入られたリティが驚く。唯一、ジェニファは味方であるが、敵であれば不覚をとった事になる。

しかも周囲に冒険者達をはべらせる様は、リティがどう見ても異様だった。ジェニファがリティの周囲を回ってから、ポンと肩を叩く。

「あっちの子も魅力的だねぇ」

「エイーダさんもですか⁉」

「そ！　スカウトしちゃおうかなー？　そして二人でユニットを組んだら面白そう！」

「いいね、いいね。女の子同士が仲よくしてるところは素敵だねぇ」

シャールが得物を壁に立てかけて、完全にさぼり状態だ。臭う下水道にて、完全にリラックスしている。

「ホントそういうところが気持ち悪いわ……」

「ねー、あたしとキャロンちゃんもそういう目で見られてるのかなー？　脱退を考えちゃうよねぇ」

「そのおかげで手を出されずに済んでるんだけどね……」

襲いかかるネズミを倒し続けるリティが、間の抜けたレッドフラッグの会話を聞いている。ユグドラシアとは違った空気をまとう彼らは、リティにとっても興味深かった。

いつか本気の彼らを見たいとすら思っている。そんな中、エイーダに異変が起きた。

「あっ……！」

「おっと、すまないねぇ」

エイーダがバイダーに足をかけられて、汚水に落ちかける。その腕を取ったのはジェニファだ。舞いながらもしっかりとフォローする様は、バイダーを舌打ちさせるのに十分だった。

「大丈夫ー？」

「ありがとう、ございます……」

「このまま踊っちゃおうか？」

「え⁉」

「いやー、チョロチョロされると討伐の邪魔になるものでねぇ？」

ケケケ、と笑わんばかりのバイダーの表情が歪んでいる。これには誰もが反感を持つが、中でも凄まじい形相になったのはシャールだ。

立てかけてあった得物、ハルバードを持つ。まさかバイダーを、とリティは思ったがシャールは彼を無視した。

「さ、とっとと討伐しようか」

「うぅッ⁉」

彼から放たれた烈気はバイダーを戦《おのの》かせる。その討伐の中に、まるで自分も含まれているとすら錯覚させたのだ。

下水道の奥からネズミを追い回して登場した冒険者達が現れる。その前に立ち、シャールがハルバードを一振りしただけで終わった。

さっくりと真っ二つに裂かれたネズミ達。尻餅をつきかけた冒険者達。

いかに愚かなバイダーといえども、気づかないはずがない。彼がその気になれば、いつでも自分を始末できるという事実に。

「手を繋いで合わせてー？　まずは簡単な動きからね！」

「は、はい!?」

「それぇっ！」

そんな張りつめた空気を打ち破るかのようなエイーダとジェニファの踊り。否、戦い。

キャロンが弾丸のような炎の玉をネズミ達に浴びせて、シャールがハルバードを振るう。

クーファとアーキュラによる溺流《アケローン》、ダイドーの壁。これらにより、リティの動きは更に精度を増す。

負けていられないと思ったからだ。同じ冒険者として、同じ志がある者として憧れもした。

すごい冒険者はユグドラシアだけではなく、ここにもいるとリティは改めて感動したのだ。

「私だってッ！　ミャン！」

「みゃーん！」

ミャンの口から弓と矢を取り出したと同時に矢を放つ。対岸にいるネズミ達を的確に撃ち抜いた後は、体術で近接戦。

遠距離にまで対応したリティを評価するのはシャール達だけではない。冒険者達も言葉が出ないほどだ。

あらゆる武器を使いこなし、適所に応じて使い分ける。三級という枠では収まらないとすら考える者もいた。

「へぇ！　すごいなぁ！　こりゃ先輩として、もっといいところを見せないとな？　バイダー隊長？」

「クッ！　こ、この冒険者風情めぇ……！」

シャールに皮肉を浴びせられたバイダーは、ムキになって双剣でネズミを追撃する。彼が嫌うのは召喚獣だけではない。

冒険者も、外から来た存在として嫌悪している。外から来る者を未知数として、忌み嫌う。そういった国への脅威を危惧するという大義名分はあるものの、根底は違った。

「僕は王国騎士団アンフィスバエナ隊の隊長バイダーだねぇ！　冒険者など及びもつかない過酷な訓練を受けて、育ってきたんだねぇ！　それを……それをどいつもこいつも軽んじてぇ！　どいつもこいつも僕をッ！」

やけくそになったバイダーはもはや独走状態だった。部隊を率いる立場など、すでに頭にない。己の無双だけを考えてネズミを討ち続ける。

冒険者を忌み嫌う。それは裏を返せば恐れでもあった。元々揺らいでいる自分の立場が、有能な冒険者によって完全に崩されるのが怖かったのだ。

そんな彼がまたも暴挙に出るのも必然だった。

「ぐあッ！」

「邪魔だねぇ！」

「オリガーさんッ！」

オリガーの背中を蹴ったバイダーのブーツは物騒だった。つま先に鋭利な刃がついており、全身をくねらせた際の武器にもなる。

刺されたオリガーが床に倒れかかるところを、リティに支えられた。

「すまない……私が未熟なばかりに……」

「今のはあの人のせいです！」

「いや、ダッガム支部長も認めていた事だ……。油断、とな」

ミャンに転ばされた時のダッガムの結論だ。真面目なオリガーはそれを忠実に受け入れていた。

文字通り味方に背中を刺されても尚、それは揺らいでいない。リティはオリガーという人物に敬意を表した。

寺院を継ぐ、その志とメンタルは本物だと思ったのだ。

「バイダー……！」

「リティ、あっちにネズミが固まっている。頼む」

「シャールさん。でも……」

「頼むぜ」

バイダーからリティを逸らしたのはシャールだ。自覚はないが、リティの怒りは殺意にまで昇華されつつあるとシャールが判断したからだった。

バイダーがどんな人間だろうと、騎士団の人間を手にかければ無事では済まない可能性がある。

リティを大器として認めたからこそ、シャールは彼女に冷静になってほしかった。

「キャロン、彼に回復魔法をかけてやってくれ」

「はい。どーぞ」

「本当にすまない……」

「ミャアァン……！」

ミャンが牙を見せて、リティに代わってバイダーに怒る。それにバイダーは鼻で笑って見せて、挑発的だ。

「そろそろネズミ退治も終盤だな。ここらで追い上げるか」

シャールはあくまで討伐に集中している。彼を恐れていたバイダーもそれを確信して安心していた。

シャールが報復に出ると思っていたからだ。もし彼が襲いかかってきたら、と考えなくもなかったがそこは隊長権限だ。

いつものように報告をでっちあげればシャールを法廷に上げられる、と楽観的だった。

「やり……ますかぁ！」

ハルバードの柄がバイダーの足を引っかける、この瞬間までは。

「うひぃっ!?」

「うあぁ！」

バイダーがバランスを崩して体が向かった先は汚水、即ち奈落だ。着水音が響く前に離脱したシャール。

この場にいた者達が異変に気づいたのはその後だった。

「あーあ……」

ジェニファが手で鼻と口を覆う。これから起こる惨事を考えれば、当然の仕草だった。

バイダーが汚水から手を伸ばして、頭を見せる。そんな彼に対してシャールは大袈裟に、わざと驚いてみせた。

「すみませーん！　そこにおられるとは！　いやぁ、すみませんねぇ！」

「う、うぎぎぎ……」

最初に反応を見せたのは彼を転落させたシャールだ。鼻をつまんで彼から逃げる。

ワンテンポ遅れて同じく走ったレッドフラッグのメンバー達、そして冒険者達。

「うぷっ⁉」

「あっちにまだネズミがいそうだぞ！　続けぇ！」

バイダーが自身にまとわりついた汚水で嘔吐しかけて、シャールが先陣を切って逃げた。

散り散りになった者達の中にはバイダーの部下もいる。後でとんでもない叱責と暴力が待っているとわかっていても、その臭気に耐えられなかったのだ。何かを叫んでいるバイダーの言葉など届くはずもない。

「ハハハ、やりすぎたかな？」

「い、いいんですか？」

「さぁ？」

「みゃん？」

とぼけたシャールの真似をしたのは、何故かミャンだった。確実に良くないが、これはこれでいい。リティは少しだけ気が晴れる想いがした。

第十五話　リティ、格闘士《マーシャル》ギルドの新たな門出を見届ける

格闘士《マーシャル》ギルドがかつてない賑わいを見せている。ギルド加入希望者が殺到しているのだ。冒険者だけでなく、一般の民もいる。その中にはかつて辞めた者達も含まれていた。

「支部長、すみません！　自分達が甘ったれてました！」

「どういった風の吹きまわしだ？」

「先日のソードラット討伐で、エイーダ達を見たんです。感動しました……それと同時に、自分達の甘えを突きつけられた気分でした」

「それで、もう一度学びたいと？」

冒険者達は揃って、登録料をダッガムに差し出す。しかしダッガムはそれを受け取ろうとしなかった。

「すでに受け取っているものだ。いらん」

「で、でも俺達は」

「あるのだ。お前達に返そうと思っていたのだが、いなくなられてはどうにもならん」

ダッガムは彼らから受け取った金を保存していた。彼らがいつ帰ってきてもいいように、または金を返せと乗り込んできてもいいように。

それらに一切手をつけずに、身銭を切り崩していた事実をエイーダ達もつい最近知ったのだ。

「皆、戻ってきたんだね」

「エイーダ、悪かったよ。お前ほどの素質はないだろうけど、やれるだけやってみたくなったんだ」

「粘ればいいんだよ。そうすればダッガム支部長だって認めてくれるはず」

「だといいけどな……」

「その通りだ！　やるからには容赦せんからなッ！」

その檄でせっかくの加入希望者が尻込みをするのでは、とエイーダは危惧した。しかし、すでにリティが動き出している。

格闘経験もない一般の者達に、簡単な動作から学ばせているのだ。前のダッガムならば一喝したところだが、今は小さく唸るだけだった。

「……いや、ワシも少し身の振り方を考えねばな」

「支部長、弓手《アーチャー》ギルドでは一般の人達が気軽に弓を使えてました。だからここもそうしたらいいと思います」

「だが、リティ。弓などないぞ？」

「一般の人達にはまず、体を動かす楽しみを知ってもらえればいいんです。エイーダさん達みたいに強くなりたい人は支部長が容赦しなければいいんです」

「む……」

弓手《アーチャー》ギルドでのクーファを見たリティが出した結論だった。まずはやってみて楽しさや上達を知ればいいと思ったのだ。

それが結果的に良い方向へ向かうとリティは確信している。

「確かに格闘経験がない者を投げ飛ばしてはいかんな。一考しよう」

「それと優しく教えてあげるんです」

ダッガムのどこかずれた結論に、リティが補足する。彼に強制したくはないが、すぐに辞められるのも惜しいとリティは考えていた。

優しくという部分を厳守しようとしているダッガムが、加入希望者達にぎこちなく説明を始める。

これで一件落着と誰もが思ったところで、招かれざる客が門をくぐってきた。

「これは随分と賑やかだねぇ？」

「加入希望者でも見学でもない人はダメです！」

「みゃみゃーん！」

「な、何だねぇ！」

リティがバイダー一味の前に立ちはだかって、両手を広げる。ダッガムがバイダーを視認して歩き出そうとするが、先に動いたのが加入希望者達だ。

「何をしに来た！」

「ここにも難癖をつけて立ち退きさせる気か？　あんたらの噂は皆、知ってるんだぞ！」

「帰れぇ！」

「こ、こいつらめ……！」

ブーイングの嵐に、バイダーがたじろぐ。一度は作った握り拳だが、ダッガムは解いた。

手荒な真似をしなくても済みそうだと判断したからだ。怒りに任せたバイダーが双剣を抜こうとも、怯まない。

「何か臭くないか？」

「あぁ、どうもあいつからだな」

「ゲッ……」

バイダーは慌てて自分の腕や体の臭いをかぐ。

下水道にて、シャールに転ばされて汚水に落下した時の臭いだ。あれから狂うほど衣服、鎧、体を洗浄したはずだった。

しかし汚れの集合体とも言える下水に流れる汚水は手強い。結果、至近距離であれば誰もが鼻をつまむ事態となる。

「バイダーさん。お風呂に入らなかったんですか？」

「は、入ったに決まってるねぇ！　あのシャールのせいでこうなったのだから仕方ないねぇ！」

「オリガーさんも、あなたに背中を刺されました。エイーダさんもあなたに落とされそうになりました。エイーダさんに、今のあなたと同じ思いをさせるところでした」

「我々と冒険者風情では立場が違うねぇ！」

「それでは筋が通りません。謝ってください」

その空気をいち早く察知したのがダッガムだ。リティがまとう得体の知れない何か、それは一つ間違えれば殺気にも昇華する。

今はまだその段階ではないだけで、いつそうなってもおかしくないとダッガムは注視した。

「な、なんだねぇ。この僕が謝るなど……」

「あなたも騎士なら、筋を通してください」

「お、お前に、騎士の何が」

それはもはや子どもの言い訳だった。理屈だけではない。発言しているバイダー自身が、周囲からも小さく見える。

そして彼よりも体格が劣るはずのリティの存在感が異様だった。まるで彼女だけ、くり貫かれてそこに置かれたかのような。言い換えれば存在自体が異質だった。

バイダーの呼吸が荒くなり、喉が渇く。いつしか声が出なくなり、門から何歩も後ずさりする。

「出来ないなら、二度と来ないでください」

「あ、あう……あ、あぁッ」

足をもつれさせて、バイダーは転倒してしまった。部下が彼の両脇を抱えるが、リティから目を離せない。

隊長である彼へのフォローすらも疎かになるほど、彼らもリティを理解できなかった。

「は、離すねぇ！」

「バイダー隊長⁉」

自身を取り抑えていた部下達を振り払う。双剣を抜いて逆手に持ち、その構えは口を開けて牙を見せた蛇だ。リティはバイダーの悪意と挑戦を感じ取った。彼が騎士団であるなどという前提は捨てている。

「リティ、下がれ。相手にしてはいかん」

「ダッガムさん、大丈夫です」

「何が大丈夫なものか。実力云々の話だけでは……」

「大丈夫、です」

その強い口調にダッガムは怯んだ。大丈夫、と強調されただけではない。圧を伴ったその発言に対して、彼は言葉を詰まらせた。止めるべきだ。しかし、ここで邪魔をすればどうなるか。バイダーが獲物を前にした蛇であるなら彼女は。ダッガムは完全に口をつぐんでしまった。

「お仕置きだねぇ！」

バイダーが腕を変形させてリティを突く。突きをかわしたリティだが、バイダーの腕が螺旋状に近い形状で追撃してくる。二度目の回避の際にはリティの鼻先をかすった。

「ハハハ！　この僕をォ！」

「わっ……！」

「甘く見るんじゃないねぇ！」

うねるバイダーの変則的な動きはリティにとって興味深いものだった。体中の関節が外れて、曲がりくねる。それが蛇のようにリティを襲う。時には巻き付かんばかりに逃げ道を塞ぐ。

「ダッガム支部長！　止めなくていいのですか！　加勢するべきでは！」

「オリガー、あの戦いにはワシですら介入の余地はない」

「どういう意味ですか！」

ダッガムはまた黙った。言葉通りの意味だ。変則的な動きにやや翻弄されるも、リティの涼しそうな顔がすべてを物語っている。バイダーが獲物を狙う蛇ならば、リティは何なのか。ダッガムはすでに理解していた。そう、彼もまたリティを恐れてしまったのだ。

「二蛇斬《ツインハブ》！」

蛇の牙のごとく、双剣がリティを突き刺さんばかりだった。が、二つの切っ先をリティは盾で受ける。

「三蛇斬《トリプルハブ》！」

更にうねるバイダーの両腕。足も加わったが、リティが蹴り飛ばした。

「ギャアアァッ！」

足を浮き上がらせたバイダーが隙だらけの体勢となった。リティがすかさず追撃に出るが――。

「七蛇斬《ヒュドラ》！」

隙だらけだったはずのバイダーが一瞬で体勢を立て直した。さすが、とリティは賞賛しないわけでもない。

そして、バイダーの七蛇斬《ヒュドラ》は戦闘経験がない者には視認が不可能なほどだった。エイーダすら、そのすべてを見切るなど不可能だと感じている。それどころか、自身が致命傷に近い傷を負う場面すらイメージしてしまった。アンフィスバエナ隊の隊長バイダー。嫌らしい態度ではあるが、その実力は決して低いわけではない。

現に少し前、具体的にはリティが格闘士《マーシャル》ギルドを訪れる前であれば、苦戦していただろう。その常識外の動きに翻弄されて、傷を負っていた。しかし、格闘士《マーシャル》ギルドで体術を学んだリティの動きはバイダーの柔軟性を軽く超えている。

「死んでしまうねぇっ！」

双剣の刃、刃つきブーツ、肘、頭。バイダーのすべての部位がリティに直撃――。

「あぎゃあっ！」

バイダーの腕が弾かれた後、彼の意図しない曲がり方をした。折れたのだ。

「いぎゃあああぁっ！」

また一つ、今度は肩だ。足だ。そのすべてがリティが放ったスキルによって破壊されようとしている。

「爆連撃ッ！」

遅かった。ダッガムの予感が当たったのだ。無事ではすまない。バイダーが、だ。

彼の全身のありとあらゆる部位にリティの拳が爆発する。複数箇所が爆発したかのように錯覚をするほどの威力だった。

「うりゃーーーー！」

「ああぎゃあぁっ！」

「そこまでだッ！」

　意を決したダッガムがリティの腕を捕らえて握る。爆裂ともいえるスキルを放つリティの腕を、素手で止めたのだ。

　もちろんダッガムとて、無事ではない。両腕がリティの力に引っ張られて、肩を痛めてしまったのだ。

「……すみません！」

　我に返ったリティはダッガムに向き直り、頭を下げる。

　ダッガムの状態を知ったからこそ、リティはボロ雑巾のように倒れているバイダーに目もくれずに謝ったのだ。

　アンフィスバエナ隊の者達も、隊長の安否以上にリティから興味を逸らせない。バイダーは彼らが束になっても敵わないのだ。

　そんな彼を完封した少女に畏怖しないわけがない。

「バ、バイダー隊長が……こんなにも一方的に……」

「て、転進！　撤退ではなく転進！」

　部下によってバイダーが引きずられて、アンフィスバエナ隊が姿を消した。彼らがいなくなっても、緊迫した空気はまだ変わらなかった。

「……リティ。平気か」

「あ、はい……。あの」

「ワシの事は気にするな。こんなもの、どうということはない」

リティは反省した。己を律せずに、バイダーと戦ってしまったのだ。今の今までダッガムが手を出さなかった事を考えれば、やはり未熟と考える他はなかった。

警戒するように、一部始終を窺っていた者達にリティが改めて謝る。

「皆さん、騒ぎを起こしてすみません」

「……いやいや。まぁ、まずかったかもしれないけど。なんかスカッとしたよ」

エイーダが気さくに振舞う中、未だ周囲の緊張が解けない。それはリティに対する恐れもあったが何より、シンプルなものだ。

ダッガムはここで改めて思う。バイダーが獲物を狙う蛇であれば、リティは獲物ではなく天敵だ。見誤った馬鹿な蛇は返り討ちに遭うが、命だけは助かった。ダッガムもまた、短い期間で変貌を遂げたリティという少女を見誤ったのだ。彼の目算ではリティがバイダーに勝つのは厳しいとしていたのだから。

「あの子は……何だ？」

「みゃん！」

その疑問に答えたのか何なのか、ミャンの鳴き声が全員に日常を感じさせてくれた。騎士団の者に危害を加えてしまったなどと、心配する余裕もない。ここでダッガムは一つの結論に至る。あの娘は〝怪物〟だと――

＊　＊　＊

男がベッドに腰かけて、その傍らで美女が眠る。その美女が、先日とは違う人物だとバイダーは気づいていたが言及しない。

男が好色という噂は聞いていたバイダーも、いざ目の当たりにすると恩恵を授かりたくなった。リティによって受けたダメージは完治していない。本来であれば治療に専念するところだが、痛みを押してでもバイダーは彼に報告する必要があった。

「臭うな、バイダー。本来ならば門前払いと知れ」

「は、ハッ！　しっかり洗い流したのですが……」

「ずいぶんと派手に怪我をしているな。誰にやられた？」

「そ、それは……」

言い淀むバイダーだが、男は追及しなかった。バイダー程度の男が誰にやられようと、不思議ではなかったからだ。

「そんな様で我が国の防衛を務めるか……」

「しょ、精進しますねぇ！」

格闘士《マーシャル》ギルドでの屈辱の後、入浴をして着替えもしたが完全に臭いは取れなかった。

「レッドフラッグのシャール！　奴に下水に突き落とされましたねぇ！　それと、とある冒険者がこの僕に抵抗しましたねぇ！　こうなればまとめて法廷の場に……」

「難しいだろうな。王族や貴族の中にも、奴に入れ込む者は多い。それに加えて事故と言い張られては終わりだろう。もう一人の冒険者はともかくとして、だ」

「そ、そこをあなた様の力で……」

「それよりお前だ、バイダー」

バイダーはまさに矛先が向けられた気分だった。鼻先に鋭利な刃を突きつけられたとさえ錯覚させるほどの男の覇気だ。

これにより、バイダーは無言で歯ぎしりをするしかなかった。

「その様ならば、格闘士《マーシャル》ギルドの件も期待できそうにないな」

「ギルド加入を希望する奴が増えたようで……」

「それでお前は尻尾を巻いて逃げてきたと？」

「あ、いえ！　すぐにでも向かいますねぇ！」

そう口では答えるが、バイダーにその勇気はなかった。リティへの恐怖が体に染みついてるのだ。同時に身をよじらせるほどの屈辱でもあった。勝てない、何度やっても同じ結果になる。それどころか、次はもっと悲惨な結果になるとさえ確信してしまっていた。

「何か恐ろしいものでも見てきたような顔だな」

「そ、そのようなことは」

男がワイングラスに口をつけて、もったいぶるようにゆっくりと飲む。バイダーにしてみれば、次の言葉が恐怖でたまらない。

この男がその気になれば、自分の首など簡単に飛ぶからだ。

「私はな、バイダー。この国に冒険者という外来種は必要ないと考えている」

「仰る通りですねぇ！」

「我が国、他国の歴史を俯瞰しても外来種によって食われたものの損失は大きいのだ。そう、まるで虫食いのように穴だらけになる……。その穴に何が練り込まれるか？」

「それは……」

男が臭気に構わず、バイダーの鼻先まで接近した。もはやバイダーに出せる言葉はない。せいぜい命だけは、と心の中で懇願するのみだ。

「堕落だよ。自国の力は衰え、外の力がなければ生きていけない。穴を開けたくせに、手前勝手なものを流し込む。奴らはのうのうと自分達のおかげと言い張る。どうだ……許せるか？」

「ゆ、ゆるせ、ましぇん……」

「ただ土地だけを欲したのではない。あのギルドを潰せと、お前に命じたのだ。言われた事も出来ずに敗走したのだ、お前はぁッ！」

「すみませんすみませぇぇん！」

尻をついて後ずさるバイダーを、男は更に追いつめる。そしてまたかがんで、バイダーの目を覗き込んだ。

乱れる呼吸を整えられないバイダーはすでに涙を流している。

「私の理想を阻む者には容赦せん。そう、誰であってもだ」

「も、もう一度だけチャンスを！　お願いしまぁす！」

「では何を賭ける？」

「何、と申しますと……」

そのとぼけた発言が悪手だったと気づいた時には遅かった。バイダーは頭を掴まれて、宙づりにされる。そして締め付けられて悶えた後は腹に一撃。

内臓が破裂するかのような感覚を覚えたバイダーは、落とされると同時に嘔吐してしまう。それはあのリティの爆連撃以上の衝撃でもあった。

「うげぇぇぇぇ！」

「その絨毯は年代物でな。そうだな……大サービスで、お前の全財産と等価だ」

「うぇぇぇ、ぞんな……」

「それで、何を賭ける？」

もう間違えられない。バイダーは涙を流しながらも、言葉を探す。そしてヤケクソとも言える賭けに出た。

「僕の命……では、どうですか、ねぇ……」

「二言も撤回も許さん。いいだろう」

男が指をパチンと鳴らした後、使用人が部屋に入ってきて絨毯を片付ける。

バイダーはこの日、二度も屈辱を味わった。リティに続いて、今はこの男だ。

現役の騎士である自分を屈服させられる胆力と腕力が未だ健在だと、認識してしまった。

心のどこかでは舐めていたのだ。今は自分のほうが強いと思い込んでいたからこそ、バイダーは男の前に出られたのだった。

「バイダー、あまり私を甘く見ないほうがいい」

身も心も、すべてが見透かされた瞬間だった。更に男はバイダーの髪を掴んで、更に問いかける。

「ついでにお前をそこまで痛めつけた冒険者の名はなんと言う？」

「リ、リティとかいう三級の冒険者ですねぇ……。幻獣ミャーンを連れた……ピンク髪の……」

「リティ、か」

バイダーの髪から手を離した男はリティという存在をすでに軽視していない。騎士団長としては貧弱もいいところだが、それでも三級の冒険者程度ならばどうこうできる実力はあるからだ。そんな彼を一方的に痛めつけた少女となれば、良くも悪くも興味を持つのが当然だった。

第十六話　リティ、山賊討伐に参加する

「リティもクーファも、三級になったならちょうどいいかもな」

冒険者ギルドにて、リティはレッドフラッグのシャールに頼み込んだ。一級パーティの実力と仕

事が見たいからだ。

本来ならば、一級と三級では大きな隔たりがある。その仕事となれば未踏破地帯探索は元より、二級以下が行方不明になっている危険地帯の探索も含む。

中でも最強種とされているドラゴンの巣窟〝ドラゴンズバレー〟がもっともメジャーだろう。しかし今回、彼らがこなすのは探索でも魔物討伐でもない。

「ちょっとシャール、安請け合いしすぎじゃないの？」

「キャロンよ、この子達とは存分に仲良くしてくれ。そのほうが目の保養になる」

「殴るけど？」

「期待の冒険者育成もオレ達の務めさ」

シャールはもっともらしい事を言って、キャロンの握り拳を解かせた。キャロンが危惧しているのは彼女達の実力不足ではない。

今回の討伐対象になっているのは山賊、即ち人間だ。魔物討伐とは決定的に違うのは同族という点である。

「その子達に人間を殺させるわけ？」

「それは彼女達次第だなぁ」

「そんないい加減な……」

シャールの意図を計りかねるキャロンだが、リティはそれを承知だった。冒険とは楽しい事ばかりではない、時には苦い思いをする事もある。

召喚師《サモナー》ギルドの支部長で、リティはより思い知った。あの時こそ理解不能だったが、このままではいけないと考えたのだ。

世の中には自分の理解を超えた人間がいる。冒険者としてそんな連中は避けて通れないと、リティは前向きに判断した。

「ま、あの子も馬鹿じゃない。その辺をわかった上でオレ達に声をかけたんだろう」

「でも、あっちの子はどうなの」

「どうなのって……あ」

「さん、ぞく……！　さんぞくっ……！」

リティの誘いを受けて冒険に挑んだものの、クーファはこの展開を予想してなかった。震えながら後悔している。

さすがのリティも今回ばかりは、と彼女を慮って辞退を勧めようとした時だった。クーファにくっついていたアーキュラが、にゅるりと人型になる。

「クーファさー、立派なマスターになるんでしょー？」

「でで、で、でも、人を、殺すのは……」

「あんた次第でしょー？　さくさく行こうねー」

「ふぁあああ！」

「どっちがマスターだかわかんねぇな、これ」

アーキュラに半分以上取り込まれて引きずられるクーファ。大丈夫かと思わなくもなかったが、これはこれでいいと癒やされるシャールであった。

＊＊＊

王都より数日圏内のとある場所に潜伏しているという情報を基に、一行は街道を外れたルートを辿っている。

道中、リティはレッドフラッグのメンバーと積極的に交流した。今はその中の一人、特異なジョブのジェニファと隣り合わせだ。

野営での食事を終えて、くつろいでいるところである。

「ねーねー、エイーダちゃんは？」

「まだ五級なのでダメみたいですね」

「ユニット組みたかったのになー」

ジェニファは拗ねるが、仕方がない事だった。山賊、というより対人戦は魔物討伐と勝手が違う。

一つは人間なので魔物と違って特定の習性がなく、知能がある。魔物以上に狡猾な立ち回りで討伐隊を半壊させる悪党も珍しくない。

もう一つはキャロンが指摘した殺人問題だが、その際にもっとも重要な問題があった。

「リティちゃん、あいつらの言葉に耳を貸しちゃダメよ。特に泣き言や命乞いはね」

「はい、キャロンさん。気をつけます」

「今回、討伐する奴らは旅人を何人も殺してるし隊商も全滅させているからね。泣く子だろうが殺すような連中よ」

「対人戦での勝利の秘訣は迷わない事だ」

口数が少ないダイドーが食事の後片付けをしている。リティも手伝おうとしたが、片手で制された。

近寄りがたい雰囲気はあるが、彼は後輩であるリティとクーファに負担をかけないようにしている。

こうしたレッドフラッグの人間と接してみて、リティはやはりユグドラシアと比べてしまうのであった。

「ダイドーさんはなぜ剛戦士《ヴァンガード》を選んだのですか？」

「やれる事が少ないからだ」

「え？　どういう事です？」

「シャールやジェニファほど素早く器用に動けなければ、キャロンのような魔法の才能もない」

そう言いながら、ダイドーは容器を舐めているミャンの頭を撫でた。無口故に彼だけ掴みどころがなかったが、リティは彼に好印象だった。

バイダーに対して牙を見せたミャンも、彼にはされるがままになっている。

「どうせ図体がでかいだけのノロマだ。壁にしかなれんだろう」

「あまり自虐するなよ、ダイドー。オレ達は頼りにしてるんだからな」

「すまん」

その通りだとリティもシャールに共感する。本当に図体がでかいだけのノロマならば、一級になど上がっていない。それでも彼なりの苦労もあったのだと、リティは察した。

気がつけばジェニファがクーファの手を握って何か考え込んでいる。

「うーん、この子は向かないなぁ。アーキュラちゃんもそう思うでしょ?」

「舞台に上がってもガチガチに緊張して使い物にならないねー」

「緊張はどうとでもなるけど、そういうタイプじゃないかなぁ」

本人を置いてジェニファとアーキュラのダメ出し合戦が始まっている。その後ろに回り込んだシャールがニヤつき、キャロンが軽蔑の眼差しを向けた。

「あ、オレのことは気にしないで」

しかし、女性陣の目つきは厳しい。

「さ、今日はもう寝よう。最初の見張りはシャールだっけ?」

「そうだな。この辺の魔物なら、お前らを叩き起こすまでもない。リティとクーファも安心して休め」

「私達はいいんですか?」

「どこの世界に後輩をこき使う一級がいるんだよ。気にするな」

思わずリティがユグドラシアの事を口走りそうになるほど、シャールの言葉は軽くなかった。

たとえ大したことがなかろうと、その手にハルバードを持った途端に雰囲気が一変する。

「……あの人、すごいですね」

「そりゃねー。むしろ強いだけが取り柄というかねぇ」

「それと女遊びをして散財しないところもね」

リティにもう一つの取り柄はよくわからなかったが、やはりほんのりとアルディスを思い出す。

そして、スカルブ討伐の際の重戦士《ウォーリア》ギルドの支部長やディモス、教官達。シャールのただならぬ集中力とは別に、リティの中にある冒険者像がより明確になる。

いつか立派な冒険者になって、後輩に胸を張れるようになった時の自分のあるべき姿を思い描くのであった。

＊＊＊

「ここら辺に奴らのアジトがある。キャロン、反応はどうだ？」

「もう少し先かもね」

数日後、山賊の勢力圏内に辿り着く。山の入口でキャロンが魔力感知を行い、生物の気配を確認。

魔術師《ウィザード》としても優秀な彼女だが、魔力感知は別の才能を必要とする。大なり小なり生物が持っている魔力を、キャロンは一定の範囲ならば認識できるのだ。

「すまないな、キャロン」

「私の仕事でしょ。なんで謝るの」

「それが大変だってのはわかってるからな。頼りにしちゃいるが、無理はしないでくれ」

「……昨日、ダイドーは自分をああ言ってたけどさ。私だって大した魔力はない。だから出来る事をやってるだけよ」

数日、彼らと行動を共にしてリティは気づいた。ダイドーもキャロンも、自分を過小評価している。

彼らの言葉通りだとすれば、二人は天才でも何でもない。それでも彼らは強く、この地位にいる事の意味をリティは身をもって知ったのだ。

現に道中の魔物討伐では、リティとクーファの出番などほとんどなかったのだから。

「私も楽しく踊ってるだけだし？」

「あなたは大したものよ、ジェニファ」

「私だってシャールのおかげで追放冒険者落ちしなくて済んだもんねぇ」

「なになにー？　くわしくー」

「アーキュラもお前らもそろそろ気を抜くなよ」

都合が悪い話を打ち切りたかったとも取れるシャールの横やりだが、その言葉に間違いはない。すでに山賊の勢力圏内であり、気をぬけない連中が相手だからだ。

特に頭である傭兵崩れの男は、三級以下の冒険者を数人ほど返り討ちにしている。紛争地帯でも度々、名を馳せたほどの実力者だった。

そんな彼がどういった経緯で山賊に落ちたのかは知る由もないが、レッドフラッグがやる事は変わらない。

「魔力感知、確認！　情報通りの人数ね！」

「さぁて、やるか。お二人は好きに動いていいぞ、リティにクーファ」

「……はいッ！」

どう動こうとフォローするというシャールの意思だ。それが慢心から出た言葉ではない事は、リティがわかっている。

人間相手という事実を頭から無くして、集中した。そうでなければ死ぬという先輩の助言を忠実に守っているのだ。

「ア、アーキュラ……」

「あたしがいるんだよー？　それがヒントねー」

クーファのほうが踏ん切りがついてないが、アーキュラが唯一にして最大のヒントを与えた。そう、水の上位精霊ならばどうとでも出来るという無言のアドバイスだった。

第十七話　リティ、山賊を知ろうとする

山賊がアジトにしているのは、崖にぽっかりと開いた天然洞窟だ。周囲は鬱蒼とした森の上に、地形の関係で死角になりやすい。

これをキャロンの魔力感知なしで探し出すとすれば、かなりの人数で山狩りをしなければいけなくなる。

そうこうしているうちに逃げられるので、シャールはキャロンを心の底から労う。

「キャロン、戦闘はおそらくオレ達だけで十分だ」

「優しいのもあなたの取り柄だけど、遠慮させてもらうわ」

「そうか」

シャールの鬼気迫る表情を見て、彼女が辞退など出来るはずもない。あくびをかいてる見張りの前に、シャールが堂々と近づく。

その招かれざる訪問者を見て、見張りの男はあくびを止めた。シャールは攻撃しようとせずに、悪党に笑いかける。

「よっ、山賊一味だな？」

「な、なんだてめぇは⁉」

「お前らを討伐しに来た冒険者だ。とりあえず中にいる連中を呼べ」

「舐めてやがんのかッ！」

いきり立って剣を抜き、襲いかかってきた男をシャールは造作なく捕まえる。間合いを詰めてからの喉輪で、男はもがき苦しむ。

山賊討伐の際に彼らは作戦会議などしていない。リティもそれについては言及したが、リーダーであるシャールの答えはシンプルだった。

「悪党相手に正々堂々と真正面から戦ってやるって言ってんだよ。そうでなきゃ意味がないからな」

「あ、がっ……」

「呼べよ？」

かろうじて頷いた男をシャールは解放する。せき込みながらも男は一目散に洞窟内に走っていく。

わざわざ不利になるような行動をリティは理解できたわけではない。しかし、彼らと交流するうちにおのずとその芯が見えてきた。悪党に対して正々堂々と、それがすべてだ。

「お、出てきた」

「……冒険者か？」

鳥の巣のようになった頭をかいている男を中心として、全員がひどい身なりだった。誰もが長らく入浴も行っておらず、臭気が全員の鼻をつく。

そのくせ、しっかりと武装だけはしているギャップにシャールは微笑む。慈愛ではない、嘲笑だ。

「俺達はレッドフラッグ。お前らを退治しに来た」

「レ、レッドフラッグだって⁉」

「ここまで来やがったのか……！」

山賊の男達が彼らに対する恐れを見せる。山賊にすらその名が行き届くほどのパーティと知り、リティは生唾を飲む。

この広い世界にて、名を轟かせるのは並み大抵ではない。ましてや名を聞いただけで恐れさせるなど、単なる実力だけでは片付かない問題だった。

リティもそれがわかっているからこそ、レッドフラッグの面々に対して畏敬の念を抱く。

「はぁ……そうですか。そりゃご苦労だったな」

「ザキール、レッドフラッグはやばい……。あの一大勢力だった大盗賊団〝紅の荒獅子〟を潰してるんだぞ」

「戦場も知らない青二才に潰される大盗賊団とか何のギャグだよ。知ってるよ、俺はそういう奴を何人も殺してきたんだからな」

ぼさつく頭の男ザキールが、手元の鎖鎌をちらつかせる。見慣れない武器にリティは興味を持ったが、聞くわけにはいかない。

その武器の性能を、彼女なりに頭の中で分析している。もし自分が戦ったらと、持ち前の集中力で何度もイメージしていた。

「何だかの功績で称えられた冒険者、何だかの魔物を一人で討伐した冒険者……そんなのが傭兵気取りで戦場に遊びに来るんだよ。本当の殺し合いを知らずにな」

その男、ザキールが山賊のボスである事は全員にとって疑いようもなかった。

じゃらりと音を鳴らして、ザキールは鎖鎌を掲げる。この武器で何人も処刑してきたと、見せびらかしているのだ。

「簡単だったよ。真正面からの戦いしか知らねぇ甘ちゃんだった」

鎖鎌をしゅるりと回転させて見せたザキール。それが殺害方法の比喩だった。

「あなたは……」

「ん？」

「あなたは何故、傭兵になったのですか。なぜ、殺し合いを？」

「こりゃ随分と小さな冒険者だな。おい、見ろよ。昨今の冒険者の人材もいよいよ危ういらしいぞ？　しかもペット同伴だ」

「ミヤアァァンッ！」

ミャンの威嚇も空しく、ザキールの後に山賊達が下品に笑う。罵倒、中傷、ありとあらゆる言葉の刃をリティに向けた。

しかしリティは表情をまったく動かさない。響かないからだ。何がおかしくて笑っているのか、リティはまったく理解できない。

「オレが傭兵だって事もわかってんのか。簡単さ、冒険者なんぞよりも、羽振りがいい。殺せば殺すほど金が貰えるんだからな」

「殺す事に何の抵抗もないんですか？」

「すぐ慣れる」

面接のようなリティの質問だが、本人は至って真剣だ。彼らという人種を理解しようとしているのだ。この時点でリティは結論を出していた。

「無抵抗でも、謝ってもですか？」

「すぐ慣れる」

「もういい。とっとと始めようぜ」

その怒気は、この場にいる誰もが感じた。その主であるシャールはハルバードを構えて、笑っている。

そのちぐはぐな様相に、山賊達は困惑した。怒りなのか、喜びなのか。それを知る他のメンバーが先に動き出した。

「炎弾《ファイアバレッド》」

無数の炎が散弾して、最前列にいる山賊に直撃する。体を撃ち抜かれた直後に、炎が燃え盛った。

その速度は肉眼での視認は不可能に近い。魔力が少ない代わりに速度と密度を高めた炎弾《ファイアバレッド》は、彼女の努力の賜物である。

「チ、チキショウ！　ザキール、どうする!?」

「攻めろ！　物量ではこっちが勝ってるんだからな！」

「無理だな」

そこに立ちはだかったのは壁だった。否、山賊達がそう錯覚したダイドーだ。彼を中心として山賊達が大剣にて斬り捨てられた。

巨躯に加えて異様に広い攻撃範囲に、山賊達は攻めあぐねる。

「そーれそれそれそーれぇ！」

「ぎゃあああぁっ！」

「ぐあぁっ！」

山賊達の間を縫うようにして、ジェニファが両手に持つサーベルを振るう。その舞いを捕らえられる者などおらず、成す術もなく斬り刻まれるのみだ。

歌舞手《アイドル》は歌と踊りだけではない。その確かな身のこなしとリズムは、紛れもなく戦闘に特化したものである。

数を減らす山賊達は阿鼻叫喚の中、まるで踊っているようでもあった。

「地よ！　立てぇ！　地の精霊《タイタス》！」

ザキールの近くにいた男が召喚術を行使する。地面から生えてくるように、ブロックが積み上がって人型となった。

「タイタス！　ロックウォールだ！」

成人男性を軽く上回る高さのタイタスが腕を地面に突き立てると、山賊達の前に土の壁が立ち上がる。

「しょ、召喚術⁉　でも少しリンクが遅いような……？」

「わかってんなら、あたしを使ってあいつを倒しなさいよー。しょせん下位だからねー？」

「水属性下位魔法《ウォーターガン》ッ！」

クーファがアーキュラを通して放ったものは、いわゆる水鉄砲だ。しかしそれが一つではなく、いくつも岩壁に打ちつけられている。

そこから水がじわりと浸透して、土の壁が形を崩し始めた。

「な、なんだ！　タイタス！　お前、真面目に……」

「アイツ、無理。水、上位」

「おい、タイタス⁉　こら、なんで消える！」

土の壁消失と共にタイタスが地に潜るようにして消えた。あまりにあっという間の出来事に、味方ですら呆然と立つのみだ。

「マジうけるー！　あんた、召喚獣と全然連携できてないしー！」

「なんでだ！　こんなの初めてだ！」

「そりゃ格上となんて戦いたくないでしょー？　召喚獣同士の戦いだと、これがあるから要注意ってねー」

「わ、わたしとアーキュラはもっと、もっと絆を深めます……！」

召喚術、召喚獣について連日のように勉強したクーファである。それが実力に繋がる事はすでにわかっていた。

ただ召喚させて行動させるだけでは三流以下、奇しくもあの召喚師《サモナー》ギルドの元支部長の発言を裏付ける出来事だ。

いうなればそういった知識もなく、鍛錬を怠った山賊の負けである。

「山賊が召喚術とはねぇ」

「ぐはッ……」

三流の召喚術を披露した山賊は、シャールのハルバードの一突きで絶命する。その付近にいた山賊に矢が突き刺さり、また数を減らす。リティの弓矢だ。

「あのガキ、弓の使い手か！　散開しろ！」

矢から逃れようと、山賊達が何とかリティに接近を試みる。しかし、その出鼻は一人が近づいたところで挫かれた。

蹴りを入れられて顎を粉砕、もう一人は剣で華麗に切り上げられる。さながらジェニファの舞いのごとく、体術と剣術のハーモニーだ。

これまでの経験をもってすれば、リティにとって山賊など何ら脅威ではない。むしろ先程まで侮っていたザキールが、恐れ戦く始末だ。

「こ、こいつ、やるじゃねえか……。女のガキのくせによ」

「ところで、お前はオレが相手をしてやるよ。ザキールちゃん？」

「……上等だ」

ザキールが鎖鎌を振り回し、シャールの挑戦状を受け取る。絶望的な状況だが、ザキールには勝算があった。

レッドフラッグのリーダーがシャールだと見抜いた彼は、それこそがウィークポイントだと気づく。彼さえ殺せばいい。ザキールは元傭兵としての牙をすでに研いでいた。それはアジトの上、伏兵による援護射撃だ。

「お前らがいかに甘ちゃんか思い知らせてやるよ」

真正面から正々堂々と、そんな連中ほど餌食だと彼は確信している。間もなく彼の策略が牙をむく。同時にシャールのハルバードの柄についている赤旗が風でなびいた。

第十八話　リティ、山賊を理解する

元傭兵ザキール。各地の紛争地帯に首を突っ込んでは雇われ、高額の報酬を手にしていた。

その介入は節操がない。昨日の敵に味方として雇われ、寝食を共にした昨日の味方の命を奪う事に何の抵抗もない男だ。

その礼のない戦い方を重ねるにつれて、いつしか敵ばかり作るようになる。殺された者の友人、家族、それが大きな力となってしまった。

元々傭兵は戦争が終われば用済みとされ、追われる身になる者も多い。ザキールはその典型者で、山賊に堕ちるのも必然だった。

「冒険者って奴らは何もわかってねぇよ。命のやり取り、自身の生死。あまりに鈍感すぎる」

「命ってやつは確かに重いな。だが、それをお前が語るな」

「語れるんだよッ！」

シャールに向かって矢が飛ぶ。アジトの上、すなわち崖からの援護射撃だった。が、それがシャールに命中する事はない。

ハルバードを振るっただけで、山賊の浅はかな策をねじ伏せる。キャロンの魔力感知にて、シャールはそこに仲間がいるのはわかっていた。

崖上に放たれた炎弾《ファイアバレッド》に貫かれる伏兵達が、次々と落ちていく。奇襲をあえて受けるのがレッドフラッグだ。

「チッ！　マジかよ、こいつ……！」

「いいぜ、何でもやってこいよ。それがお前らなんだろ？　数少ないお仲間もまとめて、かかってこい」

「余裕ぶっかましてんなぁ……確かにそこらの冒険者とは違うようだな」

ザキールがじゃらりと鎖鎌を持ち、振り回す。その回転による攻撃は伸縮自在で近距離、中距離とせわしなく変化する。

リティはその武器の使い方にやはり感動していた。弓矢ほどの飛距離はないが槍以上のリーチを確保しつつ、攻防一体の攻めが可能。

しかもあの鎖は捕縛にも使えると、胸を高鳴らせている。

「つあぁッ！」

「おっと」

回転する刃をシャールがのらりくらりとかわす。その威力は地面を削り取るほどだ。

並みの冒険者ならば逃げの一手の後、追いつめられて狩られる。ザキール自身もその事実を知っているからこそ、強気に攻められた。

が、シャールにかすらせる事すら叶わないのが現実だ。しかも手下込みである。

「うわあぁ！　ザ、ザキー……」

ザキールの鎖鎌の攻撃範囲に、シャールが手下を誘導して斬らせたのだ。人間の命に頓着がないザキールの性格を利用していた。

「ぎゃあッ！」

「チキショウ！　邪魔な連中だ！」

「もういい！　役立たずは死ね！　てめぇらみたいなのが戦場にいるから、こっちもやりにくいんだよ！」

「ぐぅッ……」

ヤケクソになったザキールが、手下を巻き込んで処刑する。その回転の勢いは衰えず、シャールの首を狩ろうと死角から奇襲した。

シャールはそれをかわそうとせず、振り向いてハルバードを鎖鎌へと差し出す。

鎖鎌がハルバードにぐるりと巻き付き、シャールの武器は封じられた形になった。

「咄嗟の判断にしちゃ上出来だが、終わりだな！」

これも鎖鎌の真骨頂だ。捕縛した武器を引き寄せようと、ザキールが手前に力を入れる。敵、武器、隙あらばあらゆるものを捕らえられるのも強みだった。

しかしそれが可能なのは、相手の力量が自分と同等以下の場合である。

一向に引き寄せられない事態に焦ったザキールは、シャールの汗一つかいてない様相に目を剥いた。

「どうした？　欲しいなら奪えよ」

「クッ、うぉぉ……！」

「そいつはいい武器だが、こうなっちまうと脆いよな。もっとうまく使えりゃよかったんだが……」

シャールは片手でハルバードに巻き付いた鎖鎌を引く。逆にザキールが引っ張られて、シャールの下へ到着してしまった。

意地でも鎖鎌から手を離さなかった結果である。地に伏したザキールは、ここでようやく自身の命の危機を察した。

見下ろすシャールが笑っているものの、殺気しか感じられないからだ。

「た、助け」

言い終える前にザキールが腹を蹴り上げられ、宙に浮いたところで続け様にシャールが踵落としを放つ。悶える暇も与えず、今度は頭を踏みつけた。

この暴力のみでザキールは地面を血で汚して、震えている。彼の後悔は遅かった。

「どんな汚い事をしようが、正々堂々とお前らみたいなのをねじ伏せる。効くだろ？」

「こ、降参、する……」

「それってつまり白旗をあげたってことか？」

「あ、あぁ、だのむ……」

「これを見ろ」

シャールがハルバードを反対にして刃を下に向ける。反対側に備え付けられていたのは赤旗だ。

それがパーティ名であるレッドフラッグの由来であると、ザキールは気づいた。だが遅い。

「好き勝手に命を冒涜しておきながら、保身だけは立派なんだよな。散々、命乞いを否定してきたのがお前らだよ」

「なんでも、ずる……」

「お前らの白旗を否定する。それがオレ達の赤旗レッドフラッグだ」

シャールのハルバードがザキールの首を刎ねようとした時、水球が包み込む。ザキールの体が宙に運ばれて、水球に閉じ込められる形となった。

溺れるザキールが脱出を試みようとするも、洗濯される衣服のように激しく転がされる。

「あぼぼぼごぼおぼ……！」

「ん、クーファか？　何のつもりだ？」

「わ、わかりません……」

処刑を邪魔されたシャールの機嫌がいいはずがない。その瞳にクーファは粗相をしそうになるほどだ。

山賊よりも恐ろしいシャールに、クーファは自身の行いの説明をする。

「あ、謝ってるから……」

「……言ったよな。こいつらの命乞いを聞くなってよ」

「すみません……」

「あっさり謝るのかよ……まぁいい。この状態を維持できるんだろうな？」

「は、はい。頭だけ出してもらえれば息は出来ます……」

ザキールが水球から頭を出して、激しく呼吸をする。しかし次にまた脱出を計れば同じ目にあう。

クーファが言わずとも、それは理解していた。

「シャール、いいの？」

「キャロン、不服だろうがちょっと考えがある」

「また二人の為とか？」

「そうだな」

ジェニファとダイドーは無言で見届けている。リティにその真意はわからなかったが、己の中にある結論はシャールとほぼ変わらなかった。

ザキール達のような者達は他者を何とも思わず、私欲のために命さえ奪う。殺された者達の中には自分のように夢を持つ人間もいたはずだと考えていた。

よって彼らは人間ではないと、リティはそう結論を導き出したのだ。

「クーファさん。この人は魔物と変わりません」

「でも、魔物は、あ、謝りません」

「降参する時にお腹を見せる魔物もいます。でも私は殺します。何故なら、生かしておけば誰かの命が奪われるからです」

「でも、でも……」

「いいんだ、リティ」

リティも口論を望まず、シャールが口を挟んだところで言葉を引っ込めた。シャールとしては上出来の結果だと内心、満足している。

想定内としてはリティもクーファと同じ結論を出すと思っていたからだ。その点、リティについては心配なかった。問題はクーファだ。

「じゃあ、アジト内を物色するからお前らはここで待ってろ」

「私も……」

「いや、オレ達だけでやる」

シャールは彼女達への刺激を考慮したのだ。何せ悪党のアジトにはろくなものがない。囚われの身となり、凌辱された娘がいる事も珍しくないからだ。

冒険者という観点で見ればそれも勉強だとシャールは考えるが、そこまでは踏み切れなかった。

「君達には綺麗でいてほしいからな」

「え……？」

その言葉通りの意味だった。それは単なるシャールの趣向でしかない。

そそくさと洞窟内に入ったレッドフラッグ一行を追いかけようとしたリティだが、追い返されてしまった。

「気づかってもらえるのはありがたいですが、過保護な気がします」

「みゃん……」

ここまで来ると子ども扱いだと、リティの不満は募った。


レッドフラッグのアジト捜索では幸い、いかがわしい物は発見されなかった。

奪った品々や食い散らかされた食料などに、またも鼻をつまんだメンバーである。毎度の事とはいえ、慣れるものではないなとシャールは苦笑した。

一通り持ち帰る品を荷台にまとめて、帰還を開始する。襲われた人間の遺品を必要としてる人や今後の仕事に繋がるものがあるかもしれないからだ。

「お嬢ちゃん、ありがとな……」

「え、はい？」

「君のおかげで命が助かったんだ……」

「い、いえ」

道中、水球から頭を出したザキールがクーファに話しかけている。そんなやり取りを他のメンバーは黙って聞いて移動していた。リティもザキールの観察をやめない。

「君みたいな優しい子を見てると、故郷に残してきた娘を思い出す……」

「娘が、いるんですか？」

「食べさせてやるために傭兵なんてやってたんだがな……いつしかこうなっちまった……」

その話にクーファは真剣に聞き入ってる。貧乏な村出身だった事、出稼ぎで傭兵をやっていた事。誰にも頼らずに孤児として生きてきたクーファのような人間にとっては、他人など信用できるものではない。しかし性根まで腐らなかったクーファだからこそ、他人に感情移入してしまう。

本来ならばそれは悪い事ではないが、この場に限っては良くないと考えていた。

「王国に捕まれば俺は死刑になるだろう……でもな、最後に……最後に一度だけ……娘に……」

「何人兄妹なんだ？」

唐突なシャールの横やりに、ザキールは言葉が続かない。クーファにシャールの意図は掴めなかったが、アーキュラはあくびの真似事をしていた。

「ふ、二人だ」

「妹はいくつだ？」

「じゅ、十六になった頃か」

「上の姉は？」

「十八……」

「二人はいつもどんな会話をしてた？」

「え、それはだな……」

しどろもどろになるザキールに、シャールは顔を近づける。その睨みは嘘を見抜こうとしているだけではない。

よりによって姉妹なのだ。そうなればシャールにすれば、別の興味も湧く。もちろん嘘でなければ、という前提だが。

「姉妹なら何かしら会話してるだろ。それとお前の妻は二人にどう接してるんだ？」

「や、優しい妻だよ」

「そんな優しい妻を放っておいて傭兵か？　なんで無理にでも故郷へ帰ってやらなかった？」

「金がないからな……」

「下の妹だって、もう十九だろ。手に職をつけて一家総出で頑張る選択だってあったはずだ」

「そうだ、そうする！　だから故郷に……」

「さっきと妹の年齢が違うじゃねえかッ！」

「ぐふあぁッ！」

シャールにワンパンを入れられて、ザキールは水球に再び押し込まれてしまった。鼻血が水中に流れ出るが、すぐに排出されてしまう。

何気にすごいと感心したシャールだが、今は突っ込まない。代わりに叩き込んだのは拳だ。

「お前……嘘でも姉妹なら会話内容くらい考えておけよ。ましてや年齢を間違えるなんざ話にならねぇ」

「がぼぼあぼ……」

「大体、なんでオレが適当にでっちあげた家族設定がことごとく当たってるんだよ。ましてや姉妹だぞ……」

「シャール、その辺でよくない？」

「止めるなよ、キャロン。これ以上に大切な問題なんかない」

仮にそうだとしても、何をどうするのか。無口ながらもダイドーすら考えた事で、他のメンバーも同感だった。

一方、嘘に騙されて感情移入しかけたクーファは瞬きを繰り返すのみだ。

「クーファさん、誰でも殺してきた人達ですよ。嘘くらいつきます」

「わ、わたし、まだまだ……ですね」

「てめぇ、姉妹ってもんが何もわかってねぇッ！」

シャールが水球にハルバードの柄を突っ込んで、ザキールをひたすら突く。彼を生かして捕らえたのは、二人の為だけではない。

ザキールに他の山賊の情報を吐かせるという理由もあった。その際に彼らが生きる為にどれだけ平然と嘘をつけるか、リティとクーファに教えたかったのだ。

しかしこうなってしまえば、もはや何の為なのかもわからない。

「姉妹ってのはいろいろあるんだ。優秀な姉にべっとりと甘える妹……これもいい。嫁入り前の姉に寂しさと嫉妬を感じる妹も有りだ」

「さ、二人は気にしないで移動しようねー」

ジェニファに促されてリティとクーファはこれ以上、気にしない事にした。訳の分からない持論を展開するシャールを止める者はいない。

この調子では国に引き渡す前に死ぬかもしれないと思った面々だが、口にする気力がある者はいなかった。

第十九話　リティ、高級レストランに行く

「この男を生け捕りに？　さすがはレッドフラッグだ……」

「いやいや、こっちのお嬢ちゃんがね」

騎士団の詰め所でのザキールの引き渡しは、結果的に良い方向へと向かった。

山賊の中でも難敵とされていたほどの男だ。そうなれば他のならず者とも繋がっている可能性がある。

騎士団でも生け捕りが困難な男が、水球と共に運ばれてきたとなれば好反応だった。

「ほう、水の精霊とは！　その歳で大したものだ！」

「上位精霊であるアーキュラちゃんだからねー。ま、造作ないって感じー？」

「初めて見たが、性格はイメージと違うな……」

「みゃん！」

同じ召喚獣であるミャンが己をアピールした。しかしアーキュラとミャンでは当然、反応も変わってくる。

単に可愛がられて終わるのも日常風景だ。幻獣ミャーンは知名度も低く、騎士団の中でも知っている人間は少ない。

「みゃーんっ！」

目を細めて体をくねらせる仕草だ。つまり概ね満足していた。

「いやー、優秀な冒険者の方々がいてくれて助かる。こちらも常に人手が足りんからな」

「国内でも屈指の実力者集団であるゴールドグリフォン隊の方にそういってもらえるか」

「いやいや。シャール殿を始めとした冒険者の方々こそ、我々にとって尊敬すべき存在だ」

「ま、だからといってふんぞり返る気はないけどな。お互い、持ちつ持たれつつやろうぜ」

シルバーフェンリル隊と並び、ゴールドグリフォン隊は国の二柱とも評される。他国からも金銀の双璧と恐れられ、この国が簡単に侵略されない理由でもあった。

そんな国の象徴ともいえる騎士達に、リティが興味を示さないはずがない。

「あの！　皆さんは……」

「はいはい、忙しいところを邪魔しないようにな。じゃ、騎士団の方々。この辺で失礼するよ」

リティの質問が本格的に始まれば、彼らの仕事に支障をきたす。それに、この後に予定しているものがあるのだ。

これもリティ達にとって経験すべきものであり、レッドフラッグのメンバーも楽しみにしている。

＊　＊　＊

レストラン〝リンデフルム〟、王都内でも知らぬ者はいない高級店である。貴族階級も度々利用するほどの店で、価格の段階で一般の民を寄せ付けない。

拘り抜いた高級食材によるコース料理に舌鼓を打てる冒険者は少ないが、レッドフラッグは容易に入店できる。

「あの、ここってすごく高級なお店ですよね？」

「あぁ、貴族どころか王族も認める店だ」

「私なんかがいいんですか？」

「お前らも三級以上を目指すなら、お偉いさん達とこういう場所で食事を取る機会も出てくる。そうなった時に恥ずかしい思いをしたくないだろ？」

「そう言われるとやる気が出てきます！」

ナイフとフォークをそれぞれ両手に持ち、リティは今か今かと料理を待ち構える。ミャンも舌なめずりをして、準備は万端だ。

しかし、身なりが整った常連の客からの視線は冷たい。その中の一人が、リティ達に目をつけたのだ。

「ちょっと、ウェイター？　ここはいつからペット同伴で入店できるようになったのかしら？　それにあの恰好……見るからに貧相よ」

「あちらの方々はお得意様となります。それに当店では認められた冒険者と召喚獣であれば、入店を許可しております」

「まぁ！　あの長い生き物の毛が入ったらどうするのよ！　それにあの、水みたいなの！　化け物じゃない！」

「幻獣ミャーンの抜け毛はございません。水の精霊アーキュラは上位精霊であり、むしろ当店に相応しいと考えております」

ほぼ誰も知り得ないはずのミャンの知識も兼ね備えたウェイターに、リティは感心するばかりだ。まくしたてる婦人の文句も、まったくまかり通らない。

自分が有力貴族の婦人だという切り札も同様だ。それ以上に、このレストランにおける立場はレッドフラッグのほうが上であった。

「レッドフラッグの方々は王族もお認めになった優秀な冒険者パーティです。他のお客様のご迷惑となりますので、これ以上の問答は控えさせていただきます」

「な、なによ……！」

このやり取りだけで、リティは国と冒険者の密接な繋がりを感じた。特にレッドフラッグともなれば、こんな場所でも顔が利く。

一体どれだけの功績をあげればこうなるのかと、リティの疑問は尽きない。

「な？　たまにやっかんでくる輩はいるが気にするな。特に下級貴族に限って、偏見じみた選民思想を捨てられないのさ」

「さすがに聴こえるわよ、シャール」

「おっと、メシがまずくなるな」

リティとクーファは三級冒険者であり、このレストランとは縁がない。しかし、シャールの口利き一つでどうとでもなるのだ。

冒険者ギルドが国に根を張り巡らせているという事実を、リティは実感せざるを得なかった。

ふと、料理を待ち構える彼女の後ろにある入口のドアが開く。

「予約はしていないのだが、席は空いているか？」

「はい、レドナー様。ご案内します」

振り向いたリティは、その男に驚く。自分を見下ろせそうな巨躯に、服の上からでもわかる引き締まった体。

リティがそれなりに持っていた貴族のイメージを打ち砕く風貌だった。男が連れている護衛らしき者達にも目を奪われる。

黒い甲冑で頭部を覆い、どこか無機質な者が二人。精一杯、おしゃれを決め込んだセレブが集うレストランには似つかわしくなかった。

「おぉ、こりゃ大物が来たな」

「シャールさん、知ってるんですか?」

「レドナー大公だ。軍事大臣にして常勝将軍、現国王の弟でもある。お二人さん、運がいいな」

「いいんですか?」

「実質、国のナンバー2だからな。滅多に見られるもんじゃないぜ」

「こちらの席でいかがでしょうか」

レドナーが案内されたのは、レッドフラッグの隣のテーブルだった。落ち着き払った壮年の男をリティが食い入るように見る。

キャロンに小突かれてようやくやめるが、それでも気になっていた。そんなリティの視線に気づいたレドナーが、顔を向ける。

「レッドフラッグの諸君も来ていたとはな。やはりこのレストランが気に入ったか」

「はい。王都でここ以上の品を出すレストランはありませんからね」

「そうだろう。何せこのレストランで使用されている食材はすべて国産なのだからな。国産はいいぞ……我が国の心地よい息吹を感じさせてくれる」

「ハハハ、よくわかります」

あの調子のいいシャールが敬語という事態だ。リティにもこのレドナーがどれほどの人間か、理解できた。

「うむ、この年代物のワインもかぐわしい。まったく、このレストランは我が国の誇りだな」

「ありがとうございます」

「私にも彼らと同じコースを頼む」

「かしこまりました」

コースという不馴れな言葉の意味を考えるリティだったが、間もなく理解する。まず運ばれてきたのはスープだった。

「お待たせいたしました。本日の一品目、ホーラン草の冷製スープでございます」

スープ自体は馴染みがあったが、その味はリティの予想を超えていた。冷たいスープに戸惑い、一旦はスプーンを置く。

もう一口と続けて、ようやく味がわかるようになってきた。ミャンが匂いをかいで、皿に取り分けたスープをペロペロと舐め始める。

「みゃんみゃん！」

「おいしいですか？」

「みゃあん！」

「ほう、幻獣ミャーンか。珍しいものを連れているな」

レドナーの興味を惹いたミャンが固まる。かすかに頭を引いたミャンに、リティは違和感を持った。

「なるほど、それが君の戦闘スタイルか」

「はい、とてもすごい子ですよ」

「みゃぁん……」

不快とも取れるミャンの反応を気にしつつも、リティはレドナーに好意的に接するように努めた。

初めて会った相手、しかも王族となればシャールと同じように接するべきだと考えたからだ。

やがてレドナーの下にも、ホーラン草の冷製スープが運ばれてくる。

「これも、このレストランの自慢の品だな。どれ……」

レドナーが満足そうに一口するが、そこで手が止まる。そしてスプーンを降ろして、スープを静かに見つめた。

その刹那、リティは思わず席を立ちそうになる。他のメンバーも同じく、全員がレドナーのほうへ向く。

手を動かさないレドナーの表情が固まっている。能面のように、瞼一つ動かさない。

「……ウェイター。このホーラン草の冷製スープ、少し苦味があるな」

「あ、はい。使用しているホーラン草ですが……災害の被害によって国産は極めて入手困難となってしまいまして……」

「それで？」

「今回は隣国から取り寄せる形となりました。こちらの手違いで、メニューへの表示も遅れました。申し訳ありません……」

リティは、ほんの一瞬でも間合いを取ろうとしてしまった。極わずかであるが、レドナーは怒気を放っていたのだ。

それは、この場に居合わせている強者に感じさせるほどの底知れぬ怒りだった。

「ウェイター、オーナーはいるか？」

「はい。あの、何か……？」

「会わせてもらう」

「あの⁉」

ウェイターの素っ頓狂な声を無視して、レドナーは護衛と共に奥に消えた。事態を飲み込めないウェイターが慌てて追いかける。

リティも反射的に走り出した。何故かはわからないが、そうしなければいけないと思ったからだ。

「あの！　どうかしたのですか⁉」

オーナーの部屋の前でウェイターがノックするが、出てこない。胸騒ぎを覚え、リティがドアを蹴破ろうかと思った時だ。

ドアが開かれて、レドナーが出てくる。続いて出てきたのがオーナーだ。

「ウェイター、オーナーはどうやら体調不良のようだ。しばらく出勤できないようなので、私が代わりの者を手配しよう」

「はい？　今朝までお元気でしたのに……オーナー？」

「日頃の疲れが出たのだろう。なに、このレストランは心配しなくていい」

「すまないな。少し休ませてほしい」

オーナーが声を絞り出して、ウェイターに笑いかける。明らかに普通ではないと感じた彼だが、追及できずにいた。

レドナーの無言の圧により、逃げ出したい気分になっていたからだ。レドナーがオーナーの肩に手を乗せる。

「少し休めば、問題ない。そうだろう？」

「はい……」

「オーナーを家までお送りしろ」

「ハッ！」

甲冑護衛の一人が、オーナーを連れて行く。少し前のリティなら、この異様な状況でも何も気づかずに見送っていただろう。

普通ではない人間と接した経験を持ち、それが行動へと繋がった。正しいかどうかはわからないが、体が勝手に動いたのだ。

「待ってください」

リティが引き留めたのはオーナーだけではない。レドナーも含んでいる。その圧でウェイターはもはや何も言えないが、リティはオーナーに近づく。

「ホーラン草の冷製スープ、とてもおいしかったです」

「……そうか。ありが――」

「失敗、だろう？」

レドナーが再びオーナーの肩に手をかけて、今度は力が入った。苦悶の表情を浮かべるオーナーはすぐにギブアップして、涙目になりながら言葉を訂正する。

「あれはダメだった。素材はやはり国産に限る」

「いえ、おいしかったです」

「リティ！　何やってんだ！」

レッドフラッグのメンバーが駆けつけたが、全員が足を止めた。そこにいたのが常勝将軍だったからだ。戦場に立った時の表情だと、無意識のうちに察してしまった。

「リティ……？」

レドナーが顎を指でかく。そして納得したように口元だけで笑った。

「そうか。バイダーが言ってたリティとは君か」

「あ……」

「心配しなくていい。あの男の素行には以前から問題があった。なるほど、度胸もあるわけだ」

一瞬、緩みを見せたレドナーだが、すぐに険しい顔つきに戻る。それは自身に反抗の意思を見せたリティへの牽制でもあった。

バイダーを敗北させた三級冒険者がここまで幼いとは思わず、レドナーの胸中はやや複雑である。彼にとって優秀な冒険者は好ましくない存在なのだから。

第二十話　リティ、決意を改める

レドナー大公。現国王と長らく王位を争っていた事もあり、彼の支持者は多い。王位は逃したもののの、兄である国王に爵位と軍事大臣の座を与えられたほどだ。

持ち前の胆力と行動力で瞬く間に軍事拡張を実行して、自国の防衛力を飛躍的に向上させた手腕は国内で高い評価を得ている。今や現騎士団を含めて、軍隊の行使は彼一人に委ねられているといってもいい。

「もういい。オーナーをお連れしろ」

「ハッ！」

強引に甲冑護衛に連れられる形で、オーナーは店の外に出てしまった。

リティが動かなかったのはシャールのおかげだ。彼がリティの腕を掴み、無言で抑制している。

それは単にレドナーが王族だからではない。常勝将軍、その呼称の意味に何一つ誇張がないからだ。

「君はリティといったか。等級は三級だったな」

「はい。なぜそれを？」

「バイダーからそう聞いている。その歳で大したものだ。何故、冒険者になろうと思った？　実力があれば他に選択肢があったはずだ」

「冒険が好きだからです。どんなに苦しくても、私は自分の目で見て体で感じたいんです」

「そうか。ではこんなのはどうだ？」

リティの腹部に一撃が入る。直後、激痛で意識が飛びそうになり、膝をぐらつかせた。

呼吸が出来ず、脳が気絶を促すほどだ。しかし、リティは耐えた。踏ん張り、自分を攻撃した男を見上げる。

歯を食いしばり、戦意を見せつけたのだ。

「フーッ……フーッ……！」

「ミアァァアン！」

リティのかわりにミャンが牙を見せる。

「……素晴らしい。久しぶりに本気だったのだがな」

「あ、なたは……！」

騎士団、冒険者、貴族お抱えの私兵。この国における様々な武力をひっくるめても、レドナーを最強と呼ぶ者は多い。

かつてはレッドフラッグと共に王国軍を率いて、最前線にて反乱分子の戦意を削いだのだ。

彼を前にした者は反乱を志した己の愚かさを呪い、ある者は半狂乱となり死にに行く。一人の投降も許さず皆殺しにした蛮勇は、味方すらも畏怖させた。

そんな常勝を約束された男の前で猶も折れない姿勢を見せるのがリティだ。レドナーの好奇が高まる。

「なるほど、これは普通ではない。シャール、君のお気に入りといったところかな？」

「はい。かわいい後輩なので、この辺りで許してやってください」

「いいだろう。ウェイター、厨房へ案内してもらえるかな？」

「は、はい……」

　ウェイターの声がやや上ずる。そして案内されるまでもなく厨房に侵入したレドナーに、シェフ達は声が出なかった。頭を下げて、行動で敬意を表するのが精一杯だ。

　腹部を押さえながらも歩くリティをジェニファが支え、キャロンが回復魔法を唱える。クーファは席から一歩も動けず、蚊帳の外だ。

「私はね、こう見えても我が国の事を誰よりも考えているのだ。自国を守りたいと思うのは至極当然だろう？　例えば……」

　保存庫を開けて、食材を一つずつ手に取る。匂いを嗅ぎ、また次へ。意味がわからなかったが、誰も質問しようとはしなかった。

「これは国産食材。これも国産、これも国産、これも国産。国産、国産、国産……輸入！　国産！　国産！　輸入！　国産！　輸入！　国産！　国産！　輸入ッ！　輸入あぁぁぁッ！」

　輸入とした食材を床に叩きつけては叫ぶ。時に生肉をかじり、その味を堪能する。野菜に頬ずりして、葉をむしる。

　シェフ達はもはや死を覚悟していた。互いに身を寄せ合い、何かに祈る。合わない歯を鳴らして、その奇行を見届けるしかなかった。

「なんだこれはぁ！　なぜ、こうも輸入品があるのだ？　このレストランは国産食材……即ち自国の育みを感じていない？　腐った輸入食材を使い……一体、何を企む？　まさか……」

「申し訳ございませんッ！」

先手で土下座をしたのはウェイターだった。床に額をつけて、命乞いとも取れるポーズだ。

それは大袈裟でもなく、レドナーが彼の頭を踏み潰してもおかしくないほどの怒りを見せていたからだった。

「すべては……すべては甘えだったのです！　我々は自国を愛していると！　そう信じてました！しかし……結果がこの惨状です……。我々は生半可な思い込みで愛していると決めつけていたのです。だからこうして行動が結果に結びつかなかった……」

「……ウェイター」

「私はひどく苦しいです……。愛していたはずなのに……。うあぁぁ……私、私は……」

「いい。立て」

指示通りに立ったウェイターは、輸入食材を片っ端から踏んで回った。壁に叩きつけて、次々と食材が無残な形となる。レドナーがウェイターの手首を取り、首を左右に振った。

「未熟は恥ではない。大切なのはこれからだろう」

「わ、私に、これからを、与えてくださるのですか⁉」

「君も大切な我が国の民だ。そんな民が苦しんでいるというのならば、手を差し伸べるのも私の務めだろう」

「レ、レドナー様……！」

二人の寸劇にコメントが思いつかないのはレッドフラッグやリティだけではない。シェフ達は圧倒されて尻餅をつき、アーキュラに至ってはやれやれのポーズだ。

レドナーがウェイターの背中をさすり、なだめている。そして本題であるリティのほうに、ぐるりと向き直った。

「このように、外部からの異物のせいで自国産が淘汰されてしまう。そうなれば生産者はどうなる？　路頭に迷い、飢えに苦しんで死に至る……」

「でもさっきは災害で作物がないからと言ってました。だったら隣国に助けてもらった事になるんですよ」

「それが甘えだと言ってるのだッ！」

「リティ、もうやめろ」

レドナーが握り拳を調理台に叩きつける。大きく歪み、へこんだ調理台が威力を示していた。シャール達の手前、リティは引くべきだと思っていたが体が納得していない。

レドナーのそれは明らかな横暴であり、誰も幸せになってないからだ。ウェイターの取り繕いにも気づいている。

「今より、このレストランを閉店とする。食事中の客にも帰っていただこう」

「ウェイターさん！　皆さん！　いいんですか！　納得してるんですか！」

「黙れッ！」

レドナーの拳が再びリティを狙い打つ。しかし、今度は身を退いてかわした。当てるつもりだったレドナーが停止して、姿勢を正す。

手加減などしておらず、レドナーの思考が巡る。その上で、たった一撃で見切られたという結論を出す他はなかった。

「小賢しいな。久方ぶりに武器を手に取りたくなったわい」

「レ、レドナー様！　我々一同、心を入れ替えて改めますのでどうかここはご容赦下さい！」

「そうだな。これ以上、店を荒らすのは本意ではない。先ほども言ったが代わりの者を派遣しよう。それまで閉店としておけ」

「かしこまりました！」

不完全燃焼のリティだがシャールやウェイター達の手前、大人しくするしかなかった。その際に甲冑護衛の一人がリティを注視している。

もしリティがレドナーに襲いかかれば、この人物が相手になっただろう。リティもその護衛の実力が生半可ではないと感じていた。

レドナー達が店を出ていった後、シャールが大きく息を吐いて床に座り込む。

「はーーーーっ！　あぁぁ、クソッ！　死ぬかと思った……」

「シャールさん、皆さん。すみませんでした……」

「君、その胆力はどこから来るんだよ……。怖いもの知らずだから、か」

「あの護衛も、冒険者換算で二級くらいの実力はあるからねー」

もし戦いになれば、無事ではすまなかったとジェニファは暗に伝える。しかし、彼らが恐れているのはその実力ではない。

レドナーという王族を敵に回す事だ。いくら王都内で冒険者ギルドが幅を利かせているとはいえ、彼の威光がまったく届かないわけではない。

「あの……そろそろ閉店するので……お代はお返しします」

憔悴したような表情のウェイターが、レッドフラッグにそう告げる。もはやどうする事もできず、この場は引き下がるしかなかった。

せっかくのコース料理を食べられずに、リティは腹立たしくもある。一方で着席した時から緊張のあまり、固まりっぱなしだったクーファ。

アーキュラが彼女を包み込んで、外に連れ出す事で事態は収束した。

＊　＊　＊

冒険者ギルドにて、リティはレッドフラッグに対して改めて謝罪した。冷静になるほど、自分がどれだけの事をしたのかを理解したからだ。

それと同時に己の無力感とも向き合う。ユグドラシアと共にいたリティとしては、レドナーの実力は彼らに迫るかもしれないと予想していた。

「大事には至らなかったから、あまり気にするなよ。それよりも納得いかかねぇって顔してるな」

「はい……。私、冒険についてもっと強く向き合わないといけないかもしれません」

「まさか、一撃を入れられた件か？」

「この先、冒険をするなら未踏破地帯にだって入ります。あの人よりも強い魔物だっているはずです。もし……あの時がそうだったら」

今は深く考えずに、とシャールが言いかけた時だった。わずかに感じるチリリとした感触。

それはリティから放たれている殺気に近いようなものだった。レドナーがレストランで見せたものと同質であるとシャールは理解する。

「私、もっと強くなりますね」

「おう……あまり気負うなよ？」

踵を返してリティが、依頼が張り出されている掲示板に向かう。その背中がシャールにとって、巨大に見える。

一瞬だが恐怖が最高潮に達して、腹の底から叫びそうになった。

「はぁ……はぁ……。あぁ、落ち着け。オレ……」

「シャール、どうしたの」

「いや、なんでもない……」

幻覚の類か。それがシャールには、リティの未来像のように思えて仕方ない。これが実力差として反映されるとしたら――。

「ねー、クーファー。あんた、スープも飲まなかったよねー？」

「だって、こうきゅー、レストラン……こうきゅー」

孤児だったクーファにはレドナー以前に、レストランそのものがプレッシャーだった。そんな愉快なやり取りで、シャールの思考は中断される。

むしろ今はそれでよかったのかもしれないと安堵するのであった。

第二十一話　リティ、ロマと再会する

「リティ」

「あっ……ロマさん⁉」

冒険者ギルドでリティに声をかけてきたのは、トーパスの街で出会ったロマだ。スカルブ討伐での負傷が癒えたのか、傷痕の類はどこにもない。

目立つ褐色肌はもちろん、より体のラインが引き締まっている。その様子から、彼女も切磋琢磨してきたとリティは理解した。

「ロマさん！　怪我は治ったんですね！」

「いつの話を……え？　ねぇ、その生き物は？　なんか長くない？　ながっ！」

「ミャンです」

「みゃん！」

「名前じゃなくてね⁉」

リティが腰に巻き付けているミャンに、ロマが手を伸ばす。そして顎を撫で、頭を撫でて。ミャンがロマの手に頬ずりをして。

「やだっ……かわいいっ……！」

「みゃんっ！」

「なに、この生き物っ！　もう……良すぎ！」

「幻獣ミャーンです。とてもかわいくて頼りになるんですよ」

リティは召喚師《サモナー》ギルドの事、王都での体験をロマに話した。ロマの反応は意外にも淡泊であったが、それはリティへの評価の証でもある。

要するにリティならそのくらいはやると思ったのだ。

「召喚獣ね……。いや、どれだけのジョブの称号を貰ったのよ。そんなにあってどうするの？」

「強くなったと実感してます。でも、まだまだ足りません」

リティはレドナーとの邂逅を思い出す。リティの自己評価通り、王都に来てから彼女の戦闘能力は飛躍的に向上した。

しかしそれでも、レドナーのような猛者がいる。人間も魔物も、世界にはまだまだ化け物がいるのだ。

冒険者としての活動期間を考えれば、リティも十分すぎるほどその領域なのだが彼女は満足しない。

「ロマさんは三級の昇級試験を受けるんですか？」

「えぇ。でもタイミングが悪いわね。次の試験まで時間があるみたい」

「気をつけてくださいよ。試験官がすごく意地悪いですから」

「ありがとう。でも助言はいいわ。あなた同様、自分の力だけで昇級してみせるからね」

出会った当初ほどではないが、ロマのリティへの対抗心は消えていない。リティもまた、それでこそロマだと感心している。

女性という枠組みを嫌い、自分の手で道を切り開こうとするロマの逞しさにリティは憧れているのだ。

「ロマさん。この後、予定がないなら冒険に行きませんか？」

「いいけど三級のあなたと四級の私よ。卑下するわけじゃないけどね」

「三級のネームド討伐ですよ。私がいるから四級のロマさんがいても、報酬は貰えます」

「いいけど、フォロー頼むわよ？」

随分と無茶をさせてくれるとロマは思った。ワンランク下の四級のネームド討伐もあったのだが、リティは目もくれない。

リティとネームドモンスター、三級同士といえども返り討ちに遭うケースは多い。それだけにロマに不安がない事もなかった。

＊　＊　＊

場所は以前、リティ達の三級昇級試験の予定地だったダムシア渓谷から続く渓流だ。

釣りスポットとしても有名だが当然、普通の人間がそれを楽しめる場所ではない。

周囲の魔物はせいぜい五級だが、この川には厄介なネームドモンスターが潜んでいるからだ。

「悪食なる殺戮者……またすごいネーミングね」

「釣りをしている人を狙って川から襲ってくるみたいです。少しでも討伐をして数を減らせば、釣り人も幸せになれます」

「まずここを選ばない事から始めてほしいものだわ……」

釣り好きの冒険者や旅人が、命を懸けてでも釣りたい魚がいる。

自分にとっての冒険と同じだと共感したリティだが、理由はそれだけではない。リティがどこか焦っている事に、ロマも薄々気づいていた。

「ねぇ、そんなところに立っていたら危ないわ。少し距離を置いて、上がってきたところを狙いましょう」

「三級です。この距離で倒せないといけません」

「リティ、あなたどうしたの？」

剣を持ってリティは渓流に寄ってネームドモンスターを待ち構えていた。弓を持っているにも拘わらず、あえて危険な真似をする理由がない。

ロマは止めようか悩んだが、四級の自分が口出しする問題ではないとリティに任せる事にした。

「来たッ！」

リティが後退して跳んだと同時に、川から化け物が上がってきた。巨大ワニと形容できる魔物は、全身が何層にも重なった鱗で覆われている。

強靭な爪、そして大口に生えた牙。捕えられてしまえば逃れようもなく、川に引きずり込まれてしまう。

「爆炎斬りッ！」

化け物ワニの頭頂部に、いきなり大技を当てた。さすがの威力とあってワニは脳震盪を起こして、わずかな間だけ動きを止める。

追撃に次ぐ追撃、リティの猛攻にロマは息を呑んだ。ミャンの口から巧みに武器を取り出しては使いこなす。

しかも決して雑な扱いではない。それぞれが、得意な得物の使い手と同等以上の力を発揮していた。

重戦士《ウォーリア》ギルド支部長が放ったスパイラルトラストといい、高威力のスキルの応酬でもはや討伐の手前だ。

「あっ……！　逃げられた……」

寸前、化け物ワニは体を転がして川に逃げ込む。あと少しだったのにとリティは忌々しく川を睨んだ。

ロマはやはり違和感を覚える。久しぶりに見るリティの実力は凄まじいものがあったが、自分が知る彼女の戦いではなかったからだ。

「リティ、少し落ち着いて。何か焦ってるの？」

「上を目指すんです。あのネームドモンスターくらい簡単に倒せるようにならないとダメなんです」

「確かにあなた一人でも倒せそうだったけどね」

リティが川を凝視していると、少し離れた位置にいた化け物ワニが側面から奇襲を仕掛けてきた。意表を突かれたものの、リティは難なく対処する。

蹴りで口を大きく開かせて、そこにスパイラルトラストを叩き込んだ。体内にスキルをねじ込まれた巨大ワニが絶命する寸前、川の水面が揺らぐ。

「リティッ！」

奇襲を仕掛けてきたワニを仕留めて安心していたリティだが、またも奇襲される。討伐して気が緩んだわずかな隙だった。

「あ、まず……」

ネームドは一匹だけとは限らない。中には仲間の危機に駆けつける種もおり、これをリンクという。個々の力が弱くても、これにより大きな脅威となる事もあった。もっとも、この悪食なる殺戮者は個としても厄介ではある。

「はぁぁッ！　やぁッ！」

ロマの剣スキル、多段返し。多段斬りの応用で、剣の往復を細やかかつ高速に行う事によって攻防一体となる。弾いて斬るのだ。

これは剣士《ファイター》ギルドでも教えておらず、ロマが独自に編み出したスキルだった。

その甲斐があって討伐とまではいかなくとも、化け物ワニをリティから引き剝がす事に成功する。

「今のうちに下がって！」

「はいッ……」

ロマの判断は正解だった。更にもう二匹の奇襲が始まったからだ。加えて先程、逃げられた個体と合わせて合計三匹が集まってきていた。

悪食なる殺戮者は水陸ともに活動可能だ。一匹が手負いにも拘わらず向かってくる様が、このネームドモンスターの獰猛さを物語っていた。

「リティらしくないわよ！　落ち着いて……うぁッ！」

化け物ワニの牙が、ロマの防具ごと肩の肉をわずかに削ぐ。その刹那、リティの頭がクリアになった。

今、自分が何をしたのか。傷ついたロマを見て、我に返る。

「リティ！　あなたは冒険をする為に頑張ってるのよッ！」


――リティさん。あなたは本当に冒険をする為だけに頑張ってるのね

――そうです。昔からそれだけが夢だったんです

いつかの会話が、二人の中で反芻される。そんなリティを見て、ロマは感心した。

一途に夢を追うリティを尊敬したロマだからこそ、今のリティは見ていられなかったのだ。

闇雲に勝利を掴もうとして、焦っているのがわかったからだ。

「ロマ、さん……！」

負傷しながらも、ロマが化け物ワニの注意を惹く。

そこでリティは初めてロマと共闘した時の事を思い出した。バルニ山にて、森の統率者と連携して討伐した時だ。

負傷してる上にロマのスピードでは、化け物ワニ達の猛攻をかわし続けるなど不可能である。

それでもロマは行動に出たのだ。すべてはリティの為に。思い出せばリティなら、すぐにこの状況を打開できると信じた。

「……てやぁぁぁッ！」

冷静に、リティはロマと化け物ワニの間に割り込む。ロマを背中で体当たりして遠ざけて、片手槍ごと化け物ワニに突っ込んだ。

ある程度の距離を取ったところでスパイラルトラストを、化け物ワニの喉の奥まで突き入れて仕留める。

流れるように、迫った残り二匹の強襲に対してリティは回転した。重さがある片手斧により、迫った巨大ワニ達の鱗をものともせずに砕く。

仰向けになって倒れた二匹の化け物ワニのうちの一匹の腹に、再び斧を振り下ろした。

「リ、リティ……あなた、そんなに……」

「残り一匹です！　冷静にいきましょう！」

ロマの前で、一瞬のうちに二匹のネームドを仕留めて見せたのだ。先程とはまるで違う動きに、ロマは見とれるしかなかった。

しかし残った一匹が素早く反転して起き上がり、ダッシュでリティに迫る。距離が近く、スパイラルトラストも間に合わない。

「リティ！　あいつの大口の上から爆炎斬りを振り下ろして！」

返事をせずにリティは、ロマの提案を受け入れる。長い大口に爆炎斬りが振り下ろされて、化け物ワニの口が閉じられた。そこへロマが跳んで、ワニの長い大口の上に乗る。

「今よ！」

強靭な顎を持つ悪食なる殺戮者も、上からの圧力には弱い。すぐには口を開けずにいたところで、リティが片手斧の甲羅割りだ。

ロマを飛び越えて、化け物ワニに脳天への一撃を放って決着がつく。頭頂部からの血の噴水が、彼女達の勝利を彩るようだった。

「全部、合わせて四匹……討伐できましたね」

「またリンクされる前に、すぐに必要部位だけいただきましょ」

鱗と牙と爪、それぞれの討伐成果を得る。肉は最悪との評判なので放置だった。すぐに渓流を離れて、日が落ちる前に二人は王都への帰路につく。

＊　＊　＊

帰路の途中、二人は無言だった。それぞれに思うところがあり、なかなか言葉を出せない。

リティは己の行動を反省して、ロマを危険にさらした事を悔いていた。ロマは三級のネームドモンスターの脅威もだが、何よりリティの強さを思い起こしている。

「リティ、強くなったわね。また引き離されちゃった」

「ロマさんはやっぱり強いです。あの魔物相手なのに、私のために動いてくれたんですから」

「……ありがと」

リティの言葉で、ロマは過度な対抗心は捨てたはずだと律する。彼女もまた自分を見てくれているとわかっていたのだから。

リティが焦っていた理由を聞き出せずにいたが、彼女にとってはどうでもよかった。

「私、すごく強い人に出会って……それで強くならなくちゃって思ったんです。あのネームドモンスターくらいだなんて思い上がってました。ロマさんがいなかったらきっと……」

「あなたでもそんな風に思う時があるのね。でも役に立てたのならよかったわ」

「ロマさんがいてくれてよかったです。やっぱりロマさんは大人です」

「や、やめてよ。そんなに歳は変わらないって言ったでしょ。それにロマさんじゃなくてロマよ」

「いいんです。ロマさんはロマさんです」

互いの呼び方などどうでもいいとロマも思った。リティが自分をそう見ているのならば受け入れると、ロマは心に決める。

「私の場合、リティはリティね。対等でいたいからね」

「はい！　嬉しいです！」

「いつもの調子ね。これなら次の魔物討伐も任せちゃっていいかも」

「え？　という事はまた一緒に戦ってくれるんですか？」

「ま、まぁいいけど」

リティはロマの手を握り、満面の笑みだ。気恥ずかしくなったロマは顔をそむけるが、口元は笑っている。

「あなたがどこまで強くなるのか、楽しみになってきたからね」

「どこまでも強く……いえ、どこまでも冒険したいです！」

ロマがリティを見ると、どこか見違えた。全身の風格というか、何かが変わったのだ。

リティは成長していた。レドナーとの一件は彼女にとって衝撃だったが、それ故に殻を打ち破らせてしまったのだ。

言ってしまえばレドナーはリティを攻撃すべきではなかった。なまじ実力差を見せつけるべきではなかった。

そういう意味ではユグドラシアのアルディスは最善の選択をしたのかもしれない。もし、彼女に稽古をつける真似をしていたら――。

＊　＊　＊

二人が冒険者ギルドに帰ってきた時には深夜に差しかかっていた。普段ならこの時間は落ち着いているはずだが人も多く、騒がしい。

何かあったのかと気になる二人の耳に、冒険者達の会話が聴こえてくる。

「マジかよ。あのユグドラシアが？」

「あぁ、あの超高級ホテル〝天竜閣〟に宿泊しているらしいぜ」

「さすがに英雄は違うな……。ここにも来るのかな？　アルディスさんのサイン欲しい……」

「なんといってもバンデラ様よ！　まさか実物が見られるなんて！」

「男は黙ってクラリネだな、うん」

彼らの会話を聞いた途端、リティは握り拳を固める。その異様な様子にロマは戸惑うが、やはり何も質問できなかった。

第二十二話　ユグドラシア、王都に着く

「さすがはアルディスさんだ。夢のようですよ」

「そりゃよかった。さ、遠慮なく食え」

ホテル天竜閣にて、アルディス一行は夕食をとっていた。今は三人になってしまったユグドラシア他、二級冒険者パーティ〝グランドシャーク〟。

彼らは、アルディス達が討伐したロックトロールの素材を横取りしようとして返り討ちにあった。

本来ならその場で殺されてもおかしくないが、気まぐれの怪物は彼らを従えたのだ。

こうなればプライドも何もあったものではないが、こうして高級料理を口にできるのだからグラ

ンドシャークはご満悦だった。

「ヘッヘッヘ……お前ら、よかったな。こうなりゃアルディスには全力で尽くさないとな？」

「もちろんですよ、ズールさん。美人のクラリネさんもいますし、オレ達にはもったいない環境ですわ」

「うふふ、お上手ですわ」

やさぐれ天使クラリネが猫をかぶり、グランドシャークに笑いかける。上品に口元をナプキンで拭くが、いつもなら腕で済ませていた。

仮にもマティアス教の聖女という立場上、相応の振る舞いを演じているのだ。彼女としても本意ではない故に、内心では部屋に戻りたがっている。

「ところで、お前ら。あの汚い奴隷のガキはどうしたんだ？」

「あぁ、アレなら外で待たせてますよ。さすがにここに入れるわけにはいきませんからね」

「確かにな。だが逃げられるんじゃないのか？」

「構いませんけどね。でも無理ですよ。あいつはオレ達の命令なら何でも聞きます」

グランドシャークが連れていた奴隷少女は夜の間も、ホテルの外だ。通行人から白い眼で見られながらも、少女は今も座り込んで待ち続けている。

気を使って声をかける者はいない。誰もが自分の生活だけで手いっぱいなのだから。

「いやぁ、うまかった！　アルディスさんには足を向けて寝られませんわ！」

「お前らも話がわかる奴らで気に入ったよ。ところでこの後、もう数軒ほどいい店を知ってるんだがどうだ？」

「ご一緒させていただきます！」

「ただし……こっち関係だがな。しかもセレブご用達だから、滅多に抱けねぇのが多いぞ」

「はぁ〜……」

クラリネが素を出して頭をかきむしるほど、下品な会話だった。

二級パーティであるグランドシャークといえど、羽振りはよくない。冒険者社会は競争社会でもあるので、慢心していれば他の逸材に取って代わられる。

専属だった要人にも最近はそっぽを向かれつつあり、ヤケになっていたところでアルディス達だ。

彼らにとっては渡りに船だった。

「それで明日は国王に挨拶をしてから、冒険者ギルドだな。やる事がある」

「やる事とは？」

「ま、明日になってからのお楽しみさ」

グランドシャーク、パーティは四人。リーダーの男ジョズーは全力でこの男についていこうと心に決めた。

冒険者のカリスマともいえるユグドラシアに認められたとなれば、とある好かないパーティにも大きな顔はさせないと考えたからだ。

＊　＊　＊

「長旅、ご苦労であった」

「ハッ！　こうして生きてお会いできて光栄です」

謁見の間にて、アルディス達は国王に跪いていた。未踏破地帯〝世界の底〟を制した彼らならば、国王との謁見にも容易く臨める。

老齢の国王はユグドラシアを労い、上機嫌だ。

「……それで何用か。何なりと申してみよ」

「ここ王都にある冒険者ギルドにて、指導を行いたいのです。私達も特級冒険者、後進の育成を怠るような真似はしたくありません」

「それはいいが冒険者ギルドならば、そちらに申し出るのが筋だろう」

「冒険者ギルドは治外法権などと呼ばれておりますが、仮にも陛下のお膝下。通すべき筋があるというものです」

「なるほど、殊勝だ。それでそなたは私に何を望む？」

あくびをこらえるクラリネ、笑いを堪えるズール。こんなアルディスはここでしか見られず、それに流される王族もまた見物と考えている。

「はい。一部施設利用の権利、及び人材の派遣をお願いしたいのです」

「それほど大がかりなものか？」

「冒険者の底上げは巡ってこの国にも大きな利益をもたらします。そうなれば生半可な仕事は、陛下への不敬に繋がると考えております」

「ふむ……詳細を聞こう」

トントン拍子に進み、アルディスは内心でほくそ笑む。もつべきものは仲間ではなく実績だと、彼は再認識した。

しかし、そこへ一人の男が謁見の間へ堂々と入ってくる。

「これはこれはユグドラシアご一行。陛下への挨拶とは感心だな」

「ハッ！　挨拶が遅れて申し訳ありません、レドナー大公」

神聖な謁見の間にて、不適切な振る舞いが許されるのが今のレドナーだ。ユグドラシアの面々を物色するかのように、巨体で見下ろす。

「……陛下。何か込み入った話のようですが？」

「そうだな。お主にも関わるだろう。兵力の一部をそちらのユグドラシアに預けたいのだ」

「何ですと？」

国王から詳細を聞かされたレドナーは眉一つ動かさない。仏頂面にて、その話を耳に入れている。

アルディスはレドナーを疎ましく思っていた。彼がここへ来たのは偶然ではなく、あからさまなタイミングだったからだ。

「そのような事が……なるほど。ふむ……アルディス。お前の提案、受け入れよう」

「ハッ！　感謝いたします！」

「ユグドラシアの活躍は私も聞き及んでいる。幼少の頃からの実績といい、大したものだ」

アルディスが立ち上がり、レドナーと握手を交わす。だがアルディスがすぐに呻く。

「う、うあぁッ！　な、何を……！」

「どうした？」

「クッ！　こ、のぉッ！」

「ぬっ……」

レドナーが全力でアルディスの拳を握りつぶしにかかったのだ。ドーランドのような力自慢ではないとはいえ、アルディスも特級である。

腕力一つとっても、一級とは格の違いを見せつける。が、目の前にいるレドナーは違った。アルディスが脂汗を流し、歯を食いしばる。

「フフフ……これは確かに」

「ハァッ……ハァッ……！」

「ア、アルディス！」

レドナーがアルディスから、パッと手を離す。ズールが、拳を押さえるアルディスを気づかう。

クラリネは回復しようか迷った。しかしここでそれをやれば、アルディスのプライドを刺激すると考えたのでやめた。

何より相手はレドナーなのだ。あくまで普通の握手という建前上、そんな真似をすれば不敬に当たる。

「陛下、喜んで彼に協力します。後ほど、アンフィスバエナ隊を派遣しましょう」

「頼んだぞ」

レドナーを憎々しく睨み、彼の底力を分析した。少なくとも力は自分と同等以上、そして伝わってきた烈気を考慮した結果。

「アルディス。機会があれば、いつか手合わせしてみたいものだな」

「えぇ、ぜひお願いしたいところです」

「私も国を愛する者の一人だ。君とは良い関係でいたいものだ」

戦えば無事では済まない。そう評価せざるを得なかった。そして、言葉の裏に隠された彼の真意はアルディスにも伝わっている。

常勝将軍レドナー。この男が国王の傍らにいたのでは隙がないと、アルディスは舌打ちをしたい気分になった。

＊＊＊

「バイダー隊長。どうかされたのですか？」

「クックックッ……ククククッ！」

王都の一角にあるアンフィスバエナ隊の詰め所にて、バイダーは薄気味悪く笑っていた。

いよいよおかしくなったかとうんざりする部下もいたが、バイダーは気づかない。

「では伝えるねぇ。明日より我が隊はユグドラシアと合同任務に移るねぇ」

「へっ⁉　あのユグドラシアがこの王都に⁉」

「任務の詳細は彼らと合流した後になるけどねぇ。いいかねぇ？　これは我々にとって転機でもあるねぇ」

バイダーは、王都内のどさ回りを押し付けられたアンフィスバエナ隊の復権を目論んでいた。シルバーフェンリル隊とゴールドグリフォン隊ばかりがもて囃され、バイダーの鬱憤は限界に達していたのだ。

「ユグドラシアといえば、冒険者達の憧れでもあるねぇ。クックックッ……」

バイダーは領地を持たない男爵家の生まれだった。貴族達の間からは日陰者として扱われ、平民からは貧乏貴族と後ろ指を指される。

そんな環境で彼の反骨心は育まれたが、決して良い方向ではない。いつか自分を見下した連中を踏みにじる。その為に彼は何でもやった。

国民ならば誰もが憧れる騎士団なら、誰も自分に逆らわない。ライバルの弱みを握って蹴落とし、入隊にこぎつけたのだ。

「奴らを利用すれば、我が隊の立場もがらりと変わるねぇ……。ナコンダ！　ゴフラ！」

「へい！」

「はぁい！　しゅるんしゅるん！」

バイダーが呼びかけた二人はそれぞれ太い体格、やつれたような細い体と対極にあった。副隊長ナコンダ、隊長補佐のゴフラである。

「お前達はいざという時のために待機だねぇ」

「へい！　そのいざって時が、この魔導具〝毒蛇の剣〟の出番ですかねぇ？」

「この〝鞭蛇〟でしょうよぉ。しゅるん」

魔導具を託されたこの二人は、アンフィスバエナ隊きっての腕利きである。バイダーが目をかけた二人なだけあり、言動も性格も難しかない。

アンフィスバエナ隊が煙たがられ、ならず者集団と囁かれる理由を後押ししている連中だ。

「オイ！　お前！　喉が渇いたんだが⁉」

「はいっ！」

部下をこき使い、時には暴力で当たり散らす。たった今、目をつけられた青年にかつての夢は消えかけている。

騎士となり、人々を守る。配属されたこの部隊でそれが叶わないのは承知していた。

同時に実家に残した母親の顔が常にちらつく。このままでいいのか。今の自分を見たら母親が何というか。

「おっせぇんだよぉ！　このナコンダ様を舐めとんのかぁ！」

「すみません！」

「次は肩を揉んでねぇん。しゅるん」

「はい！」

腹を蹴られた後、青年は猶も母親の事が頭から離れない。足腰が弱く、優しい母親。涙が滲みそうになる毎日を、彼は母親への思いで堪えていた。

第二十三話　リティ、ユグドラシアと再会する

冒険者ギルド内が、かつてない混雑の様相を見せている。冒険者どころか一般の者達もいて、ギルド職員が整理に追われるほどだ。

カタラーナも適当に人の群れを押し出して、スペースを作っていた。そこにはリティとロマもいる。

「そろそろ来るんじゃないか？」

「入ってきたぞ！」

ユグドラシアがギルド内に登場した途端、歓声が沸く。これに対してアルディスは手を振って応えて、クラリネも微笑みを絶やさない。

愛想を振りまくズールに加えて、このメンバーに似つかわしくないのはグランドシャークだ。鮫のヒレのような髪型を際立たせた四人の人気は当然、ユグドラシアには劣る。

「なんであいつらが？」

「うまい事、取り入ったのかもしれん。クソ……さすがだな」

「やぁ、皆。まさかこんなに歓迎されるなんてね」

アルディスが大衆に爽やかに笑いかけると、気絶しかける女性もいる。そのハスキーボイスに、リティは口をへの字に曲げた。

汚い言葉で彼女を罵って暴力を振るっていたなど、ここにいる者達は想像すらしてないだろう。

「……リティ。ここにいて大丈夫？」

「逃げません」

リティはロマに事情を話している。話を聞いている最中のロマは悲痛な表情で口元を手で覆い、何の言葉も発さなかった。

いや、発せなかったのだ。リティの旅立ちのきっかけにしては、あまりに無慈悲な代償としか思えなかったのだから。

その上で自分が彼女に嫉妬していたなどと、いくら恥じても足りないと後悔すらしたのだった。

「冒険者じゃない人もいるみたいだけど、いい機会だ。率直に言おう。俺はこの王都にて、冒険者の底上げをしたいと思う。昔と違って今じゃ冒険者は各国でも、重要な存在となりつつあるのは否定できない。意欲的な姿勢を見せて、冒険者産業に力を入れてる国もあるくらいだ。そんな中、俺達ユグドラシアに何が出来るかとなれば……後進の育成だと思い当たったんだ」

リティに気づかず、アルディスは嘘のような声色で大衆に語りかけている。リティは周囲を窺った。

その言葉が空気より軽い事を知っている彼女だ。頼むから騙されないでと願うのも無理はない。

「だけど口で言うほど簡単じゃない。俺達だけの力じゃ難しい部分もあるだろう。そこで協力者として彼らだ。知っての通りグランドシャークは優秀な冒険者で、喜んで俺達に協力してくれることになった。他にも……お、来た来た」

「やぁ、集まってるねぇ」

予想もしてなかった人物の登場に、リティの口が開いた。開いたまま塞がらず、バイダーが大衆に手を振る様を見ている。

よろしくない彼の評判はここでも顕著だ。一気に場が白けた。

「えぇ……？　いくらなんでもありゃないわ」

「アルディスさん、騙されてるんじゃないのか？」

「あー、僕も以前は冒険者達に懐疑的な考えを持っていたねぇ」

何か語り始めたバイダーに、全員がとりあえず聞く姿勢を見せた。自分が嫌われてる事など意に介さず、バイダーはニヤけている。

「けど、ここにいるアルディス君達に会ったらねぇ……考えも改まるよねぇ……。というわけで国の命令でもあるけど、我々アンフィスバエナ隊は彼らに協力する事になったからねぇ」

「万が一、育成に支障をきたすような事態も起こるだろう。そんな場合は彼らに頼るとする」

「育成とは具体的にどのような事をするんですか？」

手を挙げて質問したのは一人の冒険者だ。そんな彼に対してアルディスはスマイルで返す。

「まずはこの王都周辺の依頼を片付けようか。俺達が同行した上でだ。君達も、手本を見たほうが何かと参考になるだろう」

「まさか直接、ご指導をしていただけるので？」

「もちろんさ。そうでなければ意味がないからね」

「や、やった！　こんなに光栄なことはないです！」

リティは我慢の限界だった。アルディスが言葉通りに実行するはずがないと確信しており、今にも叫びそうになる。

「さすがはアルディスさんだ！　俺達の事も考えてくれている！」

「こうでなきゃ英雄なんて呼ばれてないよなぁ……」

「強くなってたくさん稼いで両親に恩返しできる！」

名も知らない女性冒険者の一言が、リティを突き動かす動機となる。両親の為に命をかけられる曇りなき目標は、リティにとっても他人事ではない。

自然と人混みをかき分けて、アルディス達の前へと出ていった。

「アルディスさん、お久しぶりです」

「あぁ……あ？」

気分絶頂のところに現れた少女が誰なのか、アルディスはわからなかった。しばらく固まり、記憶の底からようやく引っ張り上げる。

かつて自分が魔の森に置き去りにした少女だとわかり、表情が引きつった。何故、どうして、ありえない。幻影か、人違いか。あるいは何かのスキルや魔法の類で惑わされているのか。

しかし自分相手にそれを実行できる使い手がここにいるとは思えず、否が応でも認めざるを得なかった。

「お、おま、えッ……！」

「以前はお世話になりました」

「お前ッ、お前ぇ⁉」

「ミャアッ！」

ミャンが怒り、リティは冷静だ。

「ア、アルディスさん！　どうしたんですか⁉」

グランドシャークのジョズーが心配し、バイダーも惚ける。今まで優雅に演説していた人物が狼狽しているのだ。全員がこの状況を飲み込めていない。

「あれって確かリティとかいう……」

「何匹もネームドモンスターを葬っている少女だ。実質、二級相当の実力はあると言われてるよな」

「レッドフラッグと行動を共にしていたらしいし、目をかけられているみたいだぞ……」

「アルディスさんと知り合いなのか？」

リティに対する様々な評価が飛び交う中、彼女はアルディスを批難したい衝動に駆られる。しかし、それを抑えてリティは思ったことを伝えた。

「魔の森では鍛えられました。でも今度は約束を守って、皆さんを危険な目に遭わせないでください」

「いや、お前、なんで、なんで……！」

「あちゃ……お嬢ちゃん、たまげたなぁ」

「あーららぁ……」

アルディスはうろたえたままだが、クラリネとズールは現実を直視している。リティの発言をきっかけに、全員が疑問を持ち始めた。

リティとアルディスはどういう関係なのか。約束とは何なのか。何より危険な目とは。それが確信に変わる前に動いたのはズールだ。

「いやー！　すごいなぁ！　アルディス、お前が課した試練を乗り越えたってよ！」

「あ？　あぁ……」

「皆！　こいつはアルディスの弟子だったんだ！　最後に魔の森を一人で乗り越えるってんで挑んだんだけどな！　一向に戻ってこなくてさ……。捜しに行っても見つからない。捜索を断念したんだが生きててよかったよ！」

「へぇ！　そうだったのか！　アルディスさん、すでに弟子をとっていたのか！」

思わぬ展開にリティは歯を食いしばる。ズールが何かと短絡的なアルディスをフォローしてきたのは、リティも知っていた。

ユグドラシアの中でリティに唯一、危害を加えなかった人物である。中立を気取ってはいるが、ある意味でこの男が一番残酷でもあった。

「ごめんな、お嬢ちゃん。アルディスも真剣に捜してたんだ。今でも後悔してるんだよ。なぁ、アルディス？」

「あぁ……よく生きててくれた」

「あなた達という人はッ！」

「リティ！」

ロマが傍らに来てリティの熱を下げようと、手を握る。そのロマに対してアルディスが一瞬、舌なめずりをしたのがリティにとっても不快だった。

大切な友達に危害を加えるなら、と内心で交戦意欲を滾らせている。

「その子が三級になれたのも、アルディスさんのおかげかぁ」

「三級⁉」

「そうですよ。だから、俺達もモチベーションが上がるってもんです」

「……そうか。だったら、こっちも頑張らないとな」

「お嬢ちゃん。気持ちはわかるが、ここは抑えたほうが賢明だぜ。状況、わかってるだろ？」

ズールの耳打ちをリティは振り払いたかったが、少し冷えた頭で考えた。仮にここで歯向かってもズールの言う通り、何も変わらない。

それに自分の目的は何だったか。悪食なる殺戮者討伐の時に、リティはロマのおかげで再認識できたのだ。リティはロマを見て小さく頷き、依頼掲示板の下へ向かう。

「あー、待て。ここの依頼な。俺達が引き受ける」

「なっ……！」

アルディスが割り込んできて、依頼の張り紙をすべてはぎ取ってしまった。並みの冒険者ならば、受付の時点で突っぱねられる。

依頼には期限もあり、こなせるはずがないからだ。しかしユグドラシアならば話は変わる。

「皆が難儀してる魔物討伐……俺達がやってやるよ。ついてきていいぜ」

自分の冒険をあからさまに邪魔されたのだ。リティの拳が震えて、いよいよ限界が近づく。

そんなリティに今度はアルディスが小さく耳打ちしてきた。

「お前、持ち前の悪運で三級になったみたいだが調子に乗るなよ？　見てろ、これが実績の力だ」

調子に乗ったアルディスにリティが向けるのは視線だ。それだけではない。殺気さえこもったリティの何かが、アルディスの本能に訴えかける。その刹那、アルディスは思い出した。

幾度となくリティから感じた違和感、あるいは脅威。これに苛立った自分がかつていた。それを否定するべく、踵を返す。手を出しかけたが、それでは元も子もないと判断したからだ。

「アルディス君、そいつは君の弟子みたいだが本当に生意気でねぇ。我々も手を焼いていたのだよねぇ」

「安心してくれ。俺が来たからには勝手な真似はさせないからよ」

「それは助かるねぇ」

ここぞとばかりに絡むバイダー、そしてよく知らないが似たような人種とリティが目算するグランドシャーク。

ろくな連中がいないと、さすがのリティも内心で毒づく。そんな手合いに対してリティが出した答えはシンプルだった。

「ロマさん。冒険に行きましょう」

「え？　えぇ、そうね」

リティとロマがあっさりと冒険者ギルドから出て行く。依頼は全部横取りしたはずだとアルディスは訝しむ。

それが気に入らないのか、手元の依頼の紙を握りつぶしていた。

「ア、アルディスさん？　それ……」

「おっと、すまない」

誰かに指摘された依頼の紙を広げても尚、アルディスの怒りは沸々と煮える。死んだと思ったはずの少女が生きていて猶も自分に反抗したのだ。

せっかくこの王都で自分の王国を築こうと思った矢先である。

「バイダー隊長さん、さっそく今から指定した施設に通達してくれ。それとここ、冒険者ギルドの寝室も俺達がすべて借りる」

「了解したねぇ」

お前とは格も実績も違うとアルディスは何度も心の中で呟く。リティという名前すら覚えてなかった少女を前にして、アルディスの歪んだ性根はますます歪むのであった。

＊　＊　＊

「あの……一人、ですか？」

冒険者ギルドより少し離れた場所でクーファが見つけたのは、一人のみすぼらしい少女だった。身なりからして親がいる様子はない。

クーファの呼びかけに少女は顔を上げたが、言葉は発さなかった。

「お腹、すいてます？」

今度は頷く。クーファが冒険者用の簡易食を渡すと、無心でむしゃぶりつく。

ホッとしたクーファは少女を観察して、その姿にかつての自分を重ねた。

「お父さんとお母さんはいないんですか？　家もないんですか？」

食べ終えた少女だが、やはりクーファの呼びかけには答えない。このままでは自分のように、誰かから盗みを働きかねないと判断したクーファは手を差し伸べる。

「手を……握ってもらえます？」

なぜ、そうしたのかはわからないがクーファはリティを思い出していた。少女は黙ったままだが、やがて手を差し出してくる。

「一緒にきてください」

身元がわからない少女に対して、それが正しいかはクーファにもわからない。ただ自然とそうしていた。

悪辣な冒険者にいいように使われて逆らわなかった少女だが、少しずつ歩みを進める。

そんな少女に、ほんの幼い頃の記憶がよみがえった。かつて自分もそうされていた事を。

「な、泣いてるんですか……？」

少女の垢と泥だらけの頬に一筋の涙が流れる。少女がわずかにでも自分を取り戻した瞬間だった。

第二十四話　リティ、あくまで冒険をする

ユグドラシアが来てからというもの、リティ達はほとんどの依頼を引き受けられなくなっていた。上級向けの依頼は根こそぎ持っていかれて、残るは低級向けの簡単な採取や村の畑を荒らす害獣討伐のみ。

とても三級としての実績にはならず、リティはここで足留めされる形となった。何故なら、準二級昇級試験は三級としての実績を認められた上で行われるからだ。

合格すれば準二級となり、何かしらの要人に認められた証を貰えば二級となる。

「いやぁ、助かったよ。これでしばらく畑も荒らされずに済む」

「これでおいしい野菜を皆が食べられますね。私も安心しました」

「おいしい野菜か。そう言ってもらえたのはいつ以来かねぇ……。そうだ、一つどうだい？」

リティとロマが口にした野菜は、生でかじって食べても甘味が感じられるほどだった。

自分の村で作っているものと遜色ないと判断したリティが感動する。これだけでも、王都より遠く外れた村に来た甲斐があったとさえ思っていた。

「最近は冒険者の方も来てくれなくなってね。以前は騎士様が常駐してくださったのだがあまりに横暴で……」

「あぁ、それで村の若い衆が決起して王都に出向いて直談判よ。幸いそれで騎士は引き上げてくれたっけなぁ」

「なんだっけ？　あの……蠅の部隊だか何だか？」

「……アンフィスバエナ隊？」

ロマの答えにそうそう、と元気よく頷いた村の老人達。王都に来てそれほど日が経っていないロマですら、彼らに対するイメージは悪い方に固まっていた。

彼らの悪行を知っているリティだけに、この村がどれだけ不憫な思いをしてきたのかを察する。

「もっといい騎士に頼んでみます」

「君がかい？」

「はい。心当たりがあるんです」

「それはありがたいが……」

リティの等級は村の老人達も知っていたが、その域とまでは思っていない。半信半疑で感謝しつつ、リティに手を振って別れを告げた。

＊　＊　＊

王都でもリティ達は奔走した。リティが主に手をつけたのは、やはり六級向けの依頼だ。

持ち前のモチベーションとバイタリティーに加えて、今はロマもいる。二人で汗を流して笑い合い、依頼主と意気投合する。

ロマがやりたかった王都での仕事とは違ったが、これはこれで悪くないと冒険者に対する認識をまた改めた。

「あぁ、疲れた疲れた……」

「アルディスさん。清算してきますね」

「おぉー……その後、もう一軒だなぁ」

顔を赤らめたユグドラシアとグランドシャーク、及び追従した冒険者達がギルドに入ってくる。

その千鳥足が、冒険とはかけ離れた様子を見せていた。

酒の強烈な臭いがリティとロマの鼻腔を刺激する。

「くっさ……」

「ロマさん、清算も終わりましたし今日は寝ましょう」

「おやぁ？　これはこれはどこぞの三級冒険者じゃないかぁ」

アルディスが絡んできたが、リティは顔も向けない。その態度に苛立ったアルディスが、リティの胸倉を掴んだ。

「いつからそんな偉そうな態度を取れるようになったんだぁ？　あん？」

「離してください」

「アルディスさんが弟子にまでしてやった恩を忘れたのかぁ⁉」

「ミャアァァァッ！」

ミャンが牙を剥き出し、グランドシャークのジョズーが素っ頓狂な野次を飛ばす。リティには目の前のアルディスは元より、ジョズーなど視界にも入っていない。

「大体、てめぇなんぞが三級になれたのがおかしいんだよぉ？　あん？」

「離してください」

酒臭い息をリティの顔にかけて、アルディスは凄む。

特級冒険者に捕捉されたとあっては、さすがのリティも逃れようがない。と、誰もが思っていた。

「二度いいました」

「あ……？　痛ァッ！」

アルディスの手首を拳で叩くと同時に、その手が離される。酒が入ったアルディスはふらつきながら、冷たい床に伏してしまった。

冒険者達は戦慄する。酒が入っていたとはいえ、アルディスをあっさりと引き剥がしたのだ。

アルディスは立ち上がろうとするが近くの柱に抱きついて、思うように歩けない。

「こ、このぉあぁ……！」

「アルディスさん、手加減してたんですよね？」

「当たりめぇ……だ……うぅッ！」

ズールやジョズー達が駆け寄ったところで、惨事が起きた。当然、誰もが潮が引くように離れる。

べちゃべちゃと床を汚す様を見守る他はない。そのものの上に倒れ込んだアルディスを抱えて起こしたのがズールだ。

「おい！　ジョズー！　アルディスさんをホテルに連れていけッ！」

「え？　オレが？」

「当然だろ！　立場わかってんのか、てめぇ！」

「はいぃ！」

グランドシャークが四人がかりで、汚物まみれのアルディスを抱えていく。それを見届けたズールがリティをまじまじと観察した。

特級冒険者の怒りを買ったとあって、ロマは多少なりとも恐怖を感じる。しかしリティはズールの目を見続けた。

「お嬢ちゃん。オレ達もこんなところで暴れるわけにはいかねぇ。おっかねぇ同業者も目を光らせているしな」

「えっへん！」

子どもみたいな反応を見せたのはカタラーナだ。ただし遠く離れた場所にいる。床を汚したものが原因だ。

ユグドラシアの一人が恐ろしいと評した彼女を、冒険者達はちらりと見る。

「同業者同士の揉め事もまた冒険者だからね。よほど過激なことにならない限りは見守るんで、どーぞ」

「だ、そうだが。お嬢ちゃん、これからは満足に動けないと思ったほうがいいぜ。特にギルドの寝室はすでに満室だからな」

「そうですか。ロマさん、他のところで寝ましょう」

「おっと、無駄だぜ？　目ぼしい宿はこっちの貸し切りでな。ユグドラシアが認めたメンバー以外の利用は不可だ」

「はぁ⁉」

ロマが真っ先に声をあげる。リティも驚いたが、この人達ならそのくらいはやると冷静だった。

「そんなのまかり通るの⁉」

「通るのが俺達なんだよ。言っておくが国王にも許可は貰っているからな。無理に頼み込んでも、あいつらは聞かないぜ？」

「狂ってる……！」

ロマがそう思ったのはユグドラシアだけでなく、国も含めている。主要の宿泊施設を利用できないとなれば最悪、野宿だ。

風呂にも入れず、浮浪者と変わらない。そんなロマの心中を察したように、ズールがククと笑う。

「アルディスも酔いが覚めたらどうなるやら」

「冒険者の育成だなんて、でたらめじゃない。リティに聞いた通りの連中だわ……こんなのがいつまでも続くわけない」

「続くのが俺達なんだよ。さ、わかったらとっとと外の寒空の下で寝な」

「ロマさん、行きましょう」

リティはズールに言い返す事なく、スッとギルドから出る。格闘士《マーシャル》ギルド、召喚師《サモナー》ギルドと当てはあった。

どちらも宿泊できるので、そちらを目指そうと考えたのだ。

＊　＊　＊

「あ、君達はリストに入ってないね。悪いけど食事は他を当たってくれ」

問題は食事だった。ここにもアルディス一派の手が回っていて、リスト入りしている冒険者以外は断られる。国王からの命令でもあり、店側も逆らえない。

諦めたリティ達は調理しなくても食べられる簡易食でやり過ごした。

「食事もお世話になったジョブギルドに頼るしかありません」

「そうね。街中で肉を焼くわけにもいかないし……」

「みゃあん……」


「へい！　貴様ら！　そこで何をしている！」

怒声まじりで呼び止めてきたのは、王国騎士だ。双頭の蛇を表したシンボルからして、それがアンフィスバエナ隊とリティは気づく。隊長であるバイダーは見当たらない。

代わりにいるのは丸い体型、細長い体型と対照的な二人だ。

「何でしょうか？」

「へい！　今、何か怪しい行動を取っていたな！　詰め所まで来い！」

「何もしていません」

「これもユグドラシアとの合同作戦？」

ロマの問いに騎士達は答えず、強引に二人を拘束しようとする。アンフィスバエナ隊といえども、立派な国家権力の象徴だ。

更にユグドラシアがバックにいるとなれば、どうなるか。抵抗すれば公務執行妨害と見なすのは簡単だった。

「さぁて、大人しくしないとわかってるわねぇん？　しゅるん」

「ロマさん、走りましょう！」

リティは逃亡を選択した。相手が相手だけに、捕まればろくな事にならないと判断したからだ。言うなればアルディスの演説から続く延長線である。騎士達に取り囲まれながらも抜け出せたのは、リティのおかげだった。

隙だらけな連中に対する技量や経験の差からして、戦ったとしても負けはしないと証明しているのだ。

「あぁ⁉　待ちなさぁい！　しゅるん！」

「へい！　ゴフラ！　追うぞ！　てめぇらも続けぇ！」

リティ一人ならば余裕で逃げ切れる相手だ。しかしロマはどうか。リティほどのフィジカルもない。ロマを見捨てる気などないリティは必死に考えた。倒してしまおうかとリティの脳裏によぎる中、先の建物の角に人影が立つ。

「リティさん！　こっちです！」

「え……あなたは……」

迷うことなく、リティ達はその人物のほうへと向かう。しかし間もなく追いつかれて、騎士達が迫った。

が、そこで足を止めてしまう。そこにいたのが手の出しようがない人物だったからだ。

「おや、騎士団の方々。こんな夜更けにどうされたので？」

「あ、あなたは……」

リティがよく知っている親子がいた。冒険者が、二人を守るようにして立つ。小太りの壮年貴族、鮮やかなブルーの流れるような二つ結びの髪型をした女性。

そしてリティよりも年下の少女は、以前に会った時よりもどこか引き締まった表情をしている。

トーパスの街でリティが護衛を務めたマーム、父親のデマイル。護衛のナターシェが騎士達の前で堂々としていた。

「デ、デマイル伯爵⁉」

「その二人は私の大切な客人なのだが……何かあったのかね？」

「い、いえ、特には……」

「追いかけ回していたようにも見えたが？」

「こちらの手違いでしたぁ！　申し訳ありません！」

騎士達が頭を下げてから、猛スピードでどこかへ消えてしまった。一息つき、リティは再会に驚く。

ロマは初対面ながらも、伯爵という情報のおかげで彼という人物を把握できた。

「皆さん……助かりました。ありがとうございます」

「あ、いやいや。今日は娘を迎えにいった帰りでな。偶然に過ぎんよ」

「そ、マームちゃんはね。今、魔法使い《マジシャン》ギルドに通ってるの。デマイル様はなるべく毎日、送り迎えに付き添ってるのよね」

「まぁそれはいいとして……何やら大変な事になっておるな」

リティが何気なくマームを見ると、以前のような上品なドレスではなかった。

見習いながらも黒い法衣にスカートやタイツと、見た目だけでも立派な魔法使い《マジシャン》となっている。手には木製の杖と、見違える風体だった。

リティが事情を話すと、デマイルは何やら諦めたようなため息を吐く。

「なるほど、冒険者などといっても格差次第でどうとでもなってしまうのか。貴族社会ではあるまいし……」

「あのユグドラシア相手じゃ私も分が悪いかなぁ。ましてや騎士団を味方につけてるんじゃね」

二級冒険者のナターシェですら、今はリティ達と同じ立場なのだ。同時に特級冒険者という肩書だけで、好き放題されてしまう国を憂いていた。

それはデマイルも同じ思いで、自身を振り返るきっかけにもなる。貴族である自分達が冒険者を認める事によってこのような事態になるならばいっそ、と。

「お父様、リティさん達をお屋敷に住まわせるのはダメですか?」

「……そうだな。娘が世話になった冒険者だ、しばらくは面倒を見よう」

「い、いいんですか？」

「構わん。こうなってはワシにもやる事があるからな」

リティはホッとしたが、いつまでも世話になるわけにはいかないとも思っていた。冒険者としてアクシデントは付き物であり、時には自分の手で切り開かなければいけない。

もっと強く、と思いを強めていたところでロマがリティの手を両手で握る。

「リティが誰かを助けて、助けられる。これも冒険の成果ね」

「……そうですね」

成り行きとはいえ、貴族との繋がりを持ったのだ。それはリティが目指す冒険者の資質に違いなく、誰にでも出来ることではなかった。

リティはすでに三級、それ以上への等級への階段に足をかけていたのだ。

「リティさん、今夜は私の部屋で寝ましょう！　いっぱいお話しましょう！」

「ちょ！　マーム様⁉　それは大胆ですよ！」

「そうよ！　いくらなんでも貴族令嬢と同部屋はどうかと思うわ！」

マームの提案に、ロマとナターシェが憤りを見せる。特にロマの発言は正論であったが、口の利き方が相応ではない。

そんな事も忘れてしまうほど、彼女は感情を見せてしまっていた。

「では……みんなで寝るというのは？」

「そ、それならいいでしょう」

「そうね。問題ないわ」

前言と矛盾しているのも気づかず、ロマ自身も自分の感情が理解できていない。

しかし当のリティは温かい布団で寝られる事に安堵するだけだった。

騎士団の宿舎にて、青年はノートを開いて書き綴っていた。己が所属する部隊の腐敗のすべてを、青年は記録していたのだ。

特に酒に酔ったバイダーが口を滑らせた情報は大きい。彼が今まで行っていた不正や取引相手も、把握している。

毎日の暴力に堪えかねて、青年の精神は限界を迎えていた。

「もう……やるしかない……」

ネズミ討伐の際に、提案すらも突っぱねられただけではない。それを根に持ったバイダーに休日すらも取り上げられて連日、こき使われた。

ようやく落ち着けた今日、青年は決心したのだ。

「すべてをぶちまけるしか……でも誰に？　国王？　僕なんかが？　冒険者ギルド？　あそこすら今や腐敗の手が……」

ブツブツと呟くも、仕事一筋の青年に人脈などあるはずもない。別の騎士団という手もあるが、信用できるとは限らない。

頭を抱えた結果、彼は思いついた。以前、バイダーと共に訪れたあそこにいる者達ならばと。

「行くしか……ない……。母さん……僕は最後に、なるよ……」

青年がふらりと立ち上がる。その足取りはおぼつかない。

「立派な騎士に……なる……国を、守るんだ……」

真面目な青年は、腐敗した部隊に所属していた自分も同罪だと考えた。それでもノートを手にして、青年は歩き出す。

自暴自棄か、はたまた夢の完遂か。それは青年にとってもあやふやなものだった。

第二十五話　リティ、人の為に冒険をする

王都内の高級クラブにて、アルディスはやや焦っていた。格下の冒険者に自分達の強さを見せつけて覇権を握る。

それが目的だったものの、ここ最近の様子がおかしいからだ。酒に酔った際にリティにつっかかり、転ばされた事件はほぼ全員が目撃している。

今回の件によって懐疑的な目を向ける者が少なからず出てしまっては、ユグドラシアとしての絶対的立場が揺らぐ。

怒り狂ったアルディスはリティに報復を目論むが、ズールに止められてしまった。

「ここであのお嬢ちゃんに仕返しをしたところで逆効果だ。むしろ格下の悪ふざけと笑ってやるのが、オレ達だろう？」

寸前のところで堪えたものの、冒険者ギルドでリティの姿を見るたびに突っかかる。

思いつく限りの罵詈雑言を浴びせるが、リティは完全スルーを決め込んでいた。代わりにミャンが牙を向けるだけだ。

それもリティによって頭を撫でられて、無言の「相手にしちゃダメ」をされてしまうのだが。

「バイダーは何をしてやがるんだ。オレに反抗する奴を捕えるのが奴の役目だろう。ズール、どうなってやがるんだよ」

「それがな……。あのお嬢ちゃん、デマイル伯爵の客人として迎えられちまったみたいでな」

「はぁ⁉　あのクソガキのどこにそんな人脈があるんだよ⁉」

「調べたところ、トーパスの街で娘の護衛依頼を受けたのがきっかけらしい」

そこでリティのその他の活躍をアルディスに言わなかったのは英断だった。

あれから一級相当のスカルブクィーンを討伐したなど、ズールでさえ胸中を打ち抜かれた気分になるほどだ。

アルディスが知ればろくな事にならないと、ズールは黙ったのだった。

「アルディスさん」

「何だよ」

話しかけてきたのは五級の冒険者達だ。彼らもユグドラシアに憧れて、その仕事を見届けている。

三級の魔物を片手で薙ぎ払う様は自信喪失に繋がりかねないほどだったが、後進の育成という名目を信じてついてきているのだ。

「訓練はいつになるんでしょうか？」

「は？」

「後進の育成という事ですが、それらしい事がまだ何もないので……」

「お前ら、オレの戦いを見ておいて何も学べないのか？　何でも手取り足取り教えてもらうのを期待したのか？」

「そ、それは……」

凄むアルディスに、たじろぐ五級の冒険者達。ここでもアルディスの当ては外れた。

適当に討伐に連れていって、帰りには豪遊させる。アルディスはこれで餌として上々だと思っていたのだ。

しかし中には彼らのような勤勉な者達もいる。ユグドラシアの実力を見ても、まだ向上を目指すほどには将来有望なのだ。

「ここにいるグランドシャークを見ろ。こいつらはそうやって育ったんだぞ？　等級は知ってるよな？」

「はい、二級です……」

ユグドラシアが彼らと出会ったのはつい最近である。しかし嘘も方便とはいったもので、ズールの入れ知恵でそのような設定を貫いていた。

「クソザコだったこいつらを二級にまで育てたのがオレだ。この結果を見ても何とも思わないのか？」

「すみません。勉強不足でした……」

すごすごと下がる五級冒険者達が、隅でグラスに口をつける。分不相応においしい思いをして、楽しいと感じていたのは最初だけだ。

今は現状の不可解さに疑問があり、それがアルディスへと向けられつつある。

「そういえばジョズーよ。あの奴隷のガキはどうしたんだよ」

「それが逃げられちまったみたいで……。まったく冷めますよ」

「しっかり首輪つけとかねぇからそうなるんだよ。例えばキャンキャン喚く犬ならなぁ……」

アルディスがソファーから立ち上がると、先程の五級冒険者達の下へ向かう。何事かと見上げる一人の腹を、アルディスは蹴った。

「うぷッ……！」

「こうやってなぁ、何度も躾してやるんだよ」

執拗に数回にわたり暴力を受けて、冒険者はぐったりとしてしまった。酒が入ったアルディスは歯止めが利かなくなり、続けて他の冒険者にも暴力を振るう。

豹変したアルディスに驚く暇もなく、もう一人も犠牲になった。

「ア、アルディス、さん？」

「何だよ。文句あんのか」

「いえ……」

残った冒険者は何も言えず、俯くだけだった。他の冒険者達は酒が入って相変わらずドンチャン騒ぎだ。

アルディスの所業にはまったく気がついていない。しかし店主が、その蛮行を目撃していた。

「アルディス様、どうされたので？」

「どうもしねぇよ。あっち行ってろ」

「こちらの方に何を……？」

「この店は国王命令で、金払いがいいオレ達の貸し切りだ。そのおかげで儲かってるんだろ？」

釘を刺したような言い方では店主も黙るしかない。少なからずアルディスへの不信感を抱かせてしまったのだが、当の本人は浴びるように酒を飲んでいる。

「ったくよぉ、オレは英雄だぞぉ……ユグドラシアなんだぞぉ……」

夢見心地でアルディスはソファーに身を委ねている。クラリネはとっくにホテルに帰り、ズールはアルディスのご機嫌取りだ。

これが店主や五級冒険者達の目にどう映るかなど、彼は想像もしていなかった。

＊＊＊

「おい！　ユグドラシアはいるか！」

早朝、リティ達が冒険者ギルドを訪れた直後に老齢の男が騒がしく入ってきた。唾を飛ばしながら、老人はカツカツと受付のカウンターに向かう。

リティがその男を見て、貴族だと推測する。デマイル伯爵と比べても、遜色ない上品な衣装だったからだ。

「オレオン子爵、どうかされましたか？」

「先日、ユグドラシアにヘルクレスの角採取を依頼したのだがな！　長さがまったく足りん！　貴様、あんなものの納品を認めたのか！」

「す、すみません。こちらとしても確認はしたのですが、その……。押し切られてしまいまして……」

長さが足りていない角をアルディスが強引に納品させたと受付は告白した。本来であればギルドの職員なら相手が特級だろうと、一歩も引かない精神が求められる。

しかし相手はアルディスだ。彼に凄まれて冷静に対応できる者など、そういない。

「あれをドーンとエントランスに飾ってなぁ！　孫に見せてやりたかったのだ！　もうすぐ息子夫婦が孫を連れてやってくるというのに！」

「それは申し訳ありません……」

「ユグドラシアが来るまで待たせてもらうぞ！　高名な連中だから心配しとらんかったのに……」

「オイッ！　ユグドラシアを今すぐ出せぇ！」

ドアを蹴破るようにして入ってきたのは、コック服に身を包んだ男だ。今度は何だと若い職員は内心、疲れ果てている。

「はい、何でしょう……？」

「オレが依頼したのはなぁ！　同じキノコ型の魔物でもハイマシュルムの食材なんだよ！　あいつらが納品したのはデシュルムだ！　こっちは猛毒で食えたもんじゃない！　似てるから無理もないだろうが、ユグドラシアは特級だろう⁉」

「それを担当したのは私です！　すみません！」

「姉ちゃんよ！　あんた、プロだろう！」

若い男の職員とは別の女性が謝っている。そこへ続けざまに登場した貴族の夫婦も怒り心頭に発していた。

私有地に現れたブラストベアー討伐が、二匹の目撃情報があるにも拘わらず一匹分しか報告されていないからだった。

「一体どうなってるんだ！」

「ユグドラシアだから安心してたのに！　ここで待って、連中が来たら文句を言おう！」

「こっちは時間がない！　明日、特別なお客様に品を提供する予定だったのに！」

「皆さんの依頼、私が引き受けてもいいですか？」

熱気をまき散らしていた依頼人達が一斉にリティを見る。最初こそ、何だこの少女はと思った者もいた。しかしコックの男が思い当たったのだ。

「君、もしかしてリティとかいう冒険者かい？」

「はい。何故、私の名前を？」

「隣近所さんが君の名前を挙げて、えらく自慢してくるからさ。細々とした依頼を次々とやってくれるって評判なんだってな」

「そうなんですか。三級なので皆さんの依頼を引き受けられますし、私でよければいいですか？」

「オレは頼むよ。他の方々はどうしますか？」

見た目からは三級と想像できないのか、リティに対して懐疑的だ。しかし実績の力は偉大である。

やや不安はあるものの、全員が最終的にリティに依頼する事に決めた。そうなった理由はもう一つある。

「そもそも何故こんなにも冒険者が少ない？　いつもは冒険者達がもっといるだろう？」

現在、目ぼしい冒険者はほとんどがアルディスについていっている。それだけに三級の魔物を討伐できる冒険者など、リティ以外になかった。

残っているのはユグドラシアに尻込みをした者か、興味がない者のみだ。噂でしか知らない英雄パーティに全員が関心を寄せるなどあり得ない。

「リティといったか。ヘルクレスは三級の魔物だが、大きな個体となれば二級相当にもなると言われておる。当然、ワシが求めるのはそのレベルだぞ」

「任せてください！　早くお孫さんを喜ばせましょう！」

「お、おぉ……頼もしい」

「そういえばハイマシュルムとデシュルムの区別はつくのか？」

「王都周辺の魔物はすべてチェックしています！　早くお客さんに料理を味わってほしいですよね！」

「そ、そうだな……期待してるよ」

リティの曇りなき返事に、依頼人達の熱気が次第に下がる。ユグドラシアほどの実力はない少女でも、不思議とやってくれると信じたのだ。

「しかし、その生き物は何だ？　長くないか？　いや、とてつもなく長いな……！」

「みゃん！」

「ミャンです」

「いや、名前ではなくてな……」

オレオンの疑問は、ロマも一度は口にしている。誰もが同じ反応をすると、ロマは苦笑した。

デマイル邸に宿泊した際、マームのお気に入りとなってしまったのもミャンの愛敬故だろう。

魔法使い《マジシャン》を目指しているはずの彼女に、召喚師《サモナー》に乗り換えようかと本気で思わせたほどだ。

「リティ、もちろん私も手伝うわ」

「ありがとうございます。ロマさんも三級になれましたし、これからは遠慮なく同じ仕事が出来ますね」

「えぇ……だいぶ苦戦したけどね……」

先日にロマが受けた三級昇級試験は軽くトラウマとなっている。型破りなカタラーナの門前払いに始まり、ようやく試験場所についた途端に試験官は行方不明。

四級モンスターであるバーストボアの群れを引き連れて現れた際には、本気で恨んだ。

数少ない受験者達でようやく討伐したものの、本当の絶望はここからだった。動き方や戦い方など、散々ダメ出しされて不合格にされた受験者の顔がロマにとって今でも忘れられない。

「私、あの人みたいな冒険者にだけはならないわ。あんなものがまかり通ってるのがおかしいもの」

「そうですよね！　私の時もひどかったです！」

二人の間ですっかり反面教師となったカタラーナだが、原動力としては上質だった。若い二人が改めてまともな冒険者を志すきっかけになったのだ。

そんな清い心を持った二人が、ユグドラシアの尻ぬぐいに挑む。

＊　＊　＊

青年はノートを胸に抱き、四苦八苦していた。昨晩、ノートを持って目的地に向かおうとしたが王都の至る所にアンフィスバエナ隊の騎士がいる。

非番とはいえ、自分のようないじられ者がウロウロしていれば目立つ。中には話しかけてくる者がいないとも限らない。

普段であれば愛想笑いの一つでもしてやり過ごすのだが、今はノートがある。

持ち物を漁られて中身を見られたら終わりだと、青年は危機感を抱いていた。

「このルートはダメだ……。それならこっちしか……」

目的地はそう遠くないが、青年は遠回りをしながらも一日かけて探り歩いていた。そうこうしているうちにまた日が落ちて、機会を逃す。

当然、次の日は出勤であるが青年が二度と騎士服に袖を通す事はない。もはや彼は捨て身の覚悟だからだ。

自分のような人間の価値など、と自暴自棄にもなっている。

「バイダー隊長……いや、バイダーの狙い……。あいつは危険だ……あんなの騎士じゃない……」

彼はバイダーの目論見に辿り着いてしまったのだ。なんて恐ろしい事を思いつくものだと震えた時には、行動に移していた。

それは紛れもない彼の正義感であり、国を守ろうとする騎士の心がないわけでもない。

「ふへへ……見てろ……。絶対に一泡吹かせてやる……」

しかし青年にそんなつもりはない。その心意気はどちらかというと、自爆であった。

第二十六話　リティ、巨大ヘルクレスと戦う

「あ！　あれがハイマシュルムです！」

「その隣のはデシュルムね？」

森の中にて、大きな傘を広げているようなキノコ型の魔物がのっそりと接近してくる。動きは遅いが毒の胞子をまき散らすのがデシュルムだ。

リティは先手でデシュルムに斬り込む。毒が厄介なら、やられる前にやればいいと考えたからだ。

防御面も薄く、切れ味がいいデシュルムがざっくりと裂かれる。

「さすがね、リティ。こっちも片付いたわ」

「ロマさん、早いですね」

「五級の魔物だからね。デシュルムは四級なんでしょう？」

「はい。野営している人に近づいて毒の胞子を浴びせる危険な魔物ですが、正面から戦えば何とかなります」

デシュルムによる被害も馬鹿にならない。これに限らず、植物型の恐ろしいところの一つだ。森の風景に同化して暗殺紛いの動きをされては、ベテランでも足をすくわれる事もある。

「どうする？　デシュルムは討伐依頼としても出ているから、もっと狩っておけば追加で報酬が貰えるわ」

「そうしたいですが今はあのコックさんに食材を納品しましょう」

コックが食材を必要としているのは明日なので、今日の深夜までに納品しなければいけない。オレオンの角採取の依頼もあまり猶予がなく、のんびりしている時間はなかった。

＊　＊　＊

「おぉ！　そうそう！　これなんだよ！　ありがとう！　何とか間に合いそうだ！」

「よかったですね。お客さん、喜びますよ」

「ま、まぁな……」

納品を喜んだコックだが、様子がおかしい。プロの料理人であるはずの彼だが、リティには何故か緊張しているようにも見えた。

「あの、どうかされたんですか？」

「いや、実は特別な客ってのは……プロポーズする予定の女性なんだ。もしサプライズが気に入ってもらえなかったら……」

コックの声が沈む。リティとしては彼が尻込みする理由がわからなかった。

「あなたが真剣ならきっと伝わるはずよ」

「……そうだな。オレが勝手にやろうと決めたサプライズだ。オレという人間……料理がうまい男の魅力をたっぷりと伝えてやる」

プロではないロマの言葉だが、コックの男は覚悟を決めたようだ。意を決して食材を持ち帰った彼を見送り、リティ達はすぐに次の依頼を見据える。

結婚というワードに興味がないロマだが、何かに真剣になる男に共感したのだった。ちょうど今のリティがそうであるように。

＊＊＊

リティ達は大型のヘルクレスを探し回っていた。角は武具や家具の素材にも使えるので一定数は狩っているが、基本的に小さい個体はスルーしている。

魔物を殺すのが目的ではないからだ。降りかかる火の粉となった場合を除いて、二人は大型の個体の足跡を辿っていた。

「オレオンさんが言うような大型となると難しいですね」

「そうね。あのいい加減な英雄さんが諦めたのも無理はないわ」

「あの人の場合は自分をよく見せる為に魔物を倒してるだけです。だからメチャクチャな事になってるんですよ」

よほどの人間でない限り、基本的に人を悪く言わないのがリティだ。しかしアルディスに対しては悪い意味で特別な感情が動く。

そんな人間性を肯定するような場面を見せつけられたからこそだった。

「大木を探しましょう。大きいヘルクレスが樹液をするなら、きっとやってきます」

そう提案するリティだが、あまり奥地まで進むのは気が進まなかった。帰りに費やすコストを考えると、この辺りが限界だとわかっている。

それに通常個体のヘルクレスも決して弱い魔物ではない。スカルブと違って、この森の中を縦横無尽に飛び回るのだ。

「あまり時間がかかるようなら、妥協も大切ね」

「そうですね。でもなるべく諦めたくないです。オレオンさんの為ですから……」

「あの人も無茶な注文をするものだわ。調度品にそこまで拘るあたりが、いかにもお金持ちって感じ」

「お孫さんのためにあそこまで慌ててるんです。きっといい人ですよ」

リティはいつかの召喚師《サモナー》ギルドの支部長を思い出した。自分の為に身内すら犠牲にできる非道な人間もいれば、オレオンのような人間もいる。

どっちもいるならば、せめて後者のために頑張りたいとリティは割り切っていた。

「あ！　あの大木、よさそうです」

「二級相当のヘルクレスね……。ちょっと身構えちゃうわ」

樹齢数百年はあろう大木が、リティ達の前にある。見上げた先には通常個体のヘルクレスがしがみついていた。

見つかると面倒なので二人は隠れてやり過ごし、巨大個体の登場を待ち続ける。日が落ちる前に見つけてしまいたいと気が焦るが、リティは平静を保った。

するとー際、大きな羽音が聴こえてくる。

「あれって……」

「き、来たわね」

ロマも怖気づくほどの個体だった。先着で樹液をすすっていたヘルクレスが思わず飛び立つほどで、巨大個体が遠慮なく大木に取りつく。

高々と伸びた角が太い枝を削ぎ落とし、強度と威力を示した。

「ロマさん。私が仕掛けます。木から落とすので、そこを狙ってください」

「まさか木でもゆすって落とすの？」

「いえ、こうするんです」

リティが木々を蹴って跳びながら、大木の上を目指す。その身体能力に改めて驚くロマだが、そんな場合ではない。

リティが巨大ヘルクレスの足に払い薙ぎを当てると、木からそれが外れる。ふわりと空中に投げ出されるヘルクレスだが当然、羽を開いて臨戦態勢だ。

しかしそれを見過ごすリティではない。巨木から別の木へ三角飛びをしてから、ヘルクレスの真上に到達。

「甲羅割りぃッ！」

斧を取り出してからの強烈な振り下ろしが、開いた羽の付け根にヒットする。急所を狙ったつもりのリティだが、あまりの硬い手ごたえに驚いた。

空中に投げ出された状態のリティは、そのまま落下するしかない。

「リティッ！」

「着地しますッ！」

そう宣言した後、リティは両足を踏ん張って本当に着地した。同時にダメージを受けたヘルクレスも地上にふらふらと落ちてくる。

そこを見逃すまいと追撃を試みるリティだが、ヘルクレスも負けていない。角を地上にいるリティに向けて、急降下してきた。

「危ないッ！」

ロマがリティの手を引っ張った直後に、ヘルクレスが角ごと地上に突き刺さった。まるで巨大砲弾でも着弾したかのような威力だ。

刺さったままでは動けまいと思う二人をあざ笑うかのように、ヘルクレスは地面ごと角で掘り返す。土を巻き上げられて、二人の視界は封じられた。

「受けますッ！」

避けきれないと判断したリティが盾と斧を取り出して、突進を迎え撃つ。巨大角が重なった盾と斧に命中して、リティの体ごと押した。

「左、羽の付け根ッ！」

短くロマにそう伝達したリティが、背中から木に打ち付けられる。木がへし折れるほどの衝撃で、リティも無傷では済んでいない。

しかしロマは攻撃を実行した。リティが甲羅割りを当てた付け根部分に剣を振り下ろす。リティに続くロマの追撃がヘルクレスの体内に刺さり、体をよじってリティから離れた。

「い、今です……！」

リティの爆炎斬り、ロマの多段返しが巨大ヘルクレスを襲う。それは間違いなく硬い装甲に響く威力であり、ヘルクレスも次の手を打てずにいた。

「爆連……拳ッ！　ゴホッ……！」

血を吐きながらもリティが放ったそれは、いつかダッガムが見せた武闘士《グラップラー》のスキルだ。手数の多さでヘルクレスを追いつめてから、リティは片手槍を取り出す。

「スパイラルトラストッ！」

ヘルクレスを十分に動けなくしてから、隙も威力も大きいスパイラルトラストだ。度重なる攻撃にて、脆くなったヘルクレスの装甲がついに貫かれた。

ヘルクレスが仰向けにのけ反り、手足をせわしなく動かした後で停止する。リティ達の勝利が確定した瞬間だった。

「はぁ……はぁ……う……」

「リティ、応急手当てをするわ」

「すみま、せん……」

「まったく……私なら死んでたところよ」

それはロマの謙遜でも何でもない。いくつもの大木もろとも貫く威力の突進だ。動けて意識があるだけでも、すでにリティは常人から外れた域にいる。

「角の採取は私に任せて」

「はい、お願いします……」

せっせと作業に入るロマの後ろ姿を、リティは頼もしく思えた。このヘルクレスが実際に二級相当かはわからないが、リティも一人では危ない相手だとわかっている。

それだけにロマとの連携に満足していた。リティもまたロマを尊敬しており、強くなってくれたのだから。

「出来たわ。でもこれはさすがにミャンも食べられないでしょ……」

「みゃあん……」

「ダメみたいです」

「工夫して運ぶしかないわね」

苦労しただけあって、その角が雄々しく見える。後はオレオンが満足するかにかかっていて、そこはリティも少し不安だった。

ダメージを受けたリティだが、角を運ぶのに支障はない。明らかに異常であり、イリシスが口走ったフィジカルモンスターのそれであるが当の本人に自覚はなかった。

「リティ、無理しないでね」

「平気ですよ」

そう答えたリティに、痛みなど感じている様子はなかった。

＊　＊　＊

「おおおぉぉぉ！　こここ、これ、これだよ！　君ィゲホゲホォッ！」

興奮のあまり、オレオンが激しくせき込む。

何せベテランの冒険者ですら滅多に拝めない巨大な角がそこにあるのだ。職員や数少ない冒険者達が見物に来る。

「こ、こんなにでかいヘルクレスがいるのか⁉」

「職員さん、これネームドモンスターじゃないよな」

「指定されてませんね。人を襲った報告もありませんので……」

「コラァ！　触るな！　ワシが依頼した角だぞ！」

大人げないオレオンが見物客を寄せ付けない。またせき込みかけたところで、リティに背中をさすられた。

「いや、すまない。まさかこれほど巨大なものとはな……。しかもワシの為に……」

「お孫さん、ビックリしますね」

「うむ……いやしかしな。冷静に考えれば孫の為とはいえ、冒険者を危険に晒してしまったな。苦労したのだろう？」

「誰かが必要としていて、喜んでくれるならいいんです。それにおかげで凄い冒険が出来たんですよ」

「……君はいろいろな意味で強いな」

それにはロマも同意した。そのメンタルを見習いたいと思う一方で、そうなれそうにないという弱音もある。

しかしロマにとっての目標でもあるのがリティだ。そうでなくては、と彼女を称えるのであった。

「さっそく運搬の手配をしよう。君達には世話になったな」

「はい……あー！　まだブラストベアー討伐がありました！」

「そっちは済ませたぜ」

ハルバードの刃にブラストベアーの片腕らしきものを刺した男が先陣をきっている。

続いて毛皮を広げてくるくると回りながら歩くジェニファ。キャロンと荷物を背負うダイドーの登場だ。

ブラストベアーの討伐が完了したと見た目で知らせたのは、レッドフラッグだった。

「シャールさん！」

「ちょうど暇だったんでな」

「私が倒したかったのに……」

「ありゃ」

てっきり感謝されるかと思ったシャールの当てが外れた。報酬や実績よりも戦いたかったという欲求がリティらしいと、ロマは苦笑する。

「……じゃあ、肉でもやるか？」

「遠慮します」

「みゃんみゃーん！　みゃん！」

肉では釣られないリティだ。

リティも本気で恨んでいるわけではないが、ブラストベアーという未知の魔物は魅力的だった。怪我をしている事など、すでに忘れている。

一方でシャールの片手にあるブラストベアーの肉に、ミャンが一生懸命にかじりつこうとしていた。当然、容易くかわされるのだが。

第二十七話　リティ、ちやほやされる

「今日も依頼を受けに来てやったぜ」

「ア、アルディスさん……」

彼の登場を歓迎していない受付の女性が、浮かない表情をしている。彼女が憂鬱な理由はそれだけではない。

依頼の内容がことごとく、彼にとって都合が悪いものだからだ。そうとは知らないアルディスが、乱暴に掲示板の張り紙をはぎ取る。

「どれどれ、はぁ……今日も英雄様に相応しいモノがねぇなぁ。まったく、これだから……」

「ゲッ！」

気づいたのはズールだ。依頼には等級が指定されている事が多い。しかし、その隣の欄は空白の場合が多かった。

引き受けてほしい冒険者を指名する欄だ。ようやく気づいたアルディスが、眉をぴくりと動かす。

「は？　なんだこりゃ!?」

「ア、アルディス！　今日はチンケな依頼より、飲みに行こうぜ！」

ほぼすべての依頼に、特定の冒険者の名前が書かれている。リティ、リティちゃん、リティ嬢。あまりにふざけたニュアンスだと伝わらない可能性はあるが、依頼主達のそれには親しみがこもっていた。

アルディスが紙をとっかえひっかえしようが、すべてがリティ一色だ。

「なんだ、こいつら？　頭おかしいんじゃねえの？」

「おかしいんだよ！　すぐ飽きるさ！」

「なんだよ、これは……！」

わなわなと怒りで震えるアルディスの機嫌を取るズールだが、すでに手遅れだ。アルディスが紙を引きちぎり、床にばら撒く。

それは許されることではなく、立派な規約違反だ。そこへあくびをしながら二階から降りてくるカタラーナ。

まさに救世主と言わんばかりに、受付の職員が彼女に助けを求める。

「あらー、そういうことしちゃうのね。アルディス君、それわかってるよね？」

「あ？　だったらどうする？」

「罰金及び三ヶ月の依頼受注禁止。重なったら冒険者資格の剥奪もあるわ。たとえ特級だろうとね」

「ハッ！　金ならいくらでも……」

そう言いかけたアルディスが止まるのも無理はない。連日の豪遊で、資金が底を突きかけていたからだ。

ただでさえ最近は冒険者達にいい顔をして遊ばせていた。

こうなるまで誰も気づかなかったわけではない。ズールが管理をしていたが、アルディスが使うといえば使ってしまう。

極めつきに、いざこういった事態になったところでアルディスは己の行いを反省しないのだ。

「おい、ズール。てめぇ、金の勘定していたよな？」

「す、すまねぇ……」

「ったくよぉ……」

アルディスにとってもズールは貴重な存在なので、鉄拳は滅多に飛ばない。嫌らしく片手を差し出して催促するカタラーナに、アルディスが舌打ちをした。

「ほらよ」

「はい、どうもー。依頼受注禁止のほうも厳守してね？」

「クッソむかつく女だぜ……。でけぇのは胸だけにしておけよ」

「やーん」

わざとらしく腕で胸を隠したカタラーナがアルディスを挑発する。冒険者ギルド本部の人間は冒険者ギルドの意思でもある。

本部から派遣されたカタラーナには、それだけの権限と実力があるのだ。

ユグドラシアといえど冒険者というカテゴリーに収まる以上、その意思には逆らえない。

「おはようございます！」

空気を読まずに元気よく挨拶をして、リティが登場する。アルディスの存在など歯牙にもかけずに、床に散らばっている紙に気づく。

そんな彼女に今日もアルディスは絡む。

「おい、クソガキ。調子こいてんじゃねぇぞ」

「こいてません。ロマさん、この紙を拾いましょう」

「え、えぇ……」

ユグドラシアを前にして、平然としていられるだけのメンタルがロマにはない。そこでロマは気づいた。

ユグドラシアの登場初日と比較して、彼についている冒険者の数が半分以下になっている。少しずつ本性を現していくアルディスを見限った者が多々いたからだ。

「はい、完了しました。これで依頼を引き受けられますね」

「全部、繋ぎ合わせたのね……」

「お、リティちゃん！」

朝のギルド内が依頼主達で活気づく。依頼主の願いを復活させて満足していたリティの下へたくさんの人々が集まる。

その中には先日のコックの男もいた。

「また君に頼みたいんだけどさ」

「いいですけど、たくさんあって時間がかかるかもしれません」

「こっちも頼みたい。急ぎじゃないから、気長に待ってるよ」

「はい。わかりました」

ユグドラシアを差し置いて、今や完全にリティを中心に人が集まってる。アルディスが、これを面白く思うはずがない。

やり場のない怒りがいつ放出してしまうかと、ズールやグランドシャークの面々が肝を冷やしていた。

「……なんか、オレ。仕事するわ」

「アルディスさん、それじゃ……」

「俺も……」

アルディスについていた冒険者達も、パラパラと離れていく。元々は四級や三級の有望株だ。その気になれば、彼らもそれなりの成果を挙げる。ユグドラシアに甘えていた現状の危うさを悟るには、リティ達を見るだけで十分だった。

この朝の出来事で、アルディスの取り巻きはグランドシャークのみになってしまう。

「リティちゃん！　プロポーズ成功したよ！　まったく君は恋の女神だな！　ハッハッハッ！」

「こ、恋の女神？」

コックの男が上機嫌に笑っている後ろで、アルディスが見た事もない形相をしている。

爆発寸前といったところで、ズールもどうしたものかと声をかけられずにいた。

「いたぞ！」

多くの人に囲まれているリティだが、突然の乱入者に気を取られる。それはリティが知らない冒険者パーティだった。

レッドフラッグと同様、男女混合のメンバーが取り囲んだのはグランドシャークだ。

「何だよ？」

「俺達の兄弟パーティを全滅させたのはお前らだな。〝風の旅人〟という名前のパーティだ」

「知らないな」

「あいつらの成果を横取りしただけじゃなく、その場で殺しただろう。こっちには目撃情報があるんだ」

「ひでぇ言いがかりだな。冷めるぜ」

一触即発、ギルド内が険悪な雰囲気になる。リティはその様子を見守るだけだ。

カタラーナもやれやれと一息ついて、テーブル席についた。荒れるようであれば、彼女はファランクスを放って威嚇するつもりだ。

「おいおい、お前らよ。さすがに冒険者殺しはやりすぎだろ」

「勘弁してくださいよ、ズールさん……。こいつらの言いがかりですよ」

「ここで白状して謝罪すれば、まだ穏便に済ませてやったものを。シラを切るならこっちにも考えがある」

思いの外、冒険者達はあっさりと引き下がる。しかしグランドシャークのジョズーは彼らの肩を掴んで、引き止めた。

「待てよ。言いがかりつけておいてトンズラか？　俺達を誰だと思ってやがる」

「凄んだところで無駄だ。どちらが正しいか、これからハッキリする」

冒険者がジョズーの手を払って出ていった。その堂々とした態度に、ジョズーは一抹の不安を覚える。

彼が冒険者達の成果を横取りしたのは一度や二度ではなく、手荒な事をしたのも数えきれない。

極力、証拠隠滅を図ったが彼らが何かを掴んでいるようで釈然としなかった。

「ズールさん、ちょっとあいつらにわからせてやりませんか？」

「もしあいつらの主張が事実なら、手は貸せないな。それに今はほら……空気を読め」

「あ……」

アルディスがリティから目を離さない。ズールの言う通り、空気を読んだジョズーは目線で外へ出るとメンバーに促す。

彼らがギルドからいなくなったところで、アルディスが再びリティに迫った。

「おい、クソガキ。お前がそこまで強くなれたのは、オレのおかげだよな。つまり今のお前はまさに恩知らずってわけだ」

「その点については感謝してます」

ずかずかと人を押しのけたアルディスが、リティに顔を近づけて恫喝する。

すでに依頼主達にはアルディスへの不信感があり、その態度にも嫌悪していた。

「なんだよ、ユグドラシアってただのチンピラじゃないか……？」

「でも特級ってすごいんだろ？」

「ろくな仕事をしないって噂だぞ」

人々がヒソヒソと囁く。ロマはロマで、出来るだけユグドラシアと目を合わせないようにしていた。

「オイ、コラ……」

「はい、ストップ。ギルド内での過激なトラブルの罰則はー？」

「チッ……」

すでにペナルティーを受けているとあって、アルディスははらいせに近くの椅子を蹴るしかなかった。

カタラーナが飲み物を片手にアルディスを制御する様は、ロマにとっても爽快なものとして映る。

「すごいわね……。少しだけ見直しちゃった」

「そうですね。あの人はすごい事はすごいんです」

「聴こえてるわよー」

ニコニコしているカタラーナに、リティもロマも目を向けなかった。

＊＊＊

「クソォ！　あいつら、マジでどうするつもりだ⁉」

「まずいぜ、ジョズー。バレたら冒険者ライセンスの剥奪どころじゃない……」

ジョズーは焦っていた。〝風の旅人〟なるパーティに心当たりはなかったが、殺した覚えはある。目撃者などあり得ないと思い込もうとするジョズーだが仲間の言う通り、もし発覚すれば国で裁かれるからだ。

「何だよ、目撃者って……」

「誰かはわからないが、あいつらが相応の証拠を握ってるとしたら……あっ！　まさか！」

「どうした、コバンザ。何かわかったのか？」

「あの奴隷のガキだよ！　いなくなったあのガキを、あいつらが拾って……」

「そ、そうか！」

ジョズーは膝を叩いた。奴隷の少女が一部始終を目撃しているとわかったからだ。

今更ながらに迂闊に思う彼らだが、行為そのものを反省する様子はない。

「そうなると、あいつらからガキを取り戻す必要があるな」

「あのザコパーティを追いかけるか？」

「そうだな！　冷めるぜ……こんな事なら、ぶっ殺しておけばよかったなぁ！」

二級パーティ〝グランドシャーク〟。ユグドラシアほどではないにしろ、彼らもまた天才の域にいる。

独特な戦闘スタイルとコンビネーションは上流階級の目に留まり、一時期は王族の専属になるという噂まで立ったほどだ。

しかし彼らの快進撃はそこで終わってしまった。単純に頭打ちが来たのだ。

二級の中ですら、彼らよりも優秀な冒険者は多々いる。次第にそんな者達に立場を奪われ、苛立ちが募る毎日のところへ暴力事件を起こしてしまう。

気に入らない雇い主を殴り飛ばした不祥事は瞬く間に広まった。法廷にも立ったが冒険者ギルドの計らいにより、今までの功績に免じてどうにか減刑に止まる。

「オレ達はまだやれるだろ……！　少なくともあのリティとかいうガキよりはな！　冷めるよなぁ！」

「あぁ、あいつを見ているとと苛々してしょうがねぇ。実力もねぇくせにチヤホヤされる様は、まるでレッドフラッグだな」

「媚びだけで一級にまで行きやがって……。見てろ、いつか思い知らせてやる」

「あぁ、誰が一番強いかってな……」

鮫のヒレヘアーの合計四人が動き出す。その様子は獲物を求めて泳ぎ始める鮫のようであった。

＊　＊　＊

夜も更けた王都にて、そいつは徘徊していた。その人物が武器で、民家の窓を割る。

民家の住人が大声を上げて外を確認するも、すでにその人物はいない。

「誰だぁ!?」

走って呼吸を整えた後、その人物が胸に手を当てる。

「これでいい、これでいい……」

武器を握りしめて、その人物は再び動き出す。花壇を破壊して、窓に石を投げつける。

走って逃げては、また凶行を繰り返した。

「もう……いいだろう……」

その人物は夜の闇へと消えた。

第二十八話　リティ、器物損壊事件に挑む

「うちもやられたんだよ！　依頼、出しておくからな！」

一人の男がそう吐き捨てて依頼申請書を叩きつけて帰っていった。受付の者がそれを手に取って事務的に処理するも、やや困り顔だ。

何者かによって器物を破壊されたというトラブルが持ち込まれるケースは珍しくない。問題はその数だった。

「これ……またですね」

「今度は庭が荒らされた？　昨日は植木鉢が壊されて、窓が壊されたと。依頼区分はどうしよう……」

「六級……じゃダメですよね。そもそも騎士団案件では？」


「こんにちは！」

そこへ今やすっかり名物冒険者となったリティの登場だ。彼女と行動を共にしているロマも、ここ最近における語り種になってる。

よく言えば天真爛漫と揶揄されるリティに対して、ロマは褐色美人と注目されていた。しかしパーティの勧誘に成功した者は皆無だ。

「お、三級姉妹だ」

「姉妹なのか？」

「似てないけど、そう見えるよ」

「ユグドラシアと違って、あの二人はいい涼風だな」

ユグドラシアへの不信が高まるにつれて、彼女達の人気は相対的に高まっていた。そうなればギルド職員も安堵して、彼女達を迎える。

「お二人とも、こんにちは。今日はどうされますか？」

「そうですね。今日は……」

「おはよう、諸君。今日も今日とて、頑張ってるかねぇ？」

爽やかな朝が一気にぶち壊された瞬間だった。吊り目をぎょろつかせたバイダーが、部下を引き連れて遠慮なく登場する。

彼らを歓迎する者はいない。挨拶を返すどころか、見てみぬ振りをするほどだ。それに構わずバイダーは依頼が張り出されている掲示板の下へ行く。

「んー、この器物損壊事件はうちで預かるから取り下げてほしいねぇ」

「え？　でも、依頼として持ち込まれた以上は」

「王都の治安を守るのは僕らの役目だねぇ。ま、持ち込んだ者達には結果で応えるから心配しなくても大丈夫だからねぇ」

「はぁ……」

「じゃ、よろしく頼むねぇ」

一方的に話を打ち切ったバイダーがギルドから姿を消す。職員達も彼らを快く思ってないようで、片手で頭を抱える仕草をした。

その傍らでリティが、その器物損壊事件の張り紙に目を通している。

「これ、多いですね」

「そうなんですよ。そんな事件が頻発してるんです。あの人達が解決してくれるならいいんですけどね……」

彼らが評判通りの動きをするなら、事件はいつまで経っても解決しない。誰もがそう思っている。そうこうしている間にも被害は増えるとリティも思っていた。

「私達がやります」

「……やってくれるんですか？」

「取り下げる必要ないですよね？」

「本来ならそうなんですが、今の彼らはユグドラシアと組んでますし……」

「私が解決すれば何も問題ないです」

討伐依頼でもなく、今のところは危険性も未知数なので報酬は低い。それでもリティには関係なかった。

正義の味方を気取っているわけではないが、そこに問題があれば冒険の匂いをかぎつける。つまり、リティの中で冒険と判断されたのであれば十分だった。

「わかりました。受理します」

「どうもです」

「そもそも、あの人達が悪いんですよ。ろくに仕事もしない上に評判も最悪です。だからここ最近はゴールドグリフォン隊にとって代わられるんですよ」

職員の愚痴に付き合ってやりたかったリティだが、仕事と天秤にかけると考えるまでもなかった。大した報酬ではないが、リティはそれ以上に求めているものがある。今度はどんな体験ができるのだろうかと、常に期待で満ち溢れていた。

＊　＊　＊

器物損壊事件が起きるのは決まって夜だ。それに加えて人間の行動範囲にも限界があるのか、ある程度は絞られている。

深夜になり、リティとロマは二手に分かれて捜索していた。ロマは地上から、リティは建物の屋根から屋根へ飛び移って上から探している。

暗闇でわかりにくいが、リティは耳を澄ませていた。何かが起きれば、必ず音がするからだ。

「この辺りは平民街……」

貴族や金持ちでもなければ、わざわざ警備を雇う人間などほぼいない。犯人はそこを狙っているとリティは確信している。

闇に蠢く影を見つけてはただの通りすがりで肩透かしをくらう。地道な捜索だがリティは諦めなかった。

単純に困っている人間を助けたいという思いも当然ある。しかし根底は他人の邪魔をするな、だ。

リティが己の冒険を阻害されたならば怒りを露わにする。大なり小なり他人もそれぞれの考えや目的を持って生きており、犯人はそれを妨害している。

もし自分の冒険が他人の勝手な理屈で邪魔されたら、などとリティは冴えた頭で考えていた。

「あれは……」

上から見るそれはいかにも挙動不審だった。左右前後を確認しながら歩き、そして何かを物色している。

やがて人影は一軒の民家に目をつけて、そろりとドアに近づいた。手に持ち始めたのは剣だ。

他人の家の前で武器を取り出す異常性で、リティはその人物が犯人だと確信した。

屋根から地上へと降りて、その人物の背後に回る。

「わっ！」

「ひぃっ！」

犯人が情けない反応を見せる。そんな人間がリティから逃れられるはずがなく、あっさりと体を取り抑えられてしまった。

その際に武器を落とさせて、抵抗の余地も残さない。

「あなたが一連の事件の犯人ですね？」

「き、君は……」

「……あなたは」

リティはその人物と面識があるわけではなかった。ただ一つわかったのは、彼が冒険者という事だ。

先日、アルディスと共にいた姿をリティは確認している。

「アルディスさんと一緒にいましたよね」

「い、今は違う……。もうあの人にはついていけないから……」

「では何故こんな事を？」

「それは言えない……」

リティは少し考えたが、彼からその理由を聞き出す必要もないと考えた。

同じ冒険者が犯人だったとあって、リティに落胆する気持ちがないわけでもない。

重要なのは彼を拘束して、然るべき場所に引き渡す。それだけで十分だからだ。

「大人しくしていてください」

「俺をどうするんだよ……」

「騎士団に引き渡します」

「や、やめ」

暴れかけたところをリティに力強く押さえられる。この小さな女の子のどこからそんな力が、と冒険者は驚愕した。

いかに彼が五級とはいえ、体格差もそれなりにあるからだ。

「うぅ……チクショウ……」

「さぁ、行きましょう」

「おやおや？　まさかのまさかだねぇ」

駆けつけたのはアンフィスバエナ隊のバイダー達だ。この時、リティは本能的にしまったと思った。

まずあまりにタイミングが良すぎる上に、昼間のギルドでの出来事だ。バイダーがこの件に釘を刺した理由と今の状況を比較すれば、答えはおのずと見えてくる。

犯人に集中するあまり、遠くから接近する彼らにまで気がつかなかったのが彼女の落ち度だった。

「こんな夜更けに物騒なシチュエーション……。それにその武器、なるほどねぇ。これはつまり仲間割れかねぇ」

「犯人はこの人です」

「それを判断するのは僕達だからねぇ？」

一応の弁解は試みたリティだが、無駄だとわかっていた。必死に頭の中で打開策を探っている中、バイダーが五級冒険者とリティの手首を同時に取る。

「この辺りでは器物損壊事件が頻発していてねぇ。重要参考人として、話を聞かせてもらおうかねぇ」

「いいですよ。気が済むまでどうぞ」

「いつまでそう強気でいられるかねぇ」

バイダーが冒険者を睨み、無言で何かを訴えている。察した冒険者が震える声を振り絞った。

「こ、この子と……共犯です……」

「え⁉」

「ハッハッハア！　そうだねぇ！　一目瞭然だねぇ！」

「……わかりました。ですが私はあなたの思い通りにはなりません」

「何の事かねぇ」

リティはすでにバイダーを殴りたい衝動に駆られていた。彼こそが他人の思いを踏みにじり、妨害する人間だ。

今の状況は即ち、バイダーがリティの冒険を終わらせようとしている。

格闘士《マーシャル》ギルドにて、リティに敗北した彼だが今の状況なら対抗できると考えているのだ。

それはもはや実力では負けを認めているに等しいのだが、そんな事にすら気づく聡明さはない。

「早くどこにでも連れていってください」

「フン！　そのクソ生意気な態度も見納めかと思うと、せいせいするねぇ！」

「これも冒険、かなぁ？」

リティの敬語以外というのは違和感があるようで、バイダーも内心ではわずかに焦った。

背筋に冷たい何かを感じるような感覚を味わっている。

「つ、連れていけぇ！」

リティ達の拘束を部下に押し付ける余裕のなさを見せたバイダーだった。

＊　＊　＊

「ちゃんと閉じてる、と」

格闘士《マーシャル》ギルドの戸締りをすべて確認したエイーダが外へ出る。称号を貰ってすでに卒業した身だが、彼女はダッガムに見込まれていた。

彼の助手としてギルドで働き、身銭を稼いでいるのだ。五級冒険者としては破格の待遇であり、彼女を羨む者も多い。

以前は厳しさだけが印象に残った格闘士《マーシャル》ギルドだが、今は彼女のおかげで門は広くなっていた。

「弟達、お腹を空かせているかな……ん？」

ギルドの入口の塀の角、片隅で何かがうずくまっているのをエイーダは確認した。魔物か不審者かはたまた別の何かか。

最大限の警戒姿勢で近づくと、それが人であるとわかる。

「あの？」

「う……」

薄汚れた風体の男が目を開けて、エイーダを見る。そして夢から覚めたように慌てて周囲を確認すると、エイーダを見つめた。

「こ、ここは格闘士《マーシャル》ギルドか？」

「そうだけど……あなたは？」

「ぼ、僕はアンフィスバエナ隊……だった者だ。いきなりで信じてもらえないかもしれないが聞いてくれ」

アンフィスバエナ隊として以前、彼はバイダーと共にここを訪れた。逆らえずに彼の横暴に加担するしかなかったが、今は違うと説明する。

騎士を志した彼だが、隊長のバイダーの悪行に辟易して何もかも見失っていた。

最後にバイダーのすべてを暴露してしまおうと考えて、ここを訪れたのだ。

「……何故、ここに？」

「冒険者ギルドは……今はあいつらも訪れる場所だし……。知ってる場所がここしかなかったんだ……。それに君達の事はわかってる。あのピンク髪の小さな冒険者……いるんだろ？」

「リティさんのこと？　今は来てないよ」

「そうなのか……。でも、頼む！　僕に協力してほしい！　僕だけじゃダメなんだ……！」

「ちょ、ちょっと待って！」

青年にしがみつかれて、エイーダは思わず引き離してしまう。だが彼が取り出したノートが気になった。

「これにあいつらが口を滑らせたすべてが書かれている」

「……これ、本当⁉　金を受け取って犯罪を見逃すなんて！」

「その相手も把握してるんだ。隊長を含めたあいつらは……よく詰め所で酒盛りをして口を滑らせていたから……」

「ひどすぎる……」

中には金を巻き上げて一家を離散させた記述に、エイーダは口元を手で押さえる。まさに吐き気がする行為だからだ。

こんな連中から彼は逃げてきて、戦おうとしている。下手をすると殺されてもおかしくないとエイーダは青年の勇気を称えた。

しかしその一方で、彼女は青年を心配する。

「このノートがあれば、アンフィスバエナ隊の悪事は暴けるけどあなたも……」

「僕のことはいいんだ……今はこれを然るべき場所に持って行きたい。誰か信用できる相手に……ここの支部長にも伝えてもらえれば話は一気に」

「ヘイ！　馬鹿が馬鹿なことをしてるぜ！」

入口に奇妙な体型をした二人がいた。細身の男が体をくねらせて、鞭らしき武器を手にしている。太った男が金属製の蛇を刀身とした武器を見せつけてきて、エイーダも思わず身構えた。

「あ、あぁ……もう終わりだ……」

「ヘイ！　お前、マジでやってくれたなぁ！」

「しゅるん！　そうねぇん！　怪しい動きをしてたから、尾行してみればこれよぉん……マァジでやってくれんじゃねぇかよッ！」

細身の男ゴフラが鞭を振るい、近くにあった塀が奇妙な壊れ方をした。鞭が意思を持つかのように何度もバウンドしたからだ。

うねる鞭が何度もブロック塀を叩き、執拗に破壊したのだった。

「てめぇクソザコ野郎がよぉ！　この期に及んで命乞いなんてするわけねぇよなぁ！　あぁ⁉」

「ヘイ、ゴフラがキレちまったぜ。というわけでそこの子も、災難だったな」

戦いは避けられないと直感したエイーダだが、自信がなかった。支部長のダッガムはすでに帰宅していて、援軍を期待するには絶望的な状況だ。

つまり魔導具を持った二人を実質、エイーダ一人で対処しなくてはならない。

「エイーダ……落ち着け、落ち着いて……」

エイーダはダッガムとの特訓の日々を思い出した。自分はあのダッガムが認めた人間であり、もしここで負ければ師匠である彼を否定する事にもなる。

生真面目なエイーダはそう自分を律して、畜生にも劣る二人に挑む決意を固めた。

第二十九話　リティ、王国裁判に出廷する

「こんのぉぉ！　へェイ！」

「たぁッ！」

エイーダの足払いが太ったナコンダに決まり、転倒させる。巨体を地面に打ち付けて、それだけでダメージだ。

すかさず毒蛇の剣を持っている手を狙うが、ゴフラの鞭蛇の援護が入る。

魔導具・鞭蛇。振るえばオートでうねり、対象を的確に狙う。その執拗なまでに痛めつける様から、使用者の良心に訴えかけるとまで言われていた。

「当たりなさいよぉん！」

しかし、現在の使用者にその様子はない。エイーダの機敏な動作に業を煮やして、今や単調な攻撃になりつつあった。

エイーダは今の状況に驚いている。動けて、敵の攻撃が見えて、かわせているのだ。しかも反撃の際にも、自然と敵の死角がわかる。

あのダッガムとの模擬戦で何度、倒されたか。何度、投げ飛ばされたか。あの日々を思い起こせばこんな相手、と自信も湧く。

——毛先まで己のものと知れ！

「なるほど……」

エイーダは自分の体を完全に把握できているのだ。ただ鍛えられたわけではない。見てから動くのではなく見ると同時に動く、が実現できている。どこの部位だろうが同じだ。体が覚えた経験がエイーダに最適な動作を実現させていた。緊張で動けない、咄嗟の事で動けない。いわばそのようなロスが一切ないのだ。

「鞭蛇ッ！　もっとうまく狙いなさいよぉん！」

「そんなものッ！」

そうなれば今のエイーダに、ただ追跡するだけの単調な動きなど何の意味もない。しかもこの魔導具の欠点をエイーダは的確についていた。

「ゲエアァッ！」

「……良し！」

一度、振るえば追跡の動作が解除される事がない。鞭蛇がエイーダに当て損ねたところで、終わった。

ゴフラの細身の体にエイーダの強烈な回し蹴りが入る。ゴフラが倒れて、鞭蛇が地面の上でのたくる動作をしばらく続けていた。

「ゴ、ゴフラ！　マジかよ⁉」

「あなたはもっと単純！」

エイーダとは凄まじい体格差のナコンダだが、彼の毒蛇の剣がかする事はない。

全身にエイーダの拳の連打を浴びせられて、よろめく。

「グエェ……」

エイーダの猛攻の前にナコンダは成す術もない、ように見えた。しかし、彼は目をカッと開く。

ゴフラのような器用な動きが出来ない分、彼はその体格を活かした戦いを心得ていたのだ。

打たれながらもナコンダはエイーダに接近した。止まらない彼にエイーダは焦り、引く。

「でぇりゃぁ……！」

しかし鍛え抜かれたエイーダの拳だ。ナコンダの巨体も限界を迎えて、ついには停止する。

毒蛇の剣を振るった後、うつ伏せになってしまった。

「や、やったのかな……」

勝利の実感が持てないエイーダは一息つく。そこへ青年が駆け寄り、彼女を労おうとした。

が、エイーダの視界が揺れる。

てしまう。

「え……」

全身に悪寒が走り、やがて吐き気も込み上げてきた。呼吸も苦しくなり、ついに地面に手をつい

「き、君！　どうした⁉」

「なんか……体が……」

ついに意識への支障をきたして、彼女はそこまでだった。青年が何か叫ぶが、聴こえない。

「そん、な……」

毒蛇の剣。刀身から常に毒が分泌されているが、その効果範囲をエイーダは知らなかった。

直接、斬る必要はない。ほんの目の前をかすめるだけでいいのだ。

「なん、で……」

エイーダの意識が完全に途絶える。そしてゴフラが青年の背後に立っていた。

＊　＊　＊

夜が明けて、王国裁判場にリティはいた。それはまるでコロシアムのような外観をしており、円形の外側に傍聴者達が着席する。

傍聴席には平民から貴族まで様々な人達がおり、場所の形状も相まってさながら観戦者だ。

「三級冒険者リティ、及び五級冒険者ダンデで間違いないかね？」

「はい」

「間違いありません……」

裁判長の両サイドに裁判員、そして今回は後ろに国王とレドナー大公がいる。

本来であれば、王族が顔を出すような事件ではない。この動きの裏には、国王の隣に着席しているレドナーの影があった。

手駒であるバイダーの総仕上げという事で、高みの見物を決め込んでいるのだ。

それと同時に、冒険者がいかに不要な存在であるかを兄である国王に知らしめるのが目的だった。

もちろん、それはバイダーがまともな仕事をしている事が前提ではあるのだが。

そのバイダーは左側の騎士席についている。騎士はいわゆる検事の役割を果たす。今回はバイダーが直接、リティとダンデを捕えたという事でその役を担っていた。

隣ではゴールドグリフォン隊の若き隊長ルシオールが、リティを観察している。

「イリシスは欠席かな?」

「そのようだねぇ、ルシオール隊長」

「ふむ……」

生真面目な彼女でも忙しい場合もあるかと、ルシオールは自己完結した。そして相変わらず、リティが気になっている。

そんな中、裁判長が事件の概要を説明してから、リティとダンデに犯行内容の正否を訊ねた。リティの答えは決まっている。

「私はやってません」

「や、やりました……」

「食い違いがあるようだね？　騎士バイダー」

裁判長はバイダーをジロリと睨む。やや怖気づくも、バイダーは勝利を確信していた。

犯行を裏付けるカードを用意しているのだ。その一つとして、あのユグドラシアがいる。

発言の正当性の証明とは、供述内容だけではない。いわば誰が言ったか、なのだ。

「では私の前に、ユグドラシアのアルディスさんに証言していただきますかねぇ」

「……私は以前、そこのリティを弟子にしていました。本来、そんなものは取らないんですがね。

どうしてもとあまりに頼み込むので、その熱意を買ったんですよ」

裁判場内がどよめく。ユグドラシアが弟子をとっていたという事実など当然、知られていないからだ。

リティは無表情だった。何がどうなろうと、自分は間違ってないという確固たる自信があるからだ。

「その時から気に入らない事があると、何かしらに当たり散らすんです。修業となれば厳しいのは当然でしょう。ですがリティは己の実力不足を棚にあげて、ひどい時にはスープが入った鍋を蹴り上げましたね」

「なんと……」

「恩知らずじゃないか」

違う、逆だとリティは心の中で反論する。アルディスが蹴り上げた鍋が自分に命中しそうになったのだ。

しかしそんな主張に意味はないとリティはわかっていた。

「なるほど。普段から粗暴な振る舞いは確認されていた、と」

「それから彼女は逃げ出したみたいで……つい最近、この王都で再会したんですよ。あぁまたやっちまったなぁって感じですね」

傍聴席の者達が、アルディスの主張を鵜呑みにしている。誰が言ったか、それがもっとも大切なのだ。

実績を出して信用を勝ち取った者が、白を黒だと言えば黒となる。ましてや物見遊山気分の傍聴者達だ。

彼らが裁判の空気作りに一役買い、それが追い風となる事もある。

「オレ……いえ、私はここ王都にて、冒険者達の育成に力を入れました。もちろん彼女も例外ではありません。ですが……難しいものですね。教育というのは……」

「はい、いいかな？」

手を挙げたのはゴールドグリフォン隊の隊長ルシオールだ。意外な人物の口出しに、バイダーは面食らう。

「騎士ルシオール、発言したまえ」

「聞けばアルディス氏はそこのリティも含めて後進の育成を行ったと。しかし彼女の素行は改善されなかった。それはつまり、アルディス氏にも責任があるのでは？」

「な……！」

至極真っ当な主張に、裁判場内に吹いていた風向きがまた少し変わる。

リティも予想してなかった援軍に、心の中で感謝した。

「それはさすがに失礼じゃないですか？」

「うーむ、しかし事実では？　私にはどうも、何としてでもリティという少女を悪者にしたがってるように見えるけどね」

「は？」

「静粛に」

裁判長の一声だが、アルディスの熱は収まらない。ルシオールを睨むも、当の彼にその手の恫喝は通じなかった。

雲行きがわからなくなったと判断したバイダーは、更なるカードを出す。

「では裁判長、彼女の犯行を目撃したという者がいますねぇ。こちらの被害に遭われた男性ですねぇ」

男は俯き加減で、裁判場に立っている。他にも老若男女を取り揃えた目撃者というのが、バイダーのカードだ。

彼らの中には被害者もいるが、まったく関係ない者もいる。ダンデに犯行を強要させたのも含めて、すべてが彼の自作自演だった。

言葉巧みに彼らをたぶらかし、時には弱みを握る。ダンデも例外ではなく、父親が犯罪者とバイダーに突き止められて暴露されるのを恐れているのだ。

それをパーティメンバーにばらすという一言で、彼は動いてしまった。

彼に犯行を強要させて、自分達が捕まえるというマッチポンプが彼の本来の目的である。

「証言を」

「は、はい。私は、か、花壇を……壊されまして……」

「ハッキリと申しなさい」

「あ、あう、えっと……」

男の浮気情報を握っているバイダーが、指でテーブルを叩く。無言の圧力をかけるも、男の証言は進展しない。

そこへきて、リティが初めて口を開いた。

「その人が奥さんに見せてあげたかった花壇です。壊されたらショックを受けるのは当然です」

「な、なんと？」

これには裁判長も含めて、耳を疑う。傍聴席のどよめきがより強まった。

何より一番動揺しているのがバイダーだ。リティがそんな情報をいつどこで、と思考する。

「き、君……それは……」

「あの時、私が依頼を受けた時に言いましたよね。奥さんに悪い事をしたから、何とか形で示したいと……」

「花壇作りの雑用依頼の時か……。よくあんなものを引き受けてくれたよ……」

「リンネーションとカムラヒの花を中心に植えて、これからという時でしたね」

「ま、待つねぇ！」

思わずバイダーが席を立ち、二人のやり取りを止めにかかる。情報戦でリティに後れを取るとは思わず、バイダーは次の手を打ちにいった。

「被告人は被害者の情報を知りすぎているねぇ！　事前に下調べをして、その為に依頼を受けたのかもしれないねぇ！」

「騎士バイダー、根拠に基づいた発言を求める」

「う、くっ……！」

一度、深呼吸をしたバイダーが騎士として発言を開始する。

「では被告人リティ。事件が起こった時、君は現場にいたねぇ？」

「はい」

「それは被告人ダンデと共謀して」

「違います」

「ダンデを拘束していたのは僕も見ていたねぇ。こればかりは」

「ダンデさんが家の前で武器を抜いていたから犯人だと思っただけです」

「いいや、君はダンデと仲間割れをしたんだねぇ？」

「してません」

「バイダーさんの質問は誘導尋問に当たりまーす！」

リティを弁護するカタラーナの一声で、裁判長がバイダーを制止した。冒険者の不祥事の際には、彼女のような本部の人間が弁護を担当するのだ。

その資格を有する彼女のような者達が、冒険者を守っているといえる。もっとも、今回のような冤罪ばかりとは限らないが。

「……では弁護人のカタラーナ」

「はーい」

バイダーは内心、舌打ちをする。

彼がアルディスや目撃者に仕立て上げた人間に発言させたのは、こういう事である。

リティが絶対に首を縦に振らないとわかっていたからだ。つまりバイダーとリティのやり取りに進展は絶対にない。

「ううん……どうしよっかな……」

「どうした、弁護人カタラーナ」

「私もそこのバイダーさんを見習って、味方に証言してもらおうかと思います」

「ハッハハッハッ！　その証人がどこにも見当たらないのは気のせいかねぇ!?」

バイダーが勝ち誇る。事実、この場にはリティの一番の味方となり得るロマすらいないのだ。

この状況だけ見れば、リティは見限られたと解釈できる。バイダーもその線を期待していた。

「お待ちいただきたい！」

その期待を打ち砕くかのように、裁判場への扉が乱暴に開かれる。全員がそこへ注目すると、つかつかと一人の女性が入ってきた。

「な、なんだねぇ⁉　イリシス！」

「不躾な登場で申し訳ない。しかし理解していただきたい」

国王を交えた場ではあるが、だからこそイリシスは力強く声を張り上げる。彼女に信を置く国王はやや驚き、レドナーはしかめっ面だ。

「この裁判には何の意味もありません。何故なら、真に裁かれるべきはそこにいるバイダー及びユグドラシアなのです」

彼女の発言の直後、大勢の者達が裁判場に現れる。その中にはロマもいた。

第三十話　リティ、愚者を見送る

イリシスに続いて入ってきた者達は、リティにとって大半が見覚えがなかった。

ロマの周囲にいるのは冒険者だろうかと思っていると、ようやく気づく。アルディスの取り巻きをやっていた者達だ。そればかりではない。

「おじさん、おばさん……？」

トーパスの街でリティが世話になった食堂の老夫婦の姿もあった。不安な面持ちでリティが見ると、より顔を曇らせる。話がしたいが今はイリシスに任せようと、彼女に視線を移す。

「な、なんだね。この者達は？」

「国王陛下、及びレドナー大公。裁判長並びに関係者の方々。神聖なる法廷の場にて、不作法をお許し下さい」

「……よいだろう」

「構わん」

国の二大トップがイリシスの登場を認める。聖騎士《パラディン》の名誉職《レアル》を与えられ、国の象徴にまで昇華されつつある彼女だから事なきを得た。

もし彼女でなければ裁判は即中断となり、王族への不敬も兼ねて投獄の身となっただろう。

誰が言ったか。誰がやったか。バイダーがアルディスを利用したように、彼女は彼女で許されたのだ。

「こ、こ、これは問題ですねぇ！」

「黙ってろ」

バイダーに対するレドナーの一喝が、現時点での彼への評価とも言える。それがわかっているからこそバイダーはもはや動揺を抑えられず、呼吸も苦しい。

胸を押さえながらもイリシスを睨みつける。

「イリシスよ。やりたい事があるのなら始めろ」

「ハッ！　陛下！　繰り返し申し上げますと、騎士バイダーはそこの冒険者ダンデ他数名を脅し、犯罪を強要させていたのです」

「何だと……」

さすがの国王も表情を歪ませた。レドナーは目を瞑り、かすかに笑う。

裁判場内が騒がしくなった。そしてもっともな疑問を国王が口にする。

「他数名とは？　そこの冒険者だけではないのか？」

「はい。こちらにいる彼と同じ五級冒険者です。彼らも騎士バイダーに脅されており、ダンデと共に犯行を強要させられていました。それも今度は殺人を……」

「ふ、ふざけるんじゃないねぇ！　さっきから何の根拠もなく！　そんな連中、僕はまったく知らないねぇ！」

「……入ってきていいぞ」

イリシスに紹介されたのはダンデと同じ五級冒険者だった。そしてその中には、あの青年の姿もある。

切り札であるノートを持つが、バイダーを見ようとはしない。

「な、なぜあいつが……」

「こちらの青年は騎士バイダーの悪行を事細かに記録しています。彼が持つノートがそれです。そして彼がアンフィスバエナ隊の者に襲われたとも証明できます」

イリシスが入口に向かって呼びかけると、ナコンダとゴフラを拘束した彼女の部下が登場した。

武器は取り上げられており、顔もはれ上がっている。

「お前達しくじっ……あ！」

「……何か口を滑らしたようですが続けます」

嫌味たっぷりにバイダーを一瞥したイリシスが、拘束された二人の下へ行く。

「ノートを持った青年は格闘士《マーシャル》ギルドに駆け込みますが、その際にこちらの二人がギルドで働く五級冒険者のエイーダと交戦しています。結果的にはエイーダはあの毒蛇の剣の毒により倒れたようですが、駆けつけた我が隊の部下が無事に保護しました。彼女の体内から検出された毒が何よりの証拠でしょう。現在は王都の病院に入院しており、命に別状はありません」

「それはつまり、その二人……ナコンダとゴフラが青年やエイーダの口封じを考えたと？」

「彼が証拠を握っていたことは知らなかったようですが、尾行した結果でしょう。いずれにせよ、騎士として恥ずべき行為です」

バイダーはもはや平静さなど保っていられなかった。悪事が暴露された事よりも、彼がもっとも恐れている相手がいる。

その人物がバイダーに笑いかけたのだ。

「まずこのノートには騎士バイダーが不正な取引をした事がつづられています。その相手もすでにこちらで拘束済みで、この場に連れてきております。すでに自白したので彼らを疑う必要はありません。特にこちらの男性は不法ルートでヴェスパの蜜を入荷していたようで、その際に騎士バイダーに賄賂を渡しております」

「そいつの妄想！　妄想だねぇ！」

「以前から密かにアンフィスバエナ隊の尻尾を掴もうとしていたのですが、このノートがあればもっと楽に進展していたと感心するばかりです」

そう言い終えたイリシスがノートの内容を読み上げていく。次々と明らかになるバイダーの不正に、裁判場内には驚きを通り越した雰囲気が漂っている。

以前から存在していた彼の黒い噂が、今この場にて白日の下にさらされたのだ。

惚けて事態を飲み込めない者、ため息をつく者、憤る者。それらの負の感情がバイダーに向けられた。

「前々からあいつらの素行は聞いていたが、ひどすぎる！」

「お前なんか騎士じゃない！」

「今すぐにでも投獄するべきだ！」

「静粛に」

裁判長が静めたのを確認した後、イリシスがリティの隣に来る。その際に悪事に加担しようとした冒険者達も一緒だった。

「……俺達はバイダーに脅されてました。あ、もちろん互いがそういう状況だとは知りませんでした」

「投獄される事になるが、後で便宜を図って出してやる……そう囁かれて安心していた部分もあります」

「父親は……殺人の罪で裁かれています。父親……デグーの名で調べていただければ、俺の素性と主張が間違いでないと理解していただけると思います」

「今、彼は勇気を出して自ら汚点としている身内について語りました。五級冒険者のような経験の浅い者に目をつける様は、実に卑劣としか言いようがありません」

イリシスがダンデの勇気を称えた。バイダーは何か言葉を探るが、頭がうまく回らない。

そして、この期に及んで思いついた苦し紛れの打開策を叫ぶ。

「僕が冒険者にいい顔をしないものだから共謀してハメようとしてるだけだねぇ！」

「今更、彼の主張に意味があるかどうかについては個々の判断にお任せします。次はこちらのリティの潔白についてです」

「そ、そうだねぇ！　そいつらに関しては」

「彼女についてはすでにアリバイが証明されています」

イリシスが紹介した者達は冒険者やオレオン子爵、コックの男と様々だった。ほぼ全員、リティが依頼を引き受けた相手だ。

「知ってる者も多いでしょうが、王都内での彼女の活動は活発です。朝から深夜まで……それこそ他人に迷惑をかける余裕などないでしょう」

「そうだな！　それに犯行があった日だって、オレが頼んだ食材を採りに行ってもらってるんだ！」

「孫の遊び相手もしてもらった上に討伐に出た日にゃ、何日も王都にいない事もあるだろうて」

「いいい、一緒に、そこの冒険者と、いたねぇぇ！」

苦し紛れと呼ぶのすら虚しくなるバイダーの遠吠えは、もはや裁判場以外には響かない。そんな彼の状況を肯定するかのように、周囲が加勢する。

「誰がお前なんか信じるかよ！」

「いい子じゃないか！　まだ若いのに大したものだ！」

「それにダンデと一緒にいたというだけでは証拠不十分です。むしろ騎士バイダーの怠慢と不当検挙のほうが問題といえるでしょう」

ダメ押しと言わんばかりに遅れて登場したデマイル伯爵とマーム。二人もリティの潔白を証明するためにやってきたのだ。

高名な貴族が味方についたとあって、もはやリティの疑いは晴れたようなものだった。さすがのバイダーも察したのか、うなだれて顔を上げようとしない。

「……騎士バイダー。処分は後ほど検討しよう」

「陛下！　不正にしても騎士として国を思ったからでですねぇ！　行き過ぎたと反省してますねぇ！　多少、手荒な真似をしなければ保てないものもありますねぇ！」

バイダーの遠吠えを真面目に聞く者はいない。一人、錯乱して喚き散らしてる状況だ。

「僕はアンフィスバエナ隊の隊長だねぇ！　ヴェッヒ家の長男だねぇ！　騎士として認められたねぇ！　僕は騎士！　騎士だねぇぇぇぇ！」

「彼は少し落ち着いたほうがいい。連れていけ」

「ヒッ……！」

大蛇に睨まれた蛇だ。バイダーはレドナーに怯える。

「そ、そこのレドナーに、脅されたんだねぇ！　調べればわかるねぇ！　そいつこそが冒険者を悪と見なしているんだねぇ！　僕はそいつに脅されただけだぁぁぁ！」

バイダーがいきり立った直後に、黒い甲冑騎士二人に組み伏せられた。レドナーの護衛を務めている二人だ。

床を舐めるほど頭が近くなり、バイダーは必死に暴れている。

「全部！　全部お前のせいだねぇ！　クソガキ！　お前が来てからケチがつきはじめたねぇ！」

顔こそ向けられないが、リティはバイダーが自分に対して言っている事はわかっていた。しかし、それだけである。

「リティよ。恐らく彼と会話をするのはこれで最後になる。何か言いたい事はあるか？」

「ありません」

レドナーがリティに面白半分で問いかけるが、その答えも彼にとってつまらなかった。

食えない少女だ、それがリティに対するレドナーの評価となりつつある。

「どいつもこいつもこのバイダー様を舐めやがってぇ！　誰が蛇みたいだ！　誰が気色悪いだぁ！

ガキの頃からどいつもこいつもどいつもこいつもおおぉぉ！」

唾をまき散らして、意味不明に喚く。この時、誰もが察した。バイダーがすべての意味で終わった、と。

「チクショアアアアッ！　アアァァアアーーーーーーーーーーーーーッ！」

先程まで批難を浴びていたバイダーだが、もう誰も何の言葉も投げかけない。

王族の席、裁判官の席、傍聴席。

立ち位置が同じであるはずの証人どころか被告人にまでも、誰もが二重の意味でバイダーを見下していた。

「もう一度、もう一度だけ調べてほしいねぇ！　頼むからぁ！　そんな目で見ないでぇぇ！　嫌だぁぁぁぁ！」

引きずられながらも裁判場からバイダーが運び出されると共に、その奇声も遠のく。

「彼の不敬はこの際、見逃そう。これ以上の量刑は無意味だ」

バイダーの乱心を含めて、ジョークとして流したレドナーが周囲に度量を見せつける。この場において、誰もバイダーの主張を信じる者はいないだろう。

たとえ真実だろうと、皮肉な事に彼自身がもっともわかっていた事だ。誰が言ったか、彼の言葉には何の重みも意味もなかった。

「ケッ、どうしようもないな」

「どうしようもないのはお前達もだ。アルディス及びクラリネ、ズール」

「何……？」

ユグドラシアのメンバー全員が、このイリシスが暴露しようとしている事実を察した。アルディスの無言の恫喝など、彼女には通用しない。

元より戦ったとしてもいい勝負をする実力者同士だ。アルディスは平静を装うが、相手が相手とあって背中にじわりとした何かを感じた。

第三十一話　リティ、英雄の終わりに立ち会う

アルディスは激情を抑えるのに必死だった。裁判場、王族、武器を預けているという制限がなければ惨事となっていたほどだ。

加えてイリシスという強者の存在が、彼に歯がゆい思いをさせている。その強者は英雄パーティだろうと微塵も恐れを見せない。

「ユグドラシアはご存じの通り、英雄と呼ばれるほどの実績を持つパーティです。ですが裏ではこちらのリティを弟子と称して暴力でいたぶっておりました」

「えー、お待ちください。この件に関しては、いくつかすれ違いがあり」

「では目撃者に証言をしていただきましょう」

「お、おい⁉」

ズールが口を挟むも、イリシスは軽やかにスルーする。相手に主導権を握らせず、終始彼女のペースだ。

国王が許した独壇場という事実が、それを後押ししている。

最初に話し始めたのはリティがお世話になった店主だ。

「私達はトーパスの街で食堂を営んでいます。ある日、彼らが訪れたのですがリティちゃ……彼女

「証拠出せっつってんだろぉ！」

「オイ、クソジジイ！　いい加減なこと言ってんじゃねえぞ！　証拠出せや！」

この罵声が店主の発言を肯定しているようなものだが、沸騰したアルディスは気づかない。

ズールの制止もすでに意味がなくなっていた。

アルディスに怯える老夫婦が言葉を止めてしまうが、イリシスが傍らについて店主の肩に手を置く。

「りょ、料理がまずいという意見は、その、謹んでお受けします。しかし代金を踏み倒し……テ、テーブルなどを蹴り上げた所業は、その。いかがなものかと思いました」

「証拠出せっつってんだろぉ！」

「証拠は彼らの目撃証言が集まった先にある」

イリシスが淡々と述べると、次の証人が語り始める。トーパスではない隣の町の住人だ。

出身、性別、年齢が様々だった。この証人達を集めるために、イリシスは奔走していたのだ。

小さな情報を辿り、行きついた先で協力を仰ぐ。仕事の片手間、休日も返上して寝る間も惜しんだ成果だった。

リティという逸材をユグドラシアは潰すところだったと、イリシスは表面に反して内は激情で溢れている。

「そちらの少女……だったと思います。重い荷物を持たせて、後ろから蹴ってました。ひどい暴言を浴びせていたのも記憶しています」

「私の街に来たというから期待して見に行ったんですよ。でも一人、奴隷のように貧相でボロボロな身なりの少女がいて……。違和感がありましたね」

「前にユグドラシアに助けられた事があるんだ。そりゃ俺みたいな万年四級とは違って凄まじい強さでさ……。もう引退を決意したんだよ」

最後に語り出した青年の冒険者の声がどこか弱々しかった。助けられた恩を仇で返すようで気が引けているのだ。

しかし、それとは別の理由も彼の中にあった。

「そこの少女……覚えてるよ。あの爆風の中、すり抜けるようにして逃げてた。何の武器もスキルもない少女がさ……。それを見て、もう一度だけ頑張ろうと思ったんだ。だから、なんていうかな……この場を借りて礼を言うよ。ありがとう」

「いえ……」

リティは曖昧な返事しか出来なかった。そんな場面など多々あったし、青年がいたとしても気にかけている余裕もない。

そんな事情もあって、覚えていない相手の礼を素直に受け取れなかったのだ。

「助けられたんならよぉ。俺達にも感謝するべきだよな？」

「も、もちろん！　あの時はありがとう……」

「ほら、見ろ。俺達は英雄なんだよ。人助けなんて当然さ」

「特級ならば、リティを守りながら戦うことも出来たはずだ」

イリシスがアルディスの主張の穴を穿つ。アルディスの怒りがいつ爆発するかというところで、ズールはずっと思案していた。

王族二名をちらりと見て顔色を窺うも、その意思までは読み取れない。ほとんど表情に感情を出していないところから、さすがは王族と称える。

「あー……いいか？　それで、もしそれが本当だったとしてさ。俺達はどうなるわけ？」

「次の者、頼む」

「オイ、聞けよ」

イリシスがスルーを決め込むことで、次第にズールの神経も逆撫でされる。証言が積み重なり、傍聴席も次第に賑やかになっていく。

そしてついに王都の者達の出番が来た。高級クラブ内にて、アルディスが後輩の冒険者に暴行を働いていた事。

その他、数々の店での悪行が明らかになる。これにより、国王が初めて動きを見せた。

「私は国王の権限をもって、ユグドラシアを支援した。アルディスよ、今の話がまことであれば貴様は私の顔に泥を塗ったも同然だ」

「待ってくださいよ。オレ達よりもあいつらの話を信じるんですか？　証拠もないですよ」

「彼らが揃いも揃って共謀して、貴様らを陥れていると？　そう解釈するのか？」

「そうですよ。だって……」

「なるほど。我が国民をそのように見るか」

ここで空気がまた一変する。年季相応、いや。一国を治める者の憤りが、この場にいるすべての者達に刺さった。

身を震わせて、二の腕をさする者や萎縮して縮こまる者。己の身を案じた者が席を立とうとする。イリシス達が連れてきた証人達ですら、この場に来たことをやや後悔するはめになった。リティもまた、王という立場にある人間の格を感じている。

そんな中、ズールが反撃の狼煙を上げた。

「陛下、私達に至らない点があった事についてはお詫びのしようもありません。ですが、このような形で物量の証言を展開されては我々も弁解に難儀します」

「確かにな。しかし結果を見ればどうか」

「結果とは？」

「後進の育成だ。あれから随分と経つが私にはその成果とやらがまるで見えぬ」

「そ、それは、それについても」

「彼らを慕っていた冒険者の者達です」

付け入るようにイリシスが、冒険者達を紹介する。初めはユグドラシアについていっておいしい思いをした彼らも、すでに心変わりをしている。

度重なるユグドラシアへの不信が募り、離れて活動してみれば成果が出た者すらいた。

「直にユグドラシアの戦いを見る事が出来た点については感謝します。結果的に学べるところが見つけられなかったのは、オレの不徳でしょう」

「デシュルムを食材として持ち帰った時は……言おうと思ったのですが……」

「まぁ噂ほどでもなかったかなというのが僕の所感です。実力を見せつけたかっただけだと気づくのが遅かった」

「てめぇらッ！」

アルディスが椅子を撥ね飛ばし、テーブルを蹴り上げる。物騒な振る舞いに警備の騎士が身構えた。

幼い頃から結果を出して、英雄ともて囃され。苦労もせずに出世へ至った才能がもたらした弊害だ。実力に伴ったメンタルが彼にはない。己の非を認めて謝罪して、心を入れ替えると誓う。そして行動する。

この事態を打開する術など、それしかなかった。しかし、彼にはそれを実行する度量もない。

「好き勝手に喚きやがってよぉ！　本当だったら何だ？　オレ達は英雄だぞ！　あの世界の底を制したんだ！　てめぇらに同じ真似ができるか？　出来んのかよッ！」

王族や警備の者達、イリシスを始めとした強者がいなければ大半の者がパニックとなって逃げ回る事態になっただろう。

誰もがユグドラシアに注目する中、リティだけが正面の裁判長の席を見据えている。

それが癪だったアルディスが、リティの下へ移動した。すかさず警備の騎士がかけつけるも、アルディスの行動は速い。

「何、すましてんだよ。いい気味とでも思ってんのか？　オイ……！」

「あなたと話す事はありません」

「あぁッ⁉」

アルディスがついにリティを殴り飛ばした。その威力たるや、傍聴席すれすれにまでぶっ飛ぶほどだ。

悲鳴が上がる中、リティは間を置いて立ち上がる。

「な、何してるんだ⁉」

「もういい！　中止したほうがいい！」

「うるせぇ！　クソどもッ！」

吠えるアルディスに、また怯える傍聴席。王族の二人は静観を決め込んでいた。

レドナー同様、国王もまたリティという冒険者に興味を持ったからだ。

この状況下で平静を装い、恐怖の対象となり得るアルディスへ言葉を返す。

並みのメンタルではない。そんなリティに国王は底知れぬ何かを感じたのだ。

「揃いも揃ってそこのクソガキを擁護ってか？　実力じゃオレの足元にも及ばねぇクソガキを？

未踏破地帯がどんなところか想像できるのか？　てめぇらの想像もつかねぇ魔物だっている」

「想像もつかない魔物……！」

アルディスに殴られた直後にも拘わらず、リティはそのワードでときめく。

またアルディスがキレる――誰もがそう予感した。

「このクソガキ……」

「そこまでだ。もうお前は負けている」

アルディスの拳を止めたのはイリシスだ。英雄の拳を涼しい顔をして止めている様には、誰もが感嘆する。

イリシスの言葉の意味をそのまま受け止めたアルディスが、更に激昂した。

「どこがだぁッ！」

「すべてだ」

アルディスの猛攻をイリシスがいなす。格闘戦であればイリシスに軍配が上がる上に、今のアルディスだ。

怒りに任せて拳を振るって突破できるほど、甘い相手ではない。

「彼女はお前の感情を受け止めていない。その価値すらないと判断しているからだ。あの子の視界にお前はいない」

「クソザコの分際でぇ！」

「彼女は冒険だけを見据えている。そこに割り込みたければ、冒険並みに魅力的な存在となれ」

「意味不明なんだよッ！」

「もういい。実に見苦しい」

国王がユグドラシアを冷たく見据える。レドナーとは違い、彼は冒険者達を視野に入れて政策に取り組んでいる。

裏切られた失意をわずかなため息だけで止めたのだ。

「本来であれば極刑は免れんが、これまでの功績は無下に出来ぬ。よって私が直々にお前達に判決を下そう」

全員が、裁判場内に冷たい風が吹いた感覚を覚える。裁判長ではない。国の最高権力者ならば、その資格は十分にある。

裁判長は何も言わずに国王にその役を譲った。

「ユグドラシア。名誉職《レアル》の剥奪と共に、冒険者ギルドへ冒険者ライセンス失効を求める。すべての資産を没収の上、更に十年間の鉱山労働を科す。その後は国外追放とする」

「は？　はぁ……？」

「ちょっとぉ！　そんなのパパが許さないいんだけど!?」

ガタガタと震えるアルディスのそれは怒りではない。現実を受け止められないが故の反応だ。

マティアス教の聖女であるクラリネが半狂乱で叫ぶも、国王は動じない。

「国王である私をたぶらかし、その権力を私欲の為に利用した。私はこれ以上なく憤っておる。極刑でも構わんと私の中で葛藤しておるのだッ！」

テーブルに拳を打った国王が激昂した。いかにユグドラシアといえど、国を敵に回せば無事では済まない。

国内の誰もが敵になり、街には入れない。魔物が闊歩する危険な場所で野宿を余儀なくされる。すべての補給が断たれるのだ。更に追手に追われる毎日となれば、アルディスに反抗の意思などない。

「……オレ達が消えたらもう冒険者は終わりなんだよ！　オレ達以上に強い冒険者なんざいるのか？　冒険者ギルド本部？　偉そうにふんぞり返ってるが、しょせんは世界の果てで足止めをくらってるような連中だぞ」

静まった裁判場内で、アルディスがうわ言のように言葉を続けた。リティは相変わらず彼を見ようとしない。

「オレ達は成し遂げたんだよ……安全圏で無難な仕事をしてわずかな日銭で暮らしてる奴らよりも、おいしい思いをして何が悪い？　オレ達が世界の底で見つけた魔石やエネルギーは？　なぁ？」

「そ、そうだ。アルディス、お前の言う通りだ」

「私はねー！　聖女なのよー！　わかってる!?」

「遠吠えは聞き飽きた。イリシス、そいつらを連行しろ」

レドナーが、つまらなそうにイリシスに指示を出す。彼女が騎士達と共にアルディス達の腕に魔導具〝断手錠〟をかけた。

腕を斬り落とされたかのように錯覚させるほど力を奪うそれは、アルディスといえども抗えない。

「チッキショウ！　マジかよ！　ふざけんなよぉ！　オイ、クソガキ！　覚えてろよ！　オイ！　コラァァァァァッ！」

リティにそれが聴こえていないわけではなかった。実は殴られた瞬間、リティの中で何かが外れかけた。

自分の冒険を阻害する者に対する何か。誰もがアルディスがキレると悟った瞬間、リティのそれも限界だった。

想像もつかない魔物というワードが、リティをかろうじてこちら側につなぎ止めたのだ。

「冒険……出来る」

「さて、行くぞ」

去り際、イリシスは考える。あのアルディスに本気で殴られても尚、立ち上がったのがリティだ。なぜ、すぐに立ち上がれたのか。おそらくそれに気づいた者はこの場において、わずかだろうとイリシスは予想する。

あの拳は完全に入っておらず、リティは寸前で威力を殺したのだ。ほぼ不意打ちにも拘わらず、それが出来たのはアルディスの戦いを見ていたからなのか。それとも――。

「……寒気がする」

誰に向けるわけでもなく、イリシスはぽつりと呟いた。

第三十二話　リティ、国王と対話する

「みゃっ！　みゃっ！　みゃーん！」

「ミャン!?」

しゅるしゅると走ってきたミャンを追いかけるのは騎士達だ。裁判の際に武器はもちろん、ミャンも預けていた。

リティも後ろ髪を引かれる思いで別れたとあって、再会は素直に喜ぶ。

「みゃんみゃんみゃん！」

「ミャン、勝手に出てきたんですか？」

「ハァ……ハァ……なんて、すばしっこい……」

鍛え抜かれた騎士二人ですら捕まえられないほど、ミャンは身軽だった。リティに巻き付いて、頭を擦りつける。

リティもたまらなくいとおしくなり、ミャンの頭を抱いてすっぽりと包み込んだ。

「すみません。脱走してきたんでしょうか」

「い、いや。気にしなくていい。こちらの落ち度だからな……」

「あんな狭い牢をすり抜けるとはなぁ」

「みゃんっ！」

得意気に鳴くミャンが脱走の事実を肯定した。幻獣ミャーンは見た目以上に柔軟で、狭い場所でも容易にすり抜ける。

実は物の出し入れ以外でも活躍できるのだが、リティがそこに気づくきっかけにもなった。

「リティさん、ご無事で何よりです」

「マームさん、デマイルさん、ナターシェさん。ご迷惑をおかけしました」

「なに、あのユグドラシアに信を置いた我々貴族の落ち度でもあるからな。これからは承認についても慎重にならねばいかん」

三級より上の冒険者となれば、貴族階級の者達に認められる必要がある。その承認によって二級以上への昇級に関わるのだ。

デマイルは伯爵なので、彼に認められた準二級ならば即二級へと昇級できる。

「だが、君は気に入った。もし準二級へ昇級した際にはすぐに承認しよう」

「ほ、本当ですか⁉」

「今日の裁判で、君には惚れ直させられたよ」

「わぁぁ……私が、デマイル伯爵にッ！」

準二級昇級試験までは冒険者活動における実績さえ積めば、受験資格が得られる。しかしその上へ行くには、彼ら貴族は避けて通れない。

ユグドラシアは各国の王族や貴族を含めて、多数の承認を得られていた。しかし今回の件で冒険者資格を剥奪されたとなれば、すべてが破綻する。

冒険者ですらないのであれば、それらの承認も自動的に無となるのだ。

「アハハ……私、あっという間に追い抜かれちゃうかもなぁ」

「でも、ナターシェさんはすごく強いですから……」

「いいのいいの。才ある若人はどんどん上に行きなさい。ユグドラシアの件はちょっとショックだったけど、リティちゃんなら大歓迎だよ」

「若人って、ナターシェさんもまだぎゅふっ！」

「女子の年齢には高い値がついてるのよ、マーム様」

ナターシェに口を塞がれてもがくマーム。しかしリティは以前、冒険者カードに記載されている年齢を見た事がある。

この場には大勢の者達がいるので、彼女なりのプライバシーの保守だとリティは判断した。

「リティちゃん……立派になったね」

「おじさん、おばさん。せっかく見送ってもらったのに、心配かけちゃってごめんなさい」

「何を言ってるんだい。むしろまだ我々大人に出来る事があったとわかって安心しているよ。君はすごいけどまだ子どもなんだからね」

「そうそう、言っただろう。つらくなったらいつでも帰ってきなさいって……」

リティは目頭が熱くなったが堪えた。老夫婦のような一般の人間から貴族まで、リティは幅広く関わりを持てたが本質的には何も変わらない。

窮地を救ってもらえたという打算的な考えだけではなく、心の問題だった。

「私、今すごく幸せです。こんなにもたくさんの人が、私なんかの為に動いてくれたんですから……」

「それがわかれば、更に立派な冒険者になれるよ」

「はい、ナターシェさんに負けない冒険者になります」

「前もいいけど、後ろも気をつけてね」

遅れて登場したロマが、リティにプレッシャーをかける。リティが常に前進するように、ロマもまた追いかけてきているのだ。

また思い上がっていたかとリティは己を律して、ロマにも感謝の言葉を述べた。

「あなたが拘束されたと聞いた時は本当にもう……気が気じゃなかった」

「心配かけてしまいましたね……」

「あ、そうじゃなくて。なんていうか、その」

「だからこそ、私も動いたのだ」

ロマの言葉を遮るように、イリシスが割り込む。アルディス達の連行は終わったのか、今は彼女だけだ。

「イリシスさん。私の為に……？」

「それもあるが、バイダーとユグドラシアだけは捨て置けなかった。そして大変なのはこれからだな……」

「た、大変な事があるんですか？」

「……ユグドラシアの失墜により、良くも悪くも世の中が動くだろう」

「その通りだ」

国王が姿を現した途端、ほぼ全員が跪く。リティもワンテンポ遅れて真似をしたが、国王はまるで気に留める様子もない。

それどころか国王の視線はリティに注がれている。側に立つレドナーも同じだった。

「ユグドラシアが世界の底にて見つけた魔石のエネルギー効率は従来のものと比べて段違いだ。これにより発展しつつある産業も多い。それだけではない。未知の魔物の生態が明らかになり、人類がそれらに対する備えを得た。更には採取された薬草による不治の病の完治……。彼らは世の中を動かすほどの功績を成し遂げた……まさに人々にとっての英雄なのだ」

全員が国王の言葉に聞き入る。裁判場での往生際の悪さばかりが目立ったが、それとは別の話がある。

国王が言わんとしている事を深く考えたのはリティだった。

「リティといったか。ユグドラシアとは不幸な巡り合わせだったな。それで胸の内は晴れたか？」

「いえ……」

「もっと懲らしめてやりたいと考えているか？」

「いえ、あの人達には興味がありません」

「興味がない、か」

裁判場で見せた一国のトップの威厳が、ここでも全員に突き刺さる。怒りか落胆か。それを容易に探らせない大物がここにいるのだ。

やろうと思えば言葉一つで、この場にいる全員の人生を終わらせる力を持つ人物。そんな彼を相手にリティだけは物怖じしない。

「まるで他人事だな」

全員の内心が穏やかではない。王族と接した経験などまるでないリティだ。その気はなくとも、逆鱗に触れる可能性は十分ある。

たとえ本音ではなくとも、綺麗な言葉選びを求められる事もあるのだ。それが権力者ともなれば顕著になる。

もっとも、彼らもその言葉を本気で受け止めてはいない。しかし、それとこれとは別なのであった。礼、節度、そして敬意を示すのも人として求められるスキルでもある。

どうしたものかと思案する者もいて、いっそリティの代弁を務めようかと躍り出ようと考えた。

「過程はどうあれ、リティ。お前が彼らと出会わなければ、堕ちることはなかった。人々は彼らを英雄と称えて、明日への活力に出来たのだ。それをお前は終わらせた……と言えばどうか？」

「私を恨む人もいるかもしれません」

「そうだ。それを一身に受ける覚悟があるか？」

「わかりません」

「ほう……？」

周囲が心配する中、リティの目には魂が宿っていた。それは冒険の最中に見せるそれであり、ロマもよく知っている。

リティにとって雲の上の人物ともいえる国王との対話も、未知の体験の一つに過ぎなかった。

「これから先のことはわかりません。冒険も同じです。もし皆さんが私を恨んだのなら……その時は考えます。もしかしたら落ち込むかもしれません。でも……」

国王はリティの言葉を待っている。レドナーは口元を歪ませて、その真意を表情に出していた。

「それも冒険だと思ってます。私はまだ未熟なので未知のものに対してどうすべきか、今すぐには答えを出せません。ですから……わかりません」

「覚悟はないとも解釈できるな」

「皆さんがどう言おうと……邪魔されたくありません」

「それはどういう……」

今度はリティが場を凍てつかせる番だった。国王すらもすぐに言葉を出せないほど、硬直させている。

最初から愚問だった。リティが周囲をどう受け止めるかではなく、リティがどうしたいか。

彼女は最初からその視点でしか話していない。

「冒険だけは邪魔されたくないです」

国王は生唾を飲む。そして理解した。彼女の道に立ちふさがれば、どうなるか。

ユグドラシアが結果的にどうなったか。彼らの末路も、巡り巡って彼女がもたらした。

リティがここにいる者達と接点を持ち、そして彼らが動く。彼女がそうさせたのだ。

リティに自覚はないが、これも一つの力だった。ユグドラシアが軽視した、目には見えないとてつもなく大きな力なのだ。

国王はそれを実感して、これ以上の問答を諦めた。というより認めた。

「……そうか。あの裁判場で見せた胆力に偽りはなかったようだ。すまなかった」

「あ、謝らなくてもいいですよ！　私、ちょっと生意気でした！」

並みの精神ならば、あの場で平静を保てない。裁きを受けたダンデなど、成すがままに頷くしかなかったのだ。

そしてアルディスの拳を受けても尚、立ち上がる底力。これを見たからこそ、国王はユグドラシアに見切りをつけられたのだった。

「あの、皆さんが私を恨んだなら……もっと頑張ります。世界の底以上の未踏破地帯にいって、皆さんの役に立ちます。それが私に出来る事だと思います」

「ユグドラシア以上の英雄として名を揚るという事か？」

「みゃん！」

「コラッ！」

勝手に代弁したミャンをリティが叱りつける。話の腰を折られたが、国王は満足していた。

彼女の素質以上に、一人でも優秀な冒険者がいてくれた事に感謝している。

「英雄になれるかはわかりませんが……。物語の主人公になれるくらいの立派な冒険者になりたいです」

「フフフ……物語の主人公か。言うは易く行うは難し、だがな。なるほど。もういいだろう、レドナー。行くぞ」

「む？　陛下？」

「この娘もお前も、思い通りにはいかんという事だ」

胸の内を看破されたレドナーがバツが悪い表情を見せる。見世物として高みの見物を決め込んでいた彼も、英雄と共に堕ちる冒険者そのものを期待していたのだ。

しかし現実にはリティがいる。どうしたものかと顎を撫でるも、今はそれだけだった。

「……何の事だか」

そう誤魔化すも、彼の中でリティの存在が大きくなっていく。もし彼女がユグドラシアのような冒険者の象徴になれば、と考えてしまったのだ。

彼女の素質にも気づいていただけに、今のうちにこの手で――などと力が入る。

「では、リティに皆の者。邪魔したな」

国王が去る横で、レドナーはいつまでも思案顔だった。

第三十三話　リティ、淡々と対応する

「号外ー！　号外ー！　ユグドラシアが冒険者ライセンス剥奪！　鉱山送りー！　アンフィスバエナ隊、一斉摘発ー！」

ビラをまき散らしながら、男達が王都を駆けまわっている。彼らは王都の情報出版屋の者達だ。

民衆が情報を得る手段の一つで、その影響力は良くも悪くも計り知れない。

今回、それを手に取った者の反応は様々だ。

「信じられない……」

「明確な情報源を出せって、いつも言っててんだろうが！」

「オレが知ってる筋では、ユグドラシアのアンチ組織が結成されていてな……」

「あの蛇野郎、取っ捕まりやがったのか！　ざまぁみろ！　いつかこうなると思ってたよ！」

驚きのコメントを漏らすしかない者、情報を疑って憤る者、訳知り顔の情報通。この状況がもたらしたものは混乱だ。

この情報が事実だとすれば公開すべきではなかったと、鋭い指摘もある。

荒れる王都を素知らぬ顔で歩くリティも、配られたビラを手に取った。

「……私のことは書いてませんね」

「シッ！　せっかく王様が配慮してくれたんだから、口に出さないの！」

「そ、そうでしたね」

そこにユグドラシアが一人の少女を虐待していた事実は一切書かれていなかった。

国王を騙した上での特権の悪用、王都内での蛮行、冒険者達からの評判。これらがさらりと書かれているだけだ。

与える情報としては足りないと考えるロマだが、あの国王なりの計らいだと解釈する。

これをやるにも徹底した情報規制が必要であり、割と苦労したのではとも思った。

特に傍聴席にいた者達に関しては難しいだろう。

「お金でも握らせたのかしら」

「何がですか？」

どこへともなく、ロマは不敬極まりない呟きを漏らした。

＊　＊　＊

冒険者ギルド内でも、その話題で持ち切りだった。ユグドラシアを支持していた者達は、複雑な面持ちでビラを手に取っている。

リティをよく知る者達が多く、彼女を見るなり囲んで質問攻めだ。

「君、弟子だったんだよな。どう思う？」

「特に何とも思ってません」

「そりゃ薄情だなぁ……」

正直な気持ちを口にすれば、ユグドラシアの蛮行をよく知らない者から軽薄な反応をされる。

「弟子だった時もあんな感じだったのか？」

「はい」

「でも剣術は教えてもらったんだろう？」

「いいえ」

リティの淡泊な反応に、興味津々だった冒険者が歯がゆい思いをする。

鋭い者はその様子から察したらしく、追及をやめた。考えなくても、暴力を振るわれた冒険者がいる時点で明らかだ。

目撃者がいるとなれば尚更で、同時にリティの底知れぬ精神力とタフネスを賞賛する者も増える。

「アルディスさんが酔っ払った時も、その子に絡んだんだよ。あんな状態とはいえ、倒したんだよな……」

「何でも裁判中に殴られたらしいぜ。受け身をとって耐えたとか」

「かわして反撃したって聞いたぜ？」

尾ひれがあまりについているが、リティは訂正しようとしなかった。これ以上、騒動自体に関わりたくないからだ。

自分への評判よりもリティには気がかりな事がある。それはやはり依頼だった。

囲まれていたところをスッと抜け出して、掲示板へと向かう。

「実力はあるけど、本性なんてわかったもんじゃないな」

「あの人達を目指して冒険者になったのに、何だか力が入らないよ……」

「俺もしばらく仕事はいいかな」

悪くも、の影響が少なからず出ていた。ユグドラシアロスとも呼ぶべきか。

ユグドラシアから離れて結果を出した冒険者達とは別に、純粋に落ち込む者もいる。

そんな複雑なギルド内の様相にリティは何も思わなかったわけではなかった。

しかし、この場を晴らす手段などリティには持ち合わせていない。それより、やるべき事はやるしかないと思っているからだ。

そこへ一人の見知った少女が近づいてくる。

「リティさん」

「クーファさん、久しぶりです」

「あの、なんだか、大変なことになったみたいで……」

「もう大丈夫ですよ」

クーファが申し訳なさそうにリティに声をかけた。ここ最近、彼女が冒険者ギルドに顔を出さなかった理由がその隣にある。

銀髪のヘアーに髪留め、純白のワンピースで綺麗に身なりを整えた少女がいた。少女はクーファから離れず、リティ達を観察している。

「その子は？」

「身寄りもないみたいで……私と同じです。だから、その。保護というか……」

「ご主人様。こちらの方々は？」

さすがのリティも、これには反応できない。ロマなど思考が停止している。周囲も止まる。

少女がご主人様と呼んだのはクーファだ。当然、あらぬ誤解も生む。

「ご、ご主人様⁉　あの子は奴隷か？」

「おいおい、あの歳で奴隷買いかよ……」

「末恐ろしいなぁ」

「ち、ちちち、違うんです！　何度も言ったのですが、直らなくて！」

クーファが少女の肩に両手を置いて、周囲に弁解している。当の少女はぺこりとお辞儀をした。

リティが律儀に応える。

「リティ、このクーファという子は知り合いなの？」

「あ、ロマさんは初めてでしたね。私達と同じ三級冒険者で、召喚師《サモナー》です。あれ、そういえばアーキュラさんは？」

「こ、こういう時は、面白がって引っ込んでるんです……」

リティがよく見れば、クーファの足元に不自然な水たまりが出来ている。それが何なのかは問うまでもなかった。

「ふーん……人は見かけによらないものね」

「違うん、です……」

「ロマさん。クーファさんは優しいんですよ」

「あなたが言うならそうなんでしょうけど……」

「ご主人様、肩をお揉みしましょうか？」

クーファの心中などお構いなしに、少女は従順な姿勢を見せつけた。ここに涙目のクーファを置いておくわけにもいかないので、全員で場所を変える事にした。

＊　＊　＊

「素性は一切わからないんですね」

「は、はい。実際、奴隷かどうかもわからないんです……」

デマイル邸に場所を移したのはリティの勘によるものか。彼女自身も、何かを嗅ぎ取ったのだ。

少女が逃げてきた奴隷であれば本来の雇い主がいる。ロマがそう結論づけたのがきっかけだった。

「ちょうど私が在宅中でよかったな。そして、その少女は何も覚えてないのか」

「そうなんです。どこから来たのかも名前も話してくれなくて……」

「ううむ。何はともあれ、その少女を連れて歩いたのは迂闊だったな」

「す、すみません……」

デマイルからもっともな指摘を受けたクーファが反省する。

誰が見ているかわからない。雇い主であれ関係者であれ、見つかれば騒動に巻き込まれるからだ。

「記憶喪失の類かもしれん。それとも頑なに話したくないのか……。いずれにせよ、このままではいかんな」

「そう、ですよね……」

「それで君はどうしたいのだ？　その子を雇い主に引き渡すか？」

「それは、嫌です」

「何故だ？」

クーファが下唇を噛み、堪えるようにして俯く。以前のクーファならデマイルといえど、貴族相手にまともに話など出来なかっただろう。

ましてや選択を迫られたとあっては、答えなど返せるはずもない。しかし今の彼女は顔を上げて、デマイルを真っすぐ見る。

「……この子を見捨てられません」

「それはつまり君が雇い主となるのか？」

「いえ、奴隷ではなくて……その。この子が、嫌な思いをしないで、暮らしてほしいです……」

「君は優しいな。しかし、それが何を意味するのか理解しているのか？」

デマイルはわざと意地悪く追及する。国王同様、彼も上流階級の人間だ。ただ笑顔で受け入れるだけが優しさとは考えていない。

問題が問題なだけに、クーファを甘やかすような真似はしなかった。もし甘い顔をして素通りさせれば、巡り巡ってクーファが不幸になると考えているからだ。

雇い主に見つかって最悪、殺されるかもしれない。そんな未来もあるのだから。

だからこそ、その真意を確固たるものにさせる必要があるのだ。ここで挫けるようであれば、クーファの願いなど絵空事である。

「わたしは孤児だったので……。その辛さはわかるんです。リティさんに会って、わかりました。わたしは……人の温もりで、少しずつですが成長できそうなんです」

クーファの告白をデマイル達は黙って聞き入る。物怖じしないその態度に、リティは感動すら覚えていた。

ついこの前までは悪魔のせいとはいえ、まともに口も利けなかったのだ。それが今は自らの意思を表明しようとしている。

「リティさんみたいに……なれるかはわかりませんが。わたしも誰も見捨てずに……誰かに与えていきたいと、思います」

「……ただの同情ではないのだな。雇い主を探して突き出す、というのが最良の選択だが？」

「この子がそれを望むなら、ですけど……」

クーファが少女を見るが、無表情で座っている。その意思はくみ取れないが、クーファは自分で結論を出していた。

「でも、わたしとアーキュラなら……この子を幸せに出来ます」

「及第点ー」

アーキュラの登場にデマイルが大きくのけぞる。少女の形を成したアーキュラが、クーファに溶け込むようにしてくっついた。

「お、おぉ。ビックリした……」

「アーキュラがいれば、だったらちょっと減点だったかなー？　マスターとアタシ、一心同体だもんねー」

胸を押さえながらも、デマイルはクーファの目を覗き込んだ。どこか頼りないが、育ちつつある。

そう解釈したデマイルは膝を叩いて、彼もまた結論を出す。

「よし。それでは私もその子については黙っていよう」

「あ、ありがとうございます！」

「本来であれば許されんのだがな。奴隷の脱走は」

「デマイル様。騎士団の方々がお越しになってます」

デマイルが脅し文句を口にしかけた時、使用人が声をかけてくる。あまりにタイムリーなタイミングで、クーファも穏やかではない。

デマイルが腰を上げてエントランスに向かう。残された一同だがやはり気になるのか、緊張した面持ちで待っていた。

「……そうか。わかった」

「はい、それでは……」

やり取りを終えたデマイルが再び戻ってくる。その表情はやや強張っていた。

第三十四話　リティ、先輩冒険者について考える

「二級冒険者のパーティ〝グランドシャーク〟が指名手配された」

グランドシャークはリティも知っているが別段、驚かない。元々いい印象がない上に、彼女にとってどうでもいい存在だからだ。

しかしデマイルが表情を強張らせている以上、軽視せずに言葉を待った。

「王都の主要出入口はすべて封鎖……。住民にも外出禁止が促されている」

「あの人達がそれほど危険だからですか？」

「そうだ。彼らには冒険者を殺害した容疑がかかっている。その辺の小悪党ならば、これほど騒ぎにはならんだろう」

「二級、だからですか」

そうだ、とデマイルは小さく答える。実力者が指名手配されて、しかも殺人の容疑だ。詳細は不明だが、彼らがいつ誰かしらに牙を剥くかわからない。被害が出てからでは遅いのだ。

「今は騎士団が対応に当たっているが、場合によっては冒険者にも討伐を依頼されるかもしれん。だが、最低でも二級以上だろう」

「私はダメですね……」

「二級といえど、ナターシェでも油断は出来ん。グランドシャークには以前、一度だけ依頼をした事があるが実力だけは高い」

「だけは、ですか？」

「報酬を吊り上げたり、気に入らなければ手も出る。そのせいで彼らは落ちぶれてしまったようだがな……」

二級といえば、実績を積んで準二級昇級試験に受かった先にある等級だ。グランドシャークは最低でもそこをクリアしている。

リティは真剣に考えた。どんな連中だろうと、今の彼女よりも上なのだ。実績も、おそらく実力も。

「あの人達……ユグドラシアもグランドシャークも、もったいないです。それだけ強いなら、いろいろなところを冒険できるのに……」

「高い実力を持ちながら、落ちぶれる者は多い。下の者からすれば理解できんだろうが、上でなければ悩めないものもあるのだろう」

「ぐらんど、しゃーく……」

クーファの傍らにいた少女が震えている。そして両手で頭を押さえて、膝をついてしまった。

「ど、どうしたんですか⁉」

「ううぅ……ぐらんどしゃーく……うぅあぁぁッ！」

半狂乱で取り乱した少女が床に寝っ転がってしまった。クーファが少女を抱き起こすが、それ以上は何も出来ない。少しは落ち着いたものの、怯える様子は収まらなかった。

訝しんだロマがクーファに声をかける。

「その子、どうしたの⁉」

「わ、わかりません……」

「グランドシャーク、と言ってたみたいだけど。ねぇ、クーファちゃん。その子の雇い主ってまさか……」

「わかりません！　何も、何も話してくれないんです！」

クーファの八つ当たりのような態度だが、ロマは責めなかった。一緒にいた彼女がどうする事も出来なかったのだ。

それ以上の口出しは無意味だと悟った。

「せ、せっかく安心させて、あげられると思ったのに……」

「クーファさん、しっかりしてください。一人で悩まないでください」

「でも、わたし、どうしたら……」

「前にも言いました。私がついてます」

リティがクーファの手を握った。いつかの悪魔の時のように、リティはクーファの力になろうとしている。

あの時、クーファは温もりを感じた。今もまったく同じで、リティの温かさが優しさとしてクーファに伝わっている。

しかし自立を目標としていたクーファにとっては、より無力さを思い知る事にもなってしまった。

「わたし、やっぱりダメ、ですね……。一人じゃ何も……」

「クーファさん。今はこの子を落ち着かせましょう」

リティにそう促されるも、クーファはどこか弱々しかった。思いつめた表情を浮かべて身動きもしない。

「今日は泊まっていくといい。明日になれば、いろいろとわかる事もあるだろう」

外出禁止を守り、明日を待つ。デマイル邸ともなれば、容易な警備ではない。王都の中でも有数の安全地帯だ。

デマイルの判断に異を唱える者はいなかった。しかしリティはこの状況でどうしたいか考えている。

殺人容疑がかかった二級冒険者パーティの討伐。思っている冒険とは違うが、滅多に経験できるものではないだろう。

デマイルは尊重したいが、リティとしてはどこか心置けない状況だった。

＊　＊　＊

その夜、クーファと少女は同室を充てられた。経験した事がない貴族邸の料理でひっくり返りそうになり、皆に笑われる。

ミャンが意地汚く皿を舐めてリティに窘められ、ギルドから帰ってきたマームが餌付けを始めた。

そんな日常がたまらなく楽しく、クーファはまだ余韻を堪能している。

「……ごめんなさい」

隣のベッドで寝息を立てている少女に、クーファは謝罪した。自分は楽しい思いをしているというのに、少女だけはどこか心ここに在らずだったからだ。

彼女を発見した時はみすぼらしく、汚らしかった。風呂にも入れて綺麗な服を買い与えたところで、ご主人様と呼ばれる。

初めはホッとして満足していたが、何も解決していなかったのだ。

「わたし、この子を……救えてない……」

クーファは嫌でも思い出したくもない頃を振り返ってしまう。もし、今もあの頃のままだったら。誰にも手を差し伸べられなかったら。

グランドシャークのような酷い連中に拾われたかもしれない。それとも死んでいたかもしれない。

自分を重ね合わせて考え込むと、少女は絶対に見捨てられないのだ。リティに助けられて三級に昇級して、アーキュラと契約した。

今度は自分が誰かを助けられるはずだと、クーファは己を奮い立たせている。

「……やる。わたし、やる」

一人、気合いを入れたクーファは部屋の窓の施錠を外す。まだ名前も知らない少女を本当の意味で救うにはどうすればいいか。

彼女なりに答えを出したのだ。グランドシャークがいる限り、彼女は本当の意味で幸せになれない。その呪縛から解き放ってこそ彼女を安心させられる、と。デマイルの言葉をクーファは真剣に受け止めていた。だからこそ、彼女にここまで決意させてしまったのだ。

「終わったら……名前をつけて……あげる」

寝ている少女にそう呟いた後、クーファは窓から部屋を抜け出した。アーキュラの力で空中に水属性中位魔法《アクアロード》を作り、するりと庭を抜ける。

この時もアーキュラは無言だった。クーファが思い悩んでいようと、彼女は簡単に助言しない。クーファを止める事もない。否定も肯定もせず、ただマスターに従うのみだ。

＊　＊　＊

夜の王都はいつもよりも静かだった。住民が外出禁止を守っているのもあって、人通りはほぼない。見つかった者は騎士団に呼び止められて、帰宅させられる。それはクーファも例外ではない。

彼女は慎重に彼らの動向を窺い、その目を盗んで王都を移動する。

「この広い王都だよー？　一人で捜すのー？」

「う、うん……」

クーファ自身も無茶はわかっている。一人でグランドシャークを見つけて捕まえようなど、正気ではない。

今のクーファは責任感で満ち溢れているが、それは同時にある種の強迫観念に囚われてるともいえた。

建物の影に隠れて、騎士達の会話を聞く。

「……いないな」

「下水道も含めて逃げ場はない。住民を脅して隠れている線も考えられるな」

「後は空き家に隠れ潜んでいるかもしれん」

「そこは他の者達が手を回しているだろう。俺達が注視すべきは上だ」

何故、上なのか。クーファにはわからなかった。もっと会話を聞きたかったが、彼らが近づいてくる。

見つからないように逃げ隠れてやり過ごし、クーファは騎士達の会話内容について考えた。

「上って一体……」

「あいつらのスキルか何かに関連してるんじゃー？」

「お空でも飛ぶんでしょうか……」

「かもねー」

そんな事が、と思いつつもクーファは夜空を見上げた。ふと何かに気づく。闇に紛れて、何かが移動している。

たまたまその辺りに目を合わせなければ、気づけなかっただろう。それほど見分けにくかった。

「あれ、は⁉」

「サメだねー」

「鮫……」

サメというフレーズでクーファは追跡を決意した。おぼろげだが、それは確かに鮫に見えたからだ。しかもそれが向かった先が王都外となれば、ほぼ確定したようなものだった。

浮遊する鮫はするりと高い壁を越えていく。クーファも負けじと水属性中位魔法《アクアロード》を生成して、ひたすら追う。

「やっぱり王都の外……！」

湾曲したブリッジ状の水属性中位魔法《アクアロード》の流れに乗って、壁を高速で跳ぶようにして越える。目標から目を離さずに王都の外へ出た時に、それは高度を下げた。

クーファは慎重に進み、それを確認する。暗闇のおかげで、それはクーファに気づいていない。

「ふぅ……ここまで来れば大丈夫だろ」

その正体は鮫だけではなかった。鮫の腹に一人の人間が背をくっつけている。王都を出て安心したのか、男が安堵していた。

サメのヒレのような頭髪を両手で撫でて、着地した男は次第に口笛を吹き始める。

「厳しいと聞いていたが案外、大した事ない警備だったな。まぁコイツなら無理もないか……」

男がコイツと呼んだそれは鮫そのものだった。ただし空を飛んでいるという点において、普通の鮫ではない。

男は黒いスーツのようなものを着込んでいて、夜の闇に溶け込んでいた。脱出用として用意したものだと睨んだクーファは、覚悟を決めて接近する。

不意打ちを考えたが、万が一でも人違いであれば大事だ。この状況でそんなリスクはほぼあり得ないのだが、今のクーファにそれを決断する覚悟がなかった。経験不足、度量不足。様々な問題が関係している。

「グランドシャークですか？」

クーファの声によほど驚いたのか、男は体を震わせた。驚愕した表情で微動だにしない。しかし相手が少女とわかると、その緊張もほぐれる。

「何だ？　まさか……追っ手か？」

「グランドシャーク、ですね……」

「こりゃずいぶんと可愛らしいのが来たもんだな」

男はより口笛をリズムに乗せる。鮫がぐるりと一回りしてから、クーファに牙を見せた。

「騎士団だったらどうしようかと思ったが……。お嬢ちゃん、まさか冒険者か？　等級は低そうだな」

「さ、三級です」

「マジか……。ハハハッ！　冒険者ギルドもヤキが回ったな。こんな子どもが三級か……」

男が憎々しく歯ぎしりをした。クーファのような子どもに追跡された事、ではない。男の怒りはもっと別のところにあった。

「つまりそれだけグランドシャーク……コバンザ様が舐められてるってわけか。こりゃジョズーも怒るわ」

「他のメンバーは、ど、どうしたんですか」

「知りたきゃどうすればいいかはわかってんだろ？」

男ことコバンザが再び鮫の腹に背をつける。この時、クーファは総毛立った。

コバンザが真顔になった途端、その実力が何となく伝わってきたからだ。何よりその戦闘スタイルである。

「三級といっても、まだなり立てって感じだな。それじゃわからせてやるよ。ここから先はまともな奴じゃ這い上がれないってな」

クーファが危惧したのは、彼が得意とする空中戦への対策だ。それに加えて二級冒険者の実力に裏打ちされた言葉に、クーファが怖気づかないはずがなかった。

第三十五話　クーファ、怒る

クーファはアーキュラをまとって、空からの攻撃に耐えていた。

炎系低位魔法《プロズム》。小規模な爆破しか引き起こせない魔法だが、手数稼ぎとしては優秀だ。

召喚師《サモナー》、魔法使《マジシャン》いの称号。そして異国固有ジョブの忍者を併せ持つ二級冒険者コバンザ。

幻獣シャクネードに張り付いて空中から炎系低位魔法《プロズム》を地上に向けて放つ様は、さながら空からの絨毯爆撃だった。

「いつまで持つかなぁ!?」

幻獣シャクネードとのリンクも目を見張るものがある。

アーキュラとクーファほどではないものの、それを意のままに操る手腕は今のクーファにとっても学ぶべき価値があった。

召喚獣との相乗効果により、戦闘能力を飛躍的に向上させられるのが召喚師《サモナー》の利点でもある。しかし召喚獣の行動が複雑になるほど、かえって枷になる事もあった。

コバンザはあえてシャクネードに飛行以外の行動はとらせていない。無駄がない分、空を縦横無尽に飛び回る事が出来るのだ。

魔力量も少なく、リンクもそこそこ。せいぜい中位程度の幻獣。そんな中で、彼は取捨選択をしていた。

「いい召喚獣を持ってるみたいだが、肝心のマスターがそれじゃあなぁ！」

コバンザはアーキュラを見て嫉妬していた。召喚師《サモナー》ならば誰もが知る水の上位精霊アーキュラ。

彼自身、初めて見る上にコバンザの怒りは高まっていた。

「アーキュラよぅ！　そんなガキにとりついてメリットあるのかぁ！　俺のほうがよっぽど将来性もセンスもあるだろ！」

全体を俯瞰すれば、彼も天才に属する。グランドシャークが頭角を現せたのも、彼による功績が大きかった。

しかしジョズー同様、頭打ちというものが来てしまう。止まってしまったところで後続に追い抜かれて、苛立ちは募る一方だった。

「戦いってのは持ってる武器で決まるんだ！　何をどれだけ出来るか！　だが、いくら切れ味がよくても使い方を知らない奴っているよなぁ！」

怒りと共に、コバンザには高揚感があった。水の上位精霊ごと殺したとなれば、自分の格は一気に上がる。

あとは他国に亡命してどこかしらの組織へ売り込めば、十分に再起できると考えたからだ。しかし――。

「しぶといな……」

さすがは水の上位精霊とあって、その守りも堅牢だった。手数で攻めているとはいえ、低位魔法の突破では時間がかかる。

それどころかコバンザは異変に気づいていた。ガードが崩れないどころか、何かを狙ってる気さえしたのだ。

「……チッ！」

それが炸裂した頃にはコバンザは距離を取っていた。

炎に対するカウンター、水属性中位魔法《アクアバースト》。イフリートと契約した召喚師《サモナー》ギルドの支部長すら仕留めた攻撃だ。

そんな初見殺しを回避できたのは腐っても二級、コバンザの経験と勘のおかげだった。

「いるんだよな……。近づけないからってカウンター狙いで来る奴。もしくはおびき寄せてからの反撃。飽きるほど見てきたぜ」

パーティプレイに定評があるグランドシャークといえど、コバンザ単体の戦闘能力も高い。

格下と見なしたクーファに言葉を叩きつけることによって、作戦失敗時のメンタル崩壊を狙っていた。

「水系統は器用だが、速度が足りてねぇ……そろそろ決めさせてもらう」

彼の能力ならクーファなど振り切れる。しかし格下といえども、自分の逃走経路を知られた以上は見過ごせなかった。そしてもう一つの誤算、それは思ったよりも粘られた事だ。

再び爆撃を開始してクーファの水鎧に着弾。水の蒸発音が生々しく、いかに水の上位精霊でも消耗はするとコバンザは睨んだ。

「そろそろ……！」

「……んでですか」

クーファの声が聞き取れる距離ではない。コバンザが彼女の感情など知る由もなかった。

「なんで、あの子を……ひどい目に……」

「チッ！　しぶといな……」

いかに低コストの炎系低位魔法《プロズム》といえど、永遠に撃ち続けられるはずがない。

元々高くはないコバンザの魔力を削るも、クーファという少女の命に届かなかった。

単純にアーキュラという水の上位精霊の格が立ちはだかる。結論として、この程度で倒せるなら上位などと呼ばれていない。そう、この程度で。

「あなた達は、なんでッ！」

「う……⁉」

コバンザは失敗していた。逃走という最善手を、あと数秒早く決断していればよかったのだ。

クーファを中心に巨大プールが形成されて、それがコバンザに叩きつけられた。地面と同程度の硬度を持つ水面に撥ね上げられたのだ。

それから成す術なくコバンザとシャクネードは約五千トンの水に落ちて漂い、気絶しかける。二級冒険者でなければ即死だっただろう。

血を吐いて、内臓が損傷したコバンザはこの時点で大半の戦闘能力を失っている。シャクネードが泳ぎを開始するが、自由はなかった。

「がぼぼぼ⁉　ごぼがばぼぼ！」

巨大プールではなく、さながら巨大洗濯機だ。それも左右上下に激しく揺さぶられては、いかにシャクネードといえども降参するしかなかった。

マスターであるコバンザの意識が途絶えた事により、シャクネードは消えるようにして逃げ帰る。リンクがそこそこならば本来、こうはならなかった。それにも拘わらずマスターを見捨てたのは、偏にアーキュラとの格の違いだ。

「なんでッ！　あの子を怖がらせたッ！　怯えてたッ！　あなた達のせいであの子は幸せになれな

いッ！」

　もはや決着はついていた。しかし激情に流されたクーファはアーキュラの力を大きく引き出し、暴走させてしまったのだ。力の奔流が続けば、クーファも衰弱してしまう。

　アーキュラは迷っていた。止めるのは簡単だが、クーファ自身が気づかなければ意味がない。彼女の性格であれば見捨てていてもおかしくなかった。

「……お終い」

　巨大プールの水が少しずつ水しぶきのように拡散して、暴走は静まっていく。膨大な水量がようやく消えてなくなった後、クーファは倒れていた。

　水浸しの中、アーキュラはちらりと二人を見る。

「あいつ、生きてるかなー？　あ、ギリギリ生きてるー」

「が、がはっ……！」

「でも危ないかもねー。ねー、クーファー？　どうするー？」

「ぁ……」

　指先すら動かせないクーファに答える術はない。うつ伏せになり、意識が途絶えるのを待つのみだ。

　そんなクーファをアーキュラが拾い上げる。

「ひとまずあのサメ男も連れていくからねー？　死にそうだけどー」

　あと少し解除が遅れていたら、コバンザは死んでいた。どのみち虫の息ではあるが、アーキュラはクーファに人殺しをさせずに済んだのだ。

「あっちだ！　何かいるぞ！」

迫る騎士団に対してアーキュラは悩んだ。魔物扱いされて討伐される可能性を考えてしまったからだ。

もちろん負ける要素はないが、マスターであるクーファはきっと望まないだろう。

「ホント……手のかかるマスターなんだからー。なんでアタシもこんな子を選んだんだか……。サメ男の疑問はもっともだねー」

そうぼやく一方で、アーキュラはあの暴走について考えていた。暴走とはいえ、あの瞬間だけはアーキュラの力をほぼ引き出していたのだ。

そんな彼女は契約にすら至らなかった人間達を思い出す。時代を動かすほどの大魔術師であったり、世界に何人といない賢者。

どの人物もクーファなどより、よほど優れた存在だった。それなのに彼女は気に入らなかったのだ。

そう、彼らには何かが足りない。そして何より、彼らがクーファよりも劣るものがある。

「独学での召喚術成功。そして今のリンク率……。もしかしたらいつか百％以上に到達するかも？」

「オイ！　魔物か!?」

「違う違うー、アーキュラ」

「アー、キュラ……」

騎士達がしばし考え、その名を思い出す。有名な上位精霊だけあって、騎士達の頭の中にもその存在は刻まれていた。

しかし彼らにとって重要なのは敵か味方か、である。

「……我々に交戦の意思はない。話をしよう」

「はいはい、いい子ねー」

敵だった場合は最悪の選択をするしかなかった。水の上位精霊アーキュラとの交戦など、誰も望んでいなかったのだから。

＊　＊　＊

夜の王都を疾駆するグランドシャークの一人、ギリーザ。彼もまたコバンザ同様、メンバーの目を盗んで逃走を試みていた。

戦闘能力においてはジョズーに次ぐ実力者であるが、騎士団に追われては敵わない。

王都内を曲がりに曲がり、何とか撒こうとするも少しずつ距離を詰められる。あちらに一人、こちらに一人。

退路を断たれつつあった彼の前に、一人の人物が立ちはだかった。

暗闇でその全体像はおぼろげにしかわからない。白いローブにフード、細身の体格。

表情まではわからないが追っ手と判断したギリーザは、即座に討とうとする。

「どきやがれッ！」

「……可哀そうに」

脳にまで響く甘美な声色だった。その心地よさで、ギリーザは立ち尽くしてしまう。

「あなたは罪を犯してしまった。それはとても許されない事です」

「なんだ、てめぇ……」

白フードの人物はギリーザの懐に入り、頬を撫でる。少し握れば折れてしまいそうな腕だと思いつつも、ギリーザは動けずにいた。

「助かりたいですか」

「ふざけんじゃ……」

「あっちだ！　いや……誰かいるぞ⁉」

二人の人影に気づいた騎士達が迫る中、白フードの人物はギリーザだけを見つめている。

ギリーザに思考の余地はほぼない。騎士団に捕まるか得体の知れない人物にすがるか。選択肢などなかった。

「助けてくれ……！」

「わかりました」

「オイ！　そこの二人……」

騎士達が到達した途端、白フードの男とギリーザがかき消えた。不可解な現象といえど、歴戦の騎士達は警戒心を解かない。

攻撃の予兆と判断したからだ。しかしいくら待っても、夜の静寂が続くだけだった。

「……ルシオール隊長に報告だ」

うろたえず、小隊の隊長の男は速やかに次の手を打つ。首を捻りたくなる現象だが、隊長の男は思考を止めなかった。

あれではいかに厳戒態勢の王都でもどうしようもない、という思いはあったが。

第三十六話　リティ、お見舞いに行く

「グランドシャークのメンバー、シュモックだな！　殺人容疑につき、身柄を拘束する！」

「クッ……！」

黒いローブに深々としたフード、マスク。ロングブーツや手袋と、極限にまで露出を控えた変装だった。

そんな苦し紛れで騎士団の目を欺けるはずもなく、早朝に王都を出ようとしたところで御用だ。

「他のメンバーはどこにいる！」

「知らねぇ！」

「嘘をつくな！　素直に話せば減刑の可能性もある！」

「本当に知らないんだ！　全員、バラバラに逃げたからな！」

地に伏せられたまま、シュモックは真実を話している。激しく問いつめられようとも、シュモックには答えようがなかった。

それでいて、これから身に降りかかるであろう境遇を想像している。

「俺はジョズーの命令に逆らえなかったんだよぉ……。あの冒険者達だって、殺すのに俺は反対したんだ」

「そのジョズーの逃亡先を言えッ！」

「だから知らない！　むしろ見捨てられたくらいなんだからよぉ！」

「待て、その男は本当の事を言ってる」

ゴールドグリフォン隊の隊長ルシオールが、騎士達へ制止を呼びかけた。

助け船と期待したシュモックだが、ルシオールの目を見ればそんな希望も吹き飛ぶ。

据わった目つきが機嫌の悪さを窺わせ、鬱屈した怒りを彷彿とさせたからだ。

「深夜に捕えたコバンザの意識が戻った。あの男はジョズーを出し抜いて、真っ先に逃げ出したらしい。つまり、庇うような仲間意識などないだろう」

「確かに……。こいつの発言からも、そう読み取れますね」

「そ、そうなんだよ！　次に逃げたのがギリーザだ！　残った俺はジョズーにすら振り切られて……置いていかれたんだよ！」

その告白を聞いた騎士達は呆れた。パーティプレイで知られるグランドシャークの実態が、あまりにも杜撰だったからだ。

せめて仲間同士では固い絆で結ばれて、息が合った者達というイメージすら抱けなくなった。

「でも、それなりに長い付き合いだったんだろう？　ジョズーならどこへ行くと思う？　なんとなくでいい」

「と言われても……。あいつ、キレるとマジで何するかわからんし……。俺も何度か殴られた事あるんだよ」

「……なるほど」

納得したルシオールだが、この手合いが始末に負えないと踏んでいる。シュモックの言葉通りであれば、最悪の行動に出る可能性もあるからだ。

消えたギリーザの件も含めて、ルシオールは非番が遠のく現実に落胆していた。

「こりゃ、イリシスへのデートのお誘いも遠のくなぁ」

勤務中ではあったが、ルシオールは内なる想いをぶちまけた。

＊　＊　＊

「クーファさん！」

朝日が昇り、病院にてクーファは目覚める。夜、クーファのベッドがもぬけの殻だと知ったのは奴隷の少女だ。

クーファがいないと知るや、廊下に出て右往左往しているうちに警備の者に見つかった。

屋敷中を探し回った後は外で騎士団の協力を仰ぐ。そして王都の外から運び込まれたクーファを見た一同が絶句する。

「あ……み、なさ、ん……」

「目が覚めましたか！　皆さん……もちろん私も心配したんですよ！」

「リティ、声が大きいわ」

ロマの隣から覗き込む少女。一瞬の間の後、するするとベッドに上がってクーファに覆いかぶさった。

ポロポロと涙をこぼして、ひたすら打ち震えてる。

「ご主人様、ご主人様……」

「暗い廊下でその子が泣いていたのよ」

冴えてくる頭で、クーファは思い出した。部屋を抜け出してグランドシャークを追った事。コバンザと戦っている途中からの記憶がほとんどない事。しかしそれで十分だった。

自分の行動で招いたものと、失いかけたものがわかったからだ。

「ごめん、ごめんね……」

「ご主人様、どこにも行かないで、ください……」

クーファは腕が動かせず、抱きしめることも出来なかった。結果を急ぐあまり、本末転倒な行動を恥じる。

命を失ってもおかしくなかったと知り、クーファはまた自己嫌悪の底に沈みかけた。

「あ、そうそうー。結果的にはサメ男は騎士団に捕まったからさー。そこは安心してねー」

「サメおとこ？」

「あんたが追った奴らの一人でしょー」

褒められた行動ではないが、目標は達成していたとアーキュラが暗に伝える。それでもクーファはただひたすら反省した。

グランドシャークなど放っておけばよかったのだ。少女を守るなら、どこか遠くにでも行けばいい。勝手に責任感に駆られて、多くの者達に迷惑をかけてしまったとクーファは顔を上げられない。

「ご主人様、痛いのなくす……」

「え？」

少女に抱きつかれたクーファは、自身の体に違和感を持った。相変わらず倦怠感は残っているが、少なくとも節々の痛みは消えている。

魔力酷使による身体的ダメージが消えたのだ。不思議に思ったクーファが少女を見返すと、淡い濃淡の黄金光が放たれていた。

「あの、それって」

耳をつんざく破裂音が一同に届く。窓や壁の破片が床にまき散らされて、他のベッドが横転していた。

「いたよ、いたよぉ……ホントにいたよぉ……」

地上三階の部屋の壁が消失して、代わりに巨大な鮫の頭部が差し込まれていた。声の主がその鮫にまたがっている。

「オレぁ、苦労したんだぜ……？　お前がどこにいるかなんてわかるわけねぇからなぁ……。そりゃもう……なぁ？」

「うぁ……ひっ……」

その人物に対して、真っ先に反応を見せたのはクーファにすがりついている少女だ。

状況をようやく飲み込んだクーファは、心臓が締めつけられる感覚に陥る。

「俺の人生はもうお終いだよぉ……。一生追われ続けてさぁ、おちおち寝てもいられねぇ人生なんだぞぉ？　なんでこうなっちまったんだろうなぁ……。たった数人殺したくらいでなぁ……」

リティとロマはすでに戦闘態勢だが、クーファはただでさえ消耗している。その上、望んでない人物が強襲してきたのだ。よりによって少女がいるところである。

「人の人生を終わらせるのってよぉ、良くない事だよなぁ……。やっちゃいけない事だよなぁ……。人が嫌がる事はやるなってさぁ、教えられたよなぁ。常識の範囲で、俺は話しているんだよぉ……。つまりお前は常識がないって結論になっちまうんだよ……」

その人物は涙を浮かべて、怒りを誇示している。しかも、その矛先が誰であるかは明白だった。

少女は震えに震えて、クーファから離れない。顔を毛布に押し付けている。

「末恐ろしい奴だよ、お前はさぁ……。その歳で人様を陥れてよぉ……。お前はまだそんな歳だから、俺の歳まで生きた感覚がわからない。わからないからそういう事をするんだよぉ！」

「あなたは……この子に散々ひどい事をした……」

クーファの怒りがまた沸々と煮え始める。もちろん万全ではない状態だ。

アーキュラへのリンクがうまく働かず、攻撃の対象が定まらない。

怒りによる結果が惨事を引き起こすとわかっていても、クーファは昂る感情を抑えるのに苦労している。

少しずつ、少しずつだがクーファは己の力との向き合い方を学んでいる。たとえこの状況でも、前へ進もうとしていた。

「オレが逃げ隠れて引っ込んでると思ったら大間違いだぜぇ？　こうなったら一人でも多くぶっ殺してやる！」

「自分のことばかり、勝手なことを……」

「あぁぁ！　お前、お前も加担するのかよぉ！　俺は今、冷静になった！　やはり俺は正しい！」

クーファに代わってリティが先制した。鮫に搭乗している人物に矢を放ったと同時に距離を詰める。

二点同時攻撃だが、矢をあっさり回避。続いたリティの槍も、得物によって弾かれた。

「たかが三級がよぉ……。二級である、このジョズー様に挑むのかよぉ！　ハッハァ！　いいぜぇ！　来いよッ！」

鮫、両手の槍、見える範囲でのジョズーの武器をリティは観察する。特に注目したのは槍だ。

ただの二本の槍ではなく、それぞれが対になっているかのような模様が刃に刻まれていた。

「リティ、ひとまず逃げ……」

「引いちゃダメです！」

リティの判断は正しかった。引けばジョズーはより建物内に侵入してくる。倒壊や被害を考えれば、何としてでも外に押し出すしかないのだ。

しかし問題はその後だった。敵の飛行能力に対応する術が、二人にはない。

羽靴でもせいぜい短時間しか空中に滞在できず、ジョズーの戦法によってはまるで対応できない可能性すらあった。

「スパイラルトラストッ！」

「はぁッ！」

追い出すためにあえて直線的なスキルを放ち、ロマも攻める。が、二人には誤算があった。

巨大鮫の力である。頭でスパイラルトラストを受けて、ロマの剣も同時だ。

かろうじて鮫の頭が引いたものの、その直後。ググン、と前進して大口を開けて閉じれば金属製のベッドも噛み砕く。

「な、なんて顎の力……！」

ロマが驚きの声を上げて、リティが再び突破を試みる。鮫がリティに狙いを定めて、牙を見せた。

リティがスライディングで鮫の下へ潜り込み、顎に武器を差し込もうとする。

しかし鮫がぐるりと方向転換をして、開けた壁の穴の外へと出ていく。

「こっちへ来いよぉ！」

ここは三階だ。ジョズーはそれがわかっていて、二人を挑発していた。

ロマが躊躇して、リティは走る。迷いない特攻にジョズーも面食らったが、冷静に鮫ごと踵を返して距離を取った。

リティが羽靴による空中蹴りで距離を詰めつつ、槍による百烈突きを放つ。

しかしそれもジョズーが鮫と共に旋回すれば、空振りするだけである。

「バァカ！　そのまま落ちな！」

羽靴での空中滞在時間にも限界はある。ジョズーの宣言通り、リティは落下を始めた。

落ちれば無事では済まない高さである。ジョズーはこれで決まったと確信した。

「はッ！」

両足を踏ん張ってリティは建物の屋根の上に着地した。当てが外れたジョズーは、空中からリティを惚けて見下ろす。

「あいつ、マジかよ……！」

その時、ジョズーの二の腕がざわついた。彼の中で何かが警告している。

勝てない相手ではない、それは確かだ。しかし戦い続けるのは得策ではないと、己の中で鳴る警鐘に耳を傾けた。

「うん、強い！　でも負けないっ！」

「みゃみゃん！」

明らかな格上相手だというのに、精神的に追い詰められている様子もない。それどころか楽しんでさえいる少女に、ジョズーの嗜虐心が頭をもたげる。

「あれはジョズーか⁉」

「住民を避難させろ！」

ジョズーにとって、いよいよ危うい場面である。リティを相手取るか、逃げるか。

選択肢などないようなものだが、ジョズーはリティがどうしても許せなかった。

彼がリティの歳の頃には五級にもなっておらず、荒れた日々を思い出している。

四十に届こうかという彼にとって、二級という立場に並みならぬプライドを持っていた。

「年下の英雄様にいいように使われて……こんなところでも、てめぇみたいなガキが思い上がる！　年上を敬うという常識さえねぇ！　冷めんだよ、どいつもこいつも！」

昇級ペースでいえば悪くはなかったが、もはやそれも無意味だった。彼の立場はどこにもなく、今は追われる身となっているからだ。

冒険者パーティ〝風の旅人〟と口論になり、その横柄な態度に逆上して殺害した時から。彼はすべてを失った。

「ユグドラシアも！　あの奴隷のガキも！　下にいる騎士団やお前も！　俺をバカにしやがって！　あぁ冷める冷める冷めるぅ！」

ユグドラシアという圧倒的存在に届したものの、鬱憤は消えていない。

媚びを売って調子よくしたところで、寝首をかいてやろうと思っていたのが彼だ。

ジョズーが両手の槍をそれぞれ回転させて、リティに見せつけた。

「シャークライダー、ジョズーは伊達じゃねぇ。こいつに乗れば、俺は誰にも負けねぇんだよ。格の違いってやつを思い知らせてやる」

地上にいるリティに向かって、ジョズーが突進した。この事からリティは、彼に遠距離攻撃の手段がないと踏んだのだ。冷静に、少しずつ。リティの視界に〝互いの格〟などない。

第三十七話　リティ、ジョズーと戦う

騎士団が住人の避難誘導に勤しむ中、リティは鮫にまたがった男を睨んでいる。

羽靴では短時間しか空中に滞在できず、迫ったところで一撃を入れるのは困難だ。

矢による狙撃も期待できない。リティの腕をもってしても、当てるのが困難だからだ。

「ひゃっはぁぁぁ！　アパッチランスッ！」

滑空してきたジョズーの槍による突きが、まるで分散したかのような動きを見せる。

リティはこれを回避するが、ジョズーの槍は軽々と建物の屋根を貫通して複数の穴を開けた。まさに当たれば蜂の巣だ。

更にジョズーはリティの反撃を受ける前に、また空へ退避してしまう。

「オラオラァ！　休んでる暇はねぇぞ！　アパッチラァァァンスゥ！」

ヒット&アウェイによって、ジョズーは絶え間なくリティを強襲した。

払い薙ぎなどの防御スキルですら流せない威力だと、リティは見込む。

要はジョズーのスキルの練度が高すぎるのだ。それに脅威は彼のスキルだけではない。

「食いちぎれぇッ！」

シャクネードによる噛みつきも無視できない。金属すら噛み砕く様を見せつけられている以上、リティには回避の選択肢しかなかった。

この戦いをもってリティはジョズーの実力を思い知った。地上に迫ってまともな斬り合いをしたところで、勝てるとは限らない。そもそも病院での初撃があっさり防がれているのだ。

「弓矢もあるんだろぉ⁉ 撃ってこいよ！」

リティはジョズーの挑発など、意に介さない。何度目かの接近で、リティは反撃の好機を見つけた。

ジョズーが槍を放つ直前、半身を乗り出したところだ。リティの動体視力とフィジカルでなければ、辿り着けない隙だった。

小回りが利く剣にて、ジョズーめがけて斬り上げる。が、すぐにそれが悪手だと気づいた。

ジョズーが鮫ごとぐるりと横反転してリティの剣をかわし、その勢いで左手の槍による突きだ。

「つッ……！」

完全にはかわしきれず、リティは右腕を負傷する。そこからのアパッチランスをかわすべく、慌てて距離を取ろうとした。

ジョズーは鮫ごと横回転しながら、槍によるスキルを放つ。

「オラオラオラオラァァァァッ！」

リティの全身が回転する刃に襲われて、血しぶきを上げる。右腕に続いて、全身にもダメージを負ったのだ。

攻めの見通しも立たず、リティは窮地に立たされる。前のめりに倒れかけて、ジョズーがそれを見届けていた。

「バカが……ん？」

ジョズーは我が目を疑った。そこにいたリティが消えたからだ。直後、シャクネードごと押し上げられる。

下に潜り込んだリティが爆炎斬りで、シャクネードの腹を攻撃したのだ。それだけではない。片方のヒレが切断されている。

「なっ⁉」

倒れる直前、リティは足腰に力を入れて鮫の下に潜り込んだのだ。ジョズーの一瞬の油断が招いた結果だ。

リティはジョズーにとって確かに格下だが、一瞬たりとも気が抜ける相手ではない。リティを殺したとジョズーは決めつけていたのだ。

「シャ、シャクネード！　離れろッ！」

「やぁぁぁぁッ！」

「くぅぅ！　この、このッ！」

リティの猛反撃をジョズーがいなす。まともに打ち合ってもジョズーは負けると考えていなかった。

実際、リティもダメージによって思うように動けずに攻めきれていない。

しかし、片方のヒレを失ったシャクネードの速度低下が両者を互角の戦いに導いていた。

「バカな、このオレが……」

打ち合いの中、ジョズーは敗北をイメージしてしまった。何故なら怪我をしているにも拘わらず、リティの動きが明らかにおかしいからだ。

戦い始めた頃に比べて、リティはジョズーに慣れ始めている。ジョズーの動き、パターン、癖。それらがリティの中で解析されて、持ち前のフィジカルが後押ししていた。

「うあぁ！　チッキショウ！　何なんだよ、このガキィ！」

ジョブギルドで教官達を驚かせたフィジカルだ。戦いが長引けばこうなるのも自明の理だった。

少しずつ圧される中、ジョズーはリティの底力に気づく。この戦いの中で彼女は成長しているのだ。

教官達がリティの相手をして強くさせたように、ジョズーも意図せずとも同じ事をしていた。

異質ともいえる成長速度を実感した時、ジョズーの槍が弾かれてリティの刃が肩をかすった。

「いってぇッ！」

負ける、殺される。ジョズーは絶望に支配されかけていた。そんな最中、一人の人間に目をつける。

避難が遅れた女性だ。距離はあるが、両手の槍の刃をそれぞれ打ちつける。

「えっ……」

槍から放たれた一筋の雷が、女性を狙った。しかし距離が遠すぎたせいで、雷は女性の手前の地面への直撃にとどまる。

しかしこの結果だけでも、リティの精神へ負担をかけるには十分だった。

リティは女性の下へ向かい、ジョズーが追う。その背中に向けて、ジョズーは雷を放った。

「うあぁぁッ！」

「……よし」

度重なるダメージにて、リティはついに膝をついて武器を手放してしまった。

魔導具〝双雷矛〟、二対の槍の刃を合わせる事で小規模の雷を放てる。

これまで使わなかったのはジョズーなりの駆け引きだ。ギリギリまで遠距離攻撃手段がないと思い込ませて、いざという時に放つ。

それがこんな形で使うはめになるとは彼も思っていなかったが、気にしていない。

「……さすがにもう無理だろ？」

ジョズーはリティの髪を掴み、改めてその顔を見た。

こんなガキが、と吐き捨てたくなるほどその顔は幼い。

「ミャアァアン！」

「うるせぇ畜生だな。ていうかなんでお前はダメージ受けてねぇんだよ」

「ミャアッ！　ミャアアァア！」

「手をかけさせてくれたよなぁ……。あぁ、もう騎士団が来ちまったか」

「動くなッ！」

自分を包囲する騎士団にも、ジョズーは大した興味を示さない。元より彼に逃げる気などないからだ。

「なぁ、今はどんな気分だ？　卑怯者って感じだろ？　でもなぁ、これが戦いなんだよ」

「そう、ですね……私の、油断です……」

「あ？」

罵りを期待したジョズーの当てが外れた。しかもその目がまだ死んでいない。

刹那、ジョズーは戦慄した。リティの手がジョズーの手首を掴む。

「いっ⁉　ぎゃあぁぁッ！」

ごきり、と音を立てて折れたのはジョズーの手首だ。痛みで悶えている隙すら、リティは見逃さない。

すかさず腹に拳を入れた後、爆烈撃を浴びせる。

リティが体術まで使いこなすとはジョズーも予想しておらず、こうなればされるがままといった状態だ。

全身を殴打されて、ジョズーの骨や内臓が著しく損壊していく。

「あがっ……が、はッ……」

リティが拳を止めた時、ジョズーの体がようやく解放される。ふらりと倒れた後はシャクネードがその場で一回転した後、フェードアウトした。

マスターの戦闘不能を察知したからだ。たとえ逆さまになろうがシャクネードから落ちる事がないほど、リンク率自体は高かった。

しかし、それまでだったのだ。要はシャクネードにとってジョズーは命をかけて救うに値するような存在ではなかった。

「あのジョズーを倒してしまったぞ……」

「まだ息があるな」

雷に打たれて、全身から血を流しながらもリティは立っていた。そして騎士団に拘束されるジョズーを見下ろしている。

そんなリティに対して、騎士達は目を合わせようとしない。屈強な王国騎士が思わずコンタクトを避けるほど、彼らはリティという存在を許容できなかった。

「リティ！　無事……じゃないわね」

「ロマさん。何とか勝てました……」

「すごい怪我ね……ごめんなさい。来るまで時間がかかってしまって……」

リティがジョズーと交戦してから、ロマも追ったのだ。しかし彼女が辿りついた時には終わっていた。

つまり交戦時間がその程度だったのだ。ここにいる騎士達の中に、それを可能とする者はいない。

「君はひとまず手当てを受けなさい。話は後で聞く」

「はい、そうします」

「おんぶしてあげるから、無理しないで」

「クソ……あの、野郎……」

瀕死のジョズーの呟きがリティの耳に残る。そこで彼女の中に疑問が立ち上がった。

何故、ジョズーは自分達のところに来たのか。あの少女への報復だとしても何故、居場所がわかったのか。

ましてや病院の三階だ。あまりにピンポイントすぎるとは、ロマも考えていた。

騎士による回復魔法で、ジョズーが少しだけ息を吹き返す。

「貴様、喋られるようになったようだな。今までどこに潜伏していた？」

「あいつ、だ……あいつが……」

担架に乗せられたまま、ジョズーが要領を得ない発言をする。リティとしても気になっていたが、自身の怪我の完治を優先させた。

後ろ髪を引かれる思いで立ち去ろうとした時、何かの破裂音が聴こえる。

「う……⁉」

ジョズーが大量の血を噴水のごとく吐き出す。騎士達も思わず離れるほどだ。

担架ごと落下したジョズーが、今度は目鼻から血を垂れ流した。

「あがぼッ！　だ、だずけ、ゴフゴフフォォッ！」

「な、何が起こっている⁉」

振り返ったリティとロマも、その成り行きを見届けるしかなかった。もはや血の塊かと見間違えるほどのジョズーが、王都の石畳を汚している。

騎士達ですら、この異様な事態に成す術がなかった。

「ウ、ゲ……」

凄惨な現場となった後、ジョズーは完全に動かなくなった。誰もが何も出来ない。

一人の騎士が近づこうとした時、年配騎士に制される。

「近付くな！　我々への影響も否定できん！」

それがジョズーだけに及ぶとは限らない。彼が死に際に口走ったセリフを記憶していたからだ。

つまり何者かの攻撃の可能性も視野に入れていた。

「な、何なのよ……。回復、したじゃない」

「今のは……」

リティには覚えがあった。かつてデマイル伯爵の護衛を務めていた男、ニルスの死に様と同じだ。

彼の最期とジョズーの最期、これを同じとすれば見えてくるものがある。

しかしリティはそれを口にしなかった。この場でそれを話したところで混乱させるだけであり、今は自分の治療を優先したかったからだ。

「クーファさんは？」

「あの子と一緒にいるわ」

奴隷の少女、そして彼女が見せた力。これについてもリティは考えたが、答えなど出るわけがない。

今になって痛みを感じるようになり、リティは必死で堪えた。

第三十八話　リティ、パーティについて考える

「……いた。君だな」

クーファとリティが寝ている病室に、冒険者達が入ってきた。騎士団の者が同行しているので警

戒には値せず、迎え入れる。

見知らぬ相手だとリティは思ったが、そうではなかった。以前、グランドシャークに兄弟パーティが殺されたと告げにきた者達だ。それなりの風格で、彼らもまた実力者だとリティは見抜く。

「突然の訪問で申し訳ない。俺達は〝風来坊〟というパーティを組んでいる冒険者だ。今日はお礼を言いに来た」

「風来坊……。〝風の旅人〟と兄弟パーティの方々ですよね」

「知ってるのか⁉　そこまで知名度もないはずだが……」

「いえ、そうではなくて」

リティがあの場に居合わせた事を説明すると、リーダーの男が納得した。彼らの用件は二つ。一つは敵討ちをしてくれた件だ。これについてはリティが意図したものではないから、さすがに恐縮する。

「褒められた感情ではないが、胸の内がスッとした。連中のいかれ具合を考えれば、俺達が下手に動くと危なかったかもしれん」

「目撃者の証言を基に、奴らを訴えるつもりだったがな。つい感情を優先させちまって……奴らに揺さぶりをかけたくなった」

「今にして思えば、俺達が殺されていた可能性があったもんな……」

風来坊のメンバーが口々に真相を語り始める。彼らが狙われて殺されていたという点においては、リティもロマも同感だった。

黙って騎士団に通報していればよかったのだ。彼らの行動が結果的に、グランドシャークの暴走に繋がったのだから。もし水面下で進めていれば、速やかに彼ら全員を拘束できていた可能性はあった。

「ふーん……。まぁ、その目撃者がいたのは幸いだったわね」

「あぁ、その子のおかげだよ」

「その子？」

ロマの問いかけに、リーダーは少女を指して答える。ロマが果物の皮を剥いている横で、片時も目を離さなかった少女だ。

グランドシャークに同行していた少女なら確かに、とロマは考えるが立ち止まる。

時系列も辻褄も何もかもが合わないからだ。

何せこの少女はクーファと一緒にいたので、風来坊と接触する暇があるはずもない。そんな疑問を察するかのように、リーダーが一人の人物を紹介した。

「この男は〝風の旅人〟のメンバーだ。他の人間は殺されてしまったが、こいつだけはかろうじて無事でな」

「初めまして……。そこの少女が瀕死だった俺を癒やしてくれたんだ。おかげで時間はかかったが、動けるようになってね」

「え……この子が⁉」

クーファがそうリアクションすると、少女がお辞儀をする。

「彼らに見つからないように回復してくれたんだよな。ホントすごい治癒能力でさ……。奴隷らしき扱いを受けていたが、グランドシャークの奴らは利用しなかったのか？」

「どうなんですか？」

「叩かれてばかりでした、ご主人様」

ジョズーが現れた時とは打って変わって、少女は冷静だ。自身への虐待の事実も率直に話す。

これによりリティ達の疑問が氷解した。ジョズーは奴隷の少女が密告したと勘違いして襲ってきたが、当てが外れていたのだ。

そして、その事実を一切知らないまま死亡した。どこまでも救いがなく愚かだと、全員が同じような感想を抱く。

「あなたは……」

「はい？」

「いえ、何でもないです」

改めてクーファが少女に身元を問おうとしたがやめた。グランドシャークのワードで取り乱したように、またそのような事態になるかもしれないからだ。

彼女が何者であっても、クーファの意思は変わらない。かつての自分と同じ思いをさせまいと、少女を守ると己に対して誓う。

「さて、次は我々の番か。では質問いいかな？　君はリティ、だったか」

「騎士団の方ですね。私にわかる範囲であればお答えします」

「白いローブをまとった人物を王都内で見かけた事はないか？」

「はぁ……白いローブの人物ですか。すみませんが、わかりません」

「おっと、足りなかったか」

これだけではダメか、と反省した騎士が改めてリティ達に問い直す。

「そいつがグランドシャークのメンバーの一人、ギリーザと共に消えたのだ。魔力の残滓がなかったことから、魔法の類ではない。冒険者ギルドに照会を依頼したが、該当する人物はいないそうだ」

「そんな人がいるんですか⁉　すごいですね！」

「そうだろう。我々も頭を抱えてなぁ。一応、王都内はくまなく捜しているが注意してくれ。恐らく相当な実力者だろう」

「魔法じゃないとすれば何ですか⁉　スキル？」

「いや、だからそれがわからんと言ってる……」

「リティ……」

ロマに制されて、リティは大人しくなる。事の重大性よりも食いつきがよく、騎士も半ば呆れ顔だ。

気を取り直して、騎士が引き上げの空気を演出する。

「とにかく、もしそれらしき人物を発見しても戦わないでほしい」

「はい、わかりました」

「ユグドラシアに続いてグランドシャーク事件だ。王都内がごたついているから、今は大人しくしていたほうがいいだろう」

騎士達と風来坊が立ち去り、ロマが果物を差し出す。真っ先に身を乗り出したミャンが一つ、果物をかじる。

「みゃん！　みゃみゃん！」

「もう、食い意地ばっかり……」

変わらない調子のミャンのおかげで、リティも落ち着いて考えを整理できた。先のジョズー戦でリティに思うところがあったからだ。

この先、彼のような強敵と相対すれば自分一人ではどうにもならないかもしれないと感じている。あのユグドラシアでさえパーティを組んでいるのだ。更にはレッドフラッグや風来坊と、実力者でもまとまって行動する者は多い。

果物に手をつけるクーファと少女、ロマを見てリティは話を切り出そうか悩む。

「あの、皆さん。皆さんは冒険者を続けますか？」

「いきなりどうしたの？　もちろんよ」

「わたしも、一応……」

「そうですか……」

歯切れが悪いリティに業を煮やしたロマが、距離を縮める。びくりと体を震わしたリティの所作が彼女らしくないのだ。

ハッキリと言わせるために、ロマも相応の態度を示した。

「リティ、何でも言って」

「いいんですか？　では……お二人とも、私とパーティを組んでくれませんか？」

「いいわよ。クーファちゃんは？」

「わ、わたしが⁉　リティさんと！」

大袈裟に布団を撥ね除けたクーファ。その際に少女にシーツが被さる。

「ロマさんはいいんですか？」

「むしろ私からお願いしたいくらいよ。というか今までずっと行動してたじゃない」

「そうですよね」

「クーファちゃんは？」

「わたし、が……」

シーツを体に巻き付けた少女を見てから、クーファが思い悩む。彼女はまだリティと並び立てると思っていないからだ。

リティはどちらかといえば憧れの存在に近い。そんなリティからの誘いに素直に応じられるほど、クーファの肝は据わっていなかった。

「……クーファさん。あなたとアーキュラさんの力が羨ましいんです。私には魔力があまりないですし、戦いの幅も限られています」

「羨ましい、だなんて」

「ですから……助けてくれませんか？」

「わたしなんかが、リティさんを……」

コバンザ戦では無茶をして騎士団に助けられたのだ。アーキュラに見放されると覚悟していたところだったので、クーファに即答できるはずもない。

しかし歩みを止めれば、それこそアーキュラに見放されてしまうとも考えている。

「クーファちゃんはリティと同じ三級よね。私もなんだけど……なんていうかさ。お互い遠慮はやめましょう？」

「遠慮というと……？」

「例えばまず敬語とかね」

「でもロマさんは、わたしより歳が……」

「……そうね。リティが出来てない事を求めるところだったわ」

調子を崩したロマだが、言わんとしてる事は伝わっている。クーファは意を決して、リティの申し出に対する答えを出した。

「わたしでよければ……」

「どうもです！　心強いですよ！」

「あ、足を引っ張るかもしれませんが……」

「私のほうが助けられるかもしれませんよ」

「……え」

「クーファさんとアーキュラさんのほうがずっとすごいですから」

この瞬間、クーファはやっと理解した。リティは自分を対等に見てくれていて、一方的に憧れを抱いて距離を置いていた自分を改めようとする。

リティの屈託のない笑顔が、嘘偽りのない言葉だという事を後押ししていた。

しかしクーファはアーキュラを気にかけている。これが彼女にとって望ましくない決断であれば意味がないからだ。

「ま、いいんじゃないー？」

機嫌を窺うように見ていたクーファへアーキュラが答えた。軽い言動のせいで真意をくみ取りにくい相手なだけに、クーファの不安が完全に消えたわけではなかったが。

「それじゃ、パーティ結成でいいわね。さっそくギルドへ登録しに行きましょう」

「パーティ単位だと昇級試験が楽になりますね」

「そうね。でもその前に受けられるだけの実績を積まないと」

「パーティ名もですね」

リティの何気ない発言にロマが思考停止する。生真面目な彼女にとって、これこそが難関だった。名前の由来、将来性、縁起、様々な概念を考慮した上で決定しなければと考えているのだ。グランドシャークなど、彼女にとっては論外である。

「まぁ……そうね」

「三人で頑張る隊はどうですか!?」

「みゃんみゃーん！」

「すみません！　三人と一匹で頑張る隊ですね！」

「みゃあん！」

加えてリティのネーミングセンスが最悪だという事実が判明して、早くも前途多難を感じたロマであった。

＊　＊　＊

「おそようッ！　諸君！　カタラーナはいるか⁉」

「はいはい、いないわよ」

王都の冒険者ギルドに突如として現れた男を、カタラーナが気だるそうに出迎える。

ブーメランパンツの他にはリュックを背負い、マントと覆面しか身に付けていない。彼女でなければ不審者扱いしても仕方がない姿だ。

常にこのようなコスチュームでいるせいか、肌は日に焼けている。

「あの、カタラーナさん……その方は？」

「こんなのでも本部の冒険者だから安心して」

「そうなんですか。それならいいですけど……」

「ハッハハッ！　警戒心があってよろしい！」

ギルド職員に不信感を抱かれても、男は機嫌よく笑う。

居合わせた冒険者達も、彼から目を離さない。

防具どころか服すら着ていない彼への感情は満場一致していた。

「なんだよ、あいつ……ただの変態だろ」

「ただでさえ冒険者のイメージがやばいんだから、やめてくれよ」

「そこなのだよ、諸君！」

「ひぃっ！」

高速で割り込んできた男に、冒険者達ががっしりと肩に腕を回される。その力たるや、四級の彼らでは振りほどく事も出来なかった。

「後輩にうざ絡みしてないで、とっとと用件を話しなさいよ」

「こういうスキンシップも大切だろう？　それがわからないから君は嫌われる」

「はいはい、嫌われ者同士ね」

「実はユグドラシア、グランドシャークの件で本部のほうも荒れてな」

各冒険者ギルドと本部は常に連絡を取り合っている。伝達手段としては専属のハーピィであったり、彼のような韋駄天が主な役割だ。

本部からファクティア王都まで、この男なら数日も要さない。

「ここ王都でも冒険者への依頼が減ってるだろう？　さすがにまずいと判断して、しばらくは昇級試験を取りやめようと言い出す者まで出る始末だ」

「それは後輩がかわいそうね」

「そうだろう？　だから本当に見込みがある者だけを上に引き上げようという結論が出た」

「ユグドラシアみたいな連中を特級にまで上げてしまったものねぇ」

「私も胸が痛む思いだ。そこで今回は準二級昇級試験に挑む者達を極めて限定した」

男がリュックからリストを取り出してカタラーナに渡す。そこに刻まれた者達もそうだが、問題はその数だった。

「いや、たった三人って……」

「合格者ゼロを叩き出した君が驚くほどか？」

「で、なんでこの子達なの」

「三人とも実力に裏打ちされた実績がある。だから最終確認を行いたいのだ」

男が依頼が張り出されている掲示板から紙を取る。それを満足そうに確認してから、カタラーナに手渡した。

「三級にはもってこいの依頼だ。これらを彼女達が達成した時に、君から準一級への昇級試験を案内してやってくれ」

「なるほど、単純な戦闘能力だけじゃ解決できない依頼ね。わかったわ」

「では試験場所と内容だが……」

特級同士で話が進む中、周囲にいる冒険者達はただ見届けるしかなかった。

すでに彼らの実績を飛び越えた話の内容であり、何より特級特有のオーラをひしひしと感じている。

「では諸君！　たっぷりとロマンしてくれよな！」

片手を挙げて挨拶した後、男は休む事なく外へ出ていった。冒険者ギルド本部にはまともな冒険者がいないという噂の真偽を、全員が知る。

男のコスチュームからして、まともな人間では無理なのかと半ば諦めさせかねない空気だった。

書き下ろし番外編

「とある召喚師の追憶」

"OMAE NIHA SAINOU GA NAI" TO
TUGERARETA SHOUJO,
KAIBUTSU TO HYOUSARERU
SAINOU NO MOTINUSHI DATTA.

「クソッ！　見失った！　どこへ逃げやがった！」

ファクティア王都の路地裏にて、少女は息をひそめていた。

身なりは布切れといっていい薄手の服、所々が破けている。寒空の下ではとても防寒の役割を果たさないだろう。

元々綺麗だったエメラルドの髪は乱れに乱れて、艶を失っている。手には露店から盗んだ果物がある。

彼女が幸せだったのは七歳までだ。

何の変哲もない平民の家庭で産声を上げて、大切に育てられた。

母親は子育ての傍ら飲食店で働き、父親は大工。裕福とまでは言えないが、何の諍いもない。

しかし不幸は平等だ。

少女が二歳の時に父親が仕事中に事故死、その後は母親に心労が祟って帰らぬ人となる。

身寄りがない少女の行先など、決まっていた。

「チッ！　次は叩き殺してやる」

少女捜しを諦めた男が悪態をつきながら、路地裏から離れていく。

頃合いを見計らって少女は盗んだ果物にかじりついた。

味わう余裕などない。常に空腹との戦いであるため、少女にそういった取捨選択はなかった。

場合によっては野良猫と一緒に生ゴミを漁る。

これでも腹はあまり満たされないが、後は人の目につかない場所で寝て過ごす。

こんな生活を続けていくうちに、少女から心が失われていた。

誰も手を差し伸べてくれず、汚物を見るような目を向けられて素通りされる。

ただ生きるという本能のみが少女を突き動かしていたのだ。

——こんなお母さんでごめんね……。

少女の中に反芻する母親の最期の言葉。

大好きだった母親を悲しませて、謝らせてしまった。

そんな母親を少女なりに否定したかったのだろう。

少女はとにかく生きる事を選んだのだ。

その年齢にそぐわぬ精神力が少女の根底や素質を支えているのだが、まだ誰も気づかない。

「おなか、すいた……」

フラフラとした足取りで歩く少女の正面から大人二人が歩いてくる。

ぶつかり、倒れてしまった少女を大人達が見下ろす。

「なんだね、この汚いガキは。あーあ、ローブが汚れてしまった」

「支部長！　すぐにお取替えしましょう！」

「替えはあるのかね、マクリト君」

「もちろんです！　召喚師《サモナー》ギルド支部長であるあなたの為ならば、替えの一つや二つや三つはありますよ！」

大人達は少女に謝罪どころか目もくれずに立ち去った。

少女も彼らに特別な感情はない。いつもの事だからだ。

それよりも今の空腹を満たすほうが先決だが、少女は彼らが口にしていた言葉が何故か気になった。

「召喚師《サモナー》……」

耳慣れない言葉が食欲よりも好奇心を駆り立てたのか。

少女はこの日以来、召喚師《サモナー》について嗅ぎまわるようになった。

少しでも生き延びる為に役立つものかどうか。

少女としてはなりふり構っていられなかった。

あの大人達が威張るほどの存在、召喚師《サモナー》というものが万が一でも自分の生命線になるのであれば。

少女は一縷の望みをかけていた。

＊　＊　＊

少女は奔走した。

召喚師《サモナー》、支部長。

この二つを掛け合わせて、召喚師《サモナー》にはギルドがあると気づく。しかし場所がわからない。

そこで父親から聞かされた冒険者という言葉を思い出して、ようやくジョブというものに行きつく。

その中の一つに召喚師《サモナー》があったのだ。

つまり召喚師《サモナー》とは冒険者であり、まずはその足で向かった先が冒険者ギルドだった。

ただし少女は彼らに近づかない。

盗みはともかくとして、これまで大人達に散々な仕打ちを受けてきたのだ。

顔色を窺い、時には逃げ回ってきた相手だ。物陰から慎重に彼らを窺うようになるのも仕方がない。

しかし彼らを観察しても、誰が召喚師《サモナー》か判別できるはずもなかった。

思い切って声をかけようか。

少女は思い悩まなかったこともなかった。

意を決した事もあったが、見上げるような大男の冒険者に怯む。

ましてや公衆の面前で大喧嘩をするような連中である。

「ちょっと！　どういう事よ！」

「もういいよ、ナターシェ。君には付き合いきれん」

「あと少しだったでしょ！　次に挑戦すれば絶対に受かる！」

「仲間が死んだのによくその熱量を保てるな！　いい加減にしろッ！」

男女がものすごい剣幕で言い争っているので、少女は竦む。

日を改めれば次は別の人間が似たような事をしている。

「カタラーナ、お前は足手まといだ。もう冒険者から足を洗ったほうがいい」

「なんでよ……！　私だってまだ……」

「そんな腕でよく冒険者をやろうと思ったな。お前、才能ないよ」

「決めつけてんじゃないよ！」

「じゃあな」

少女にとって彼らは冷徹ですらある存在だった。

どうせ自分とは相容れない。せいぜい機嫌を損ねないようにやり過ごすだけだ。

両親と共に住んでいた借家からは容赦なく締め出された。

そこに情などなく、道行く人も同じだ。誰も手を差し伸べてくれないのなら、一人で生きるしかない。

幼くして少女は人間不信に陥っていた。

＊　＊　＊

少女は人の気配がない路地裏で寝ていた。

どこかに捨てられていた毛布のおかげで命拾いしている。

この日は気温が低く、道行く親子が子どもの手を引いて温かい食事をする相談をしていた。

いつも通り何も考えず、目をつぶる。

起きていても体力を消耗するだけなので、睡眠だけが少女の楽しみでもあった。

「舐めた真似しやがって」

少女は咄嗟に起きた。

盗みを働いた店の男が自分を見つけたと思ったからだ。

しかし、目の前には何もいない。息をひそめていると、腐りかけた木箱の向こうに複数人が立っているのに気づいた。

木箱が少女を隠していたおかげで、彼らは気づいていない。

「ちょっと待てよ。一度くらい冷静になってくれ」

「こんなところまで逃げて何が冷静になれ、だ」

人相が悪い男達が、一人の旅人風の男に絡んでいる。

男はストールのようなものを羽織り、帽子を深くかぶっていた。

明らかに一方的な状況だが男は落ち着いている。

「君達の仲間が酒場で悪さをしていたから、衛兵に通報した。これのどこが悪いんだ？」

「仲間がやられて黙ってるわけねぇだろ。礼はたっぷりさせてもらうぜ」

「つまり逆恨みというやつだな。なるほど……やめておけ」

「あ？」

「怪我するぞ」

少女は声を出さないように必死に口元を手で押さえていた。

男達が少し視線を変えれば少女に気づくからだ。どちらが良くない人間か、一目瞭然だった。

男達に見つかれば自分も殺されると少女は怯えている。

「ぶっ殺してやる！」

男達が旅人風の男に殴りかかった。

不敵な笑みを浮かべた男は拳を握って構えるも殴られ、蹴飛ばされ。

ものの数秒で決着してしまった。

男達の足元には旅人風の男が無様に倒れている。

「……いや、弱くね？」

「だから、言っただろ……。怪我するぞってなぁ」

「お前がかよ⁉」

「フフ、一本とられちまったみたいだな……」

これには少女も唖然とする。あの余裕が何かの秘策を思わせたからだ。

そんな旅人風の男の態度に男達の怒りは加速した。

脇腹に蹴りを入れて、背中を踏みつける。旅人風の男は呻き、少女は息を殺す。

何度目かの暴行が終わった後、旅人風の男が何かを呟き始めた。

「……立て、よ」

「なに？」

「燃え立て……！　炎の精霊ッ！」

辺りに瞬間的な熱風が吹く。

持続していればその熱だけでも、男達の命に届いたであろう。もちろん少女も例外ではない。

そんな一瞬の出来事の後、空中に見慣れない生物らしき存在がいた。

「あっつ……！」

「おい、なんだアレ？」

人間の半分程度の大きさだが、その姿は誰もが炎の魔人というフレーズを思い浮かべる。

身体の大半が炎となって燃え盛り、かろうじて人の痕跡を残しているのは目元と口のみだ。

残りは足先に至るまで、炎そのものといってもいい。

「おぉい！　ジンジャー、てめぇ！　まさかこんなカスどもにやられて呼び出したのかよぉ！」

「しょうがないじゃん。オレ、めっちゃ弱いし」

「あぁあぁ！　熱くねぇ！　ぜんっぜん熱くねぇんだよぉ！」

「で、こんな奴なんだけどさ。まだ、やる？」

男達が青ざめて一斉に首を左右に振る。そして一目散に路地裏から逃げ去った。

彼らだけではなく、少女もその炎の精霊が恐ろしくてたまらない。

しかし同時に胸の内が何か騒いでいた。それは求めていた召喚というものだと確信したからだ。

男は弱くとも、一瞬で強大な存在を呼び寄せる。少女が生きる道として選んだものだ。

「逃げちゃったよ。まぁこんな王都で滅多なことは出来んからなぁ」

「騎士団ってやつかぁ!?　オレが焼き尽くしてやんよ！」

「お尋ね者になっちゃ敵わんって……」

その後、二人は妙なやり取りをしながらも炎の精霊は姿を消した。

ジンジャーと呼ばれた男は暴行を受けた際の怪我に呻きながらも、人通りが多い場所へと歩いていく。

少女もまた彼の後ろを歩み始めた。

＊　＊　＊

男は五級冒険者で名前はジンジャー、ジョブは少女が予想した通り召喚師《サモナー》だった。

強力な炎の精霊とは裏腹に、男の冒険者としての成績は振るわない。

というより、彼は六級の雑用依頼ばかりを引き受けていたのだ。そのせいで常に金欠で、水を飲んで凌ぐ日もあるほどだった。

「あーあ、金がねぇ。食い物もねぇ」

民の憩いの場である広場にて、ジンジャーは常にひとり言を呟いている。

その後ろから監視する少女の目から見ても、自業自得という状況だった。

何故、ジンジャーがまともに依頼を引き受けないのか。少女にも理解できない。

金がないならば仕事をすればいいだけの話だ。子どもの自分と違って、それが出来るはず。

もしかしてこのジンジャーはとてつもない怠け者ではないのか。少女はそう訝しんだ。

「む！　綺麗なお嬢さん発見ッ！」

「ん？　何か用か？」

「君、そんなに綺麗なのに騎士なのか！　オレと付き合ってくれ！」

「すまない。仕事中でな」

「せめて名前だけでも！」

「イリシスだ」

少女の目から見ても、女性は美人だった。

しかしジンジャーを素っ気なくかわして、つかつかと立ち去っていく。

子どもから見てもうまくいくはずがないとわかっている状況だが、ジンジャーは本気で落ち込んでいた。

「いやぁ、手厳しい……。ありゃ絶対、大成するぜぇ。案外、騎士団のトップになったりしてな」

少女はジンジャーという人物がわからなくなってきた。

あんなに強い精霊を召喚できるのに、なぜ仕事をしないのか。

落ち込んだかと思えば、今度は老婆に声をかける。

「ばあさん、荷物が重そうだな。手伝ってやるよ」

「いやいや、迷惑はかけられんよ……」

「いいんだって。場所はどこだい？」

ジンジャーの行動はすべてが思いつきだった。

老婆の荷物を持って目的地まで送り届けた後は、お礼として食べ物を受け取る。

そう、すべて思いつきなのだ。

「こんなに食えねえや。ここに置いていくか。どこかの浮浪児が食うだろ。どこかの浮浪児がな」

成人男性が食べられない量ではない。二口ほど齧っただけの果物が地面に置かれる。

この時、少女にはジンジャーの意図が読めなかった。が、それとは別に迷いなく果物にかぶりつく。

一日のうちに何回かはこのような行動があったのだ。

このおかげで少女の空腹が満たされて、生き長らえているといっても過言ではなかった。

王都とはいえ、幼い少女が体一つで生きていけるほど甘くはない。

もしジンジャーを尾行しなければ、とっくに倒れていた可能性があった。

そう、ジンジャーは自分を尾行する少女の存在に気づいている。

「金もなければ甲斐性もねぇ。何も養えないのさ」

ジンジャーの呟きは少女にも届いている。少女もまたそれを不快とも思わない。

彼の事情をわかっているからだ。両親が苦労して少女を育てていたように、人間一人を養うのは並み大抵ではない。

一般的な暮らしが出来るのは、冒険者の等級でいえば最低でも四級からと言われている。

結婚して家庭を持ち、何の不自由もない暮らしとなれば三級以上とならなければいけない。もちろん命を懸けて生き残るのが前提である。

そうなれば少女の両親がいかに苦しかったか。文句一つ言わずに少女を育てていたのだ。

「お、今日は廃棄品が激安！　いいねぇ！」

少女とジンジャーの奇妙な関係は続く。

市場にふらりと歩けば、目を光らせて値引きの品を探す。

少女もおこぼれとばかりについていく。

「旦那さんが体調を崩した⁉　それはいけねえな！　オレが店を手伝ってやる！」

思いつきで店番を買って出る。

ジンジャーはこの日、一日分の報酬と食料を手に入れた。

そのおこぼれを少女が拾う。時には現金が置かれていることもあった。

何故か置かれていた新品の毛布にくるまり、その日から快適に夜を越せるようになる。

ここまでされても少女は、ジンジャーに対してどう考えていいのかわからなかった。

自分がつきまとっている事で迷惑をかけているのではないか。

見過ごせなくて、仕方なくやっているのでは。少女はある意味でませていた。

「風呂だ！　風呂！　たまには汚れ落とさねぇと病気になっちまう！」

ジンジャーが大衆浴場へ向かい、少女も追う。

言葉に出さないまでも、身体の汚れを落とせと言っているのだとわかった。

久しぶりの入浴に、少女は身も心も洗われる気分を味わう。

湯を浴びて、遠慮なく涙を流せた。

＊　＊　＊

突然、ジンジャーが姿を見せなくなる日が続いた。

少女は不安になるも、彼を恨まない。最近では安物ながらも綺麗な服まで用意してくれたのだ。

とはいえ、金欠のジンジャーが用意するとなればそれなりの出費になる。

再び姿を現すたびに少女への置き土産が豪華になっていたのだ。

しかし、その内容には少女にも理解し難かった。食料以外にも謎の石が少しずつ混ざっている。

ジンジャーと少女が居合わせる場所は決まって、広場だった。

「オレは力も弱いし、ろくに戦えなくてな。そのくせ冒険者になってでっかい夢を掴んでやるなんて吹いたものさ。今思うと、何の取り柄もない自分から目を逸らしてたんだろうな」

ジンジャーが広場の芝生に座っていつものように呟く。背後には少女だ。

「オヤジやおふくろの反対も聞かずに村を飛び出したはいいが、オレなんかが夢を掴めるほど冒険者は甘くねぇ。六級の段階で何度も折れそうになった。十年近くかかってようやく五級よ。試験官も笑ってた。こんなにかかった奴なんて見たことねぇってな」

少女にジンジャーの年齢はわからないが、父親と同じくらいだと思っている。

幼い子ならばおじさんと呼んで差し支えないが、少女がジンジャーに話しかける事はない。

「剣士《ファイター》も重戦士《ウォーリア》も体力やセンスなし。魔法使い《マジシャン》も魔力はともかく難しくて理解不能。弓手《アーチャー》は論外。どこのジョブギルドの奴も口をそろえて『諦めて故郷に帰ったほうがいい』だとよ。そうすりゃよかったんだが、オレは意地になっちまってな」

少女にはジンジャーが何を言いたいのか理解できない。

いつもよりも口数が多く、それでいてどこか寂しさを感じていた。

「なんやかんやあっていきついたのが召喚師《サモナー》さ。こいつは魔力がなくても召喚獣に戦わせるだけでいい。こいつはオレにうってつけだと思ったよ。ジョブギルドの支部長は権威主義で嫌な奴だが、頭を下げて入れてもらった。でもアレ、難しいんだよ。今からやってみるかな？」

ジンジャーがメイジバフォロの羊皮紙を敷いて、マジックキャンドルを置く。

羊皮紙に魔法陣を書いて魔石を並べる。

後ろから食い入るように見つめるのは少女だ。ただしジンジャーは決して振り向かない。

「オレみたいな奴が冒険者をやるには召喚師《サモナー》しかないのさ。

一度、召喚して契約すれば魔力いらずで戦ってくれる相棒が出来上がる。といっても問題点はあるがな……」

少女はようやくジンジャーの意図を理解した。

彼が自分に召喚術を見せようとしてくれているとわかった時、思わず声をかけそうになる。

「炎の精霊は一度、呼び出してるからこんなものは必要ないんだがな。まぁやってみるか」

ジンジャーが詠唱を始めると、魔法陣から火の粉が散り始める。

炎の柱が立ち上り、ジンジャーが叫ぶ。

「燃え立て！　炎の精霊バスグードッ！」

炎の柱が消えると共に、路地裏で見たあの炎の精霊がいた。

二度目でも少女は圧倒される。炎の化身という言葉こそ思い浮かばなかったが、心でそう感じていた。

「なーにやってんだぁ？　こんなもん用意してよぉ！　なんか燃やすのか⁉」

「お前との契約条件は熱い心を失わない事だったよな」

「今更、何いってやがんだ！　そんな事を聞くために呼び出したのかよ！」

「いや、話がある」

ただ自分に見せるためだけに召喚したのではないのかと、少女は少しだけ落胆した。

「オレはこれから故郷に帰っておふくろの面倒を見る。ついこの前、ギルドのほうに手紙が届いてな。どうも、あまりよろしくない状態らしい」

「はぁぁ!? じゃあ、夢は諦めるのかよ!」

「お前にとって親を大切にしない奴は熱くないのか?」

「ぐ……相変わらず口がうまいな」

「そういうわけだ」

そう言い終えるとジンジャーは羊皮紙、マジックキャンドルを地面に置いた。

バスグードにその意図はわからなかったが、ジンジャーの背後にいる少女に気づく。

そして一瞬で理解したのだ。何故ならジンジャーがそういう人間だからこそ、彼と契約したのだから。

「……いいんじゃねえの? 置き土産にしちゃ上等だ。けどよ、そんなものだけで出来るのか?」

「さぁな。帰郷に向けてオレの資金もいよいよ危うい。出来るのはここまでだ」

少女は感じていた寂しさの正体がわかった。それはジンジャーとの別れを予感していたからだ。

不安よりも寂しさが勝ってしまうところが、まだ幼い身ゆえである。

少女はたまらなくなり、ジンジャーに近づこうとするが彼は歩き出してしまった。

それが拒絶に思えて、少女は足を止める。

「あ……」

「王都を出る」

少女の目から大粒の涙がこぼれ始めた。大声をあげて泣き出したくてたまらない。

堪えるのも限界にきていたのだ。

「強く生きろ」

ジンジャーが歩き去るのを少女は涙を流して見送る。

なぜ、自分は声をかけなかったのか。なぜ、一言でもお礼を言わなかったのか。

それは彼への遠慮ではなく、人間を信じていなかった自分のせいだとわかった。

他人は自分を疎ましく思っており、ジンジャーも仕方なく少女に施しを与えている。

そう思っていたからこそ、声をかけなかったのだ。

しかし、最後の最後。少女は叫んだ。

「ありがと、ござ、ましたっ！」

発声の機会などない少女の大声だ。

まともに発音も出来ていない。しかし遠くに見えるジンジャーはかすかに手をあげた。

自分は生きてもいい。そうジンジャーに肯定されたのだ。

両親が死んでからは冷たい視線しか浴びせられなかった少女は、初めて他人の優しさに触れた。

「生きたい……」

目元をぬぐい、ジンジャーが置いていったものに視線を落とす。

ジンジャーのやり方を見ていたとはいえ、並みの少女が成功させられるものではない。

羊皮紙にはさまっていたメモに書かれていた汚い地図、それは召喚師《サモナー》ギルドの場所だった。

ジンジャーは出来る限りの施しを少女に与えていたのだ。

＊　＊　＊

この日、召喚師《サモナー》ギルドにて少女は審判を受けていた。

何せ幼い子どもが召喚に必要な道具一式を揃えて訪ねてきたのだ。

受け付けから支部長室への伝達が終わると、そこからは速かった。

ギルド内の一室にて支部長が見守る中、少女は召喚を強要されていたのだった。

「こんな子どもが何故そんなものを持っているのかは知らんが、ここは召喚師《サモナー》ギルドだ。浮浪児を受け入れる施設ではない」

つまり彼は受け入れてほしければ召喚に成功させろというのだ。

先日、自身にぶつかってきた浮浪児だとはまったく気づかない。

一方、少女は焦っていた。詠唱も何もかもがあやふやで、とても成功させられるとは思えなかったからだ。

「支部長、さすがに無茶では？　それに危険なものを召喚されては」

「マクリト、君は黙っていなさい」

「ハッ！」

側近を務めるマクリトが黙り、少女は逃げ場がない。

横柄な人柄で知られる支部長が、趣味の悪いストレス発散を行っている。

見守る者達はそう思うが、口に出さない。結局、誰一人として少女を助けようとはしないのだ。

「どうした？　出来ないならば、出ていってもらおう」

少女は目を閉じて、ジンジャーが召喚した光景を思い出した。

少女は自覚がないが、記憶力は並外れている。王都で大人達に捕まらず、逃げ延びながら生活していたほどだ。

無意識のうちに記憶以外の部分も研ぎ澄まされ、更には少女自身も気づいていないもう一つの特異な点。

それは――。

「な、なんだ？　この魔力はどこから……」

ギルドの支部長たる彼ですらも欺いたのが、少女の魔力だ。

魔力のコントロールも何も知らず、これも無意識のうちに放ち始める。

描いた魔法陣も思い出しながら書いたものの、うろ覚えだ。詠唱も同様で、完全にヤケクソだった。

「……しょ、しょうかん！」

魔法陣から吹き荒れたドス黒い霧が室内を包む。

支部長とマクリト、他の者達が警戒する間もない。

少女自身も尻餅をついて、ただ怯えるだけだった。

「……あー？　なんだ、こりゃ？」

魔方陣の上に浮いていた者は、あの炎の精霊とは似ても似つかない。

鋭く吊り上がった目に生え揃う牙、コウモリのような翼に細長い尾。

支部長は息を呑んだ。それが何なのか、理解していたのだ。

「お、おおぉ……！　まさか悪魔を召喚するとは！　名はなんと言う！」

「うるせぇ。召喚したのはお前じゃねえだろ、ジジイ」

「グッ……！　召喚したのはそこのガキだ」

悪魔が怯える少女を見ると、上機嫌で笑う。

羽をばたつかせて少女に接近すると、顎を指で上げる。

「そうか、そうか。なーんとなく察したぜ。よぉし、お前と契約してやる」

「ほ、ほんと……？」

「あぁ、本当さ。オレは優しい悪魔だからな。お前が気に入ったぜ」

少女はまだ安心していない。

そいつが本当に自分の為になる存在か。

少女の内なる勘が、よくないものだと告げている。

しかし、彼女に選択肢などなかった。この悪魔と契約しなければ、支部長が認めないからだ。

「契約内容はな……」

それは少女を絶望の底に陥れる内容だった。

この時から少女は冒険者としての道を歩む事になる。

機嫌を良くした支部長が少女を全力でサポートして、冒険者ギルドへの登録料などを支給した。

その後は破竹の勢いで三級まで昇級、王都のギルド内で目立たないはずがない。

彼女をメンバーとして勧誘する者はいたが、例外なく少女が目を覆いたくなる末路を遂げた。

次第に少女の目から光が失われ、心が闇に沈みかける。

ジンジャーとの出会いで人の温もりを思い出したのだが、もはやそこに希望などなかった。

＊　＊　＊

「クーファさん、どうしたんですか？」

宿屋の室内で、クーファはリティに肩を揺すられている。

コバンザ戦での傷が癒えて退院した彼女は、リティの誘いを受けてパーティを組む事にした。

その際に準二級昇級試験への誘いを受けた為、部屋でいわゆる作戦会議をしていたところだ。

「考え事でもしていたんですか？」

「いえ、なんでもないです……」

「マスター、しっかりしてー？」

「ひゃあんっ！」

アーキュラに冷水を背中に流し込まれたクーファが悲鳴を上げる。

質の悪い悪戯だとリティが咎めるも、アーキュラは伸び縮みを繰り返すだけだ。

「……それで、準二級昇級試験の内容だけど。これは厄介ね」

「でも、ロマさん。頑張ればなんとかなります」

「だから具体的にどうするかを相談してるのよ……」

「それぞれの得意分野で頑張ればいいんです。そうですよね、クーファさん」

クーファにはこの状況がたまらなく居心地がよかった。

油断すれば先程のように昔の事を思い出してしまう。しかし、その度に彼女を心地よい現実に呼び戻してくれるのは仲間だ。

「そう、ですね……」

そうハッキリと答えられるようになったのも。伝えられるようになったのも。

「皆さんのおかげです……」

悪夢以上の現実が今、変わりつつある。

アーキュラという水の精霊に相応しいマスターではないと自覚しているが、それすらも楽しむ余裕すら出てきた。

「がんばりましょう」

クーファなりに力強く発言した後、奴隷の少女の手を握る。

かつての自分を重ね合わせて彼女を救ったのだ。

もう絶対にこの手を離さないと心から誓ったのだった。

あとがき

どうも、ラチムです。無事、二巻を刊行できて一安心です。

二巻、つまり一巻の続きです。当たり前なのですが、この続きというのは非常に難しいのです。読者様は一巻の期待感を持ったまま、二巻を手に取る。作者は続きを執筆するにあたって無数の選択肢があり、その中から出来るだけ面白い展開を拾わなければいけません。つまり最初に比べて、続きというのは難易度が段違いに跳ね上がります。

この二巻、いかがでしたでしょうか？　舞台は王都、一巻とは違った読み味になってるかと思います。冒険よりも対人関係を主軸に置いており、一巻では表現できなかったイベントを盛り込みました。ミャンや一巻のＳＳ「水神の目覚め」の主役でもあるアーキュラとの出会い。一巻よりも新たな出会いがあります。場所が変われば、登場人物やイベントも変わる。これこそが物語の醍醐味であると思っています。

今回、クーファは新たなパートナーと出会いました。強力なアーキュラですが、クーファ自身はまだ未熟です。リティのような強靭なメンタルもありません。リティがそんなクーファと出会い、共に行動するようになる。一方でユグドラシアとの再会により、トラブルが起こる。不幸な再会ですが、リティはめげずに止まりません。何故ならこれも冒険なのです。そういう意味では二巻は本格的にリティのメンタルの強さを示せたかと思います。

さて、一巻のあとがきではリティの初期設定について語りました。もう少し詳しく書くと、高い能力を持った貴族家に生まれながら何の能力もないという設定でした。兄や姉が凄まじい能力で成果を上げる中、リティは無能力と思われて虐げられていました。そしてある日、役立たずと罵られて魔物だらけの森に捨てられます。そこで魔物の技を再現する能力が開花！　無能力と思われていただけで、発揮する機会がなかっただけ！　といった冒頭です。どうでしょう？　こちらの選択肢もありましたが、最終的に村娘のリティを選択しました。書き始めの段階からすでに選択は始まっているのですが、どの選択が正しかったのか？　それは誰にもわかりません。少なくとも今は本作の設定を採用する事で、こうして本に出来ました。

約一年以上前に人知れず書き始めた物語がこうして本となって出版される。しかもＤｅｅＣＨＡさんによる綺麗なイラストつき。よく考えれば凄まじい事です。村娘のリティを選択して本になるという結果を残せました。皆様はいかがでしょうか？　面白かったと思っていただければ世に送り出した甲斐があります。

最後に出版社や担当編集者様、イラストを担当して下さったＤｅｅＣＨＡ様、出版に関わったすべての方々に今回も感謝いたします。当たり前などと思わず、こうして多くの方々に支えられた出版という事をこれからも忘れずに頑張りたいです。次巻でお会い出来る事を願っています！

コミカライズ 企画進行中！

「お前には才能がない」と告げられた少女、怪物と評される才能の持ち主だった @comic

漫画：東里桐子　構成：桐原のん

原作：ラチム　キャラクター原案：DeeCHA

東里桐子 先生

『「お前には才能がない」と告げられた少女、怪物と評される才能の持ち主だった』２巻発行おめでとうございます！！

リティの底知れない何か、とモジモジしたクーファが描きたくて描きたくて楽しみでテンパっております。

ラチム先生と DeeCHA 先生の産み出した柔らかでしなやかで強い女の子達に少しでも追い付けるように、コミカライズ作画担当として頑張ります！

桐原のん 先生

書籍２巻発行！ おめでとうございます!!

ラチム先生の魅力的な世界観に酔い知れて欲しいです。リティ達もめちゃ可愛い♡ 今後の活躍が楽しみでなりません！

コミカライズのネームを担当しますが DeeCHA 先生の可愛らしいキャラデサを活かしつつ描けるように頑張ります！

３巻も楽しみにしてます！

"OMAE NIHA SAINOU GA NAI" TO TUGERARETA SHOUJO, KAIBUTSU TO HYOUSARERU SAINOU NO MOTINUSHI DATTA

東里桐子先生のキャラクターデザインを大公開！

>>>>>> 続報をお楽しみに！

コミカライズ決定を記念して、

COMIC CHARACTER DESIGN

さあ、実習を始めます！
できる！
リティさん、コミカライズも決定したようです。
え!? 本当に!?
発売予定!!

おっしゃ、まとめてぶっ飛ばすぞ！
全プレイヤーの頂点に!?
コミカライズも決まったって〜！

ふむ、負けんぞ!
やりすぎ……
お前らと競争とか燃えるぜ!
【荒ぶる神官劇場】
イベント開幕!
やりたい放題で
幼馴染のお世話から解放されて
“外道”が加速する無自覚最強ファンタジー第2弾!
ヒャッハーな幼馴染達と始めるVRMMO 2
ZIRAIZAKE 地雷酒
ILLUST 榎丸さく

「お前には才能がない」と告げられた少女、怪物と評される才能の持ち主だった2

2021年9月1日　第1刷発行

著　者　ラチム

発行者　本田武市

発行所　TOブックス
〒150-0002
東京都渋谷区渋谷三丁目1番1号　PMO渋谷Ⅱ　11階
TEL 0120-933-772（営業フリーダイヤル）
FAX 050-3156-0508

印刷・製本　中央精版印刷株式会社

ISBN978-4-86699-307-2